當世四大天王

黎◎郭◎劉◎張

點子出版
IDEA PUBLICATION

大家好！

感激出版社的信任，故事還未寫完，已經決定出版這小說。也佩服他們的勇氣，一個從未出版過任何書籍的作者，也敢把其處女作分為上下兩卷出版。事實上，連網絡小說，我也是第一次寫的。

慶幸自己身處網絡時代，名不見經傳的人也可以一篇一篇地把作品發表。沒有網友們的一個又一個留言和正評，真不知道這小說有否完成的一日。

經過幾個月的努力，《當世四大天王：黎郭劉張》的下卷總算順利完成了。

上回寫到主角謝鋒經歷了重重危難之後，終於找回妹妹。下卷的劇情則更是峰迴路轉，重要人物相繼粉墨登場，各為其主下紛爭不斷。最終撥開謎霧，揭破各人的陰謀和揪出了幕後黑手。

雖然小說情節費煞思量，但我始終覺得這個故事的重點不是情節，而是人物，和那一份情懷。

不知道是我太念舊，還是歲月走得太快。四大天王叱吒風雲的年代似乎不過昨天的事，但是隨便翻查資料，就會發現已經是十多二十年前的事了。為了紀念這個時代，所以才有這個故事的出現。

　　在速食文化橫行的香港，有看書習慣的人很少，看武俠小說的人就更少。我永遠不會忘記武俠小說曾經為我帶來過的快樂，更不想它被時代淘汰。我寫的時候，寫得很奔放、以趣味為主，用字基本上都盡可能寫得簡易一點、易入口一點。

　　如果有人因為這部小說而首次接觸到武俠小說這種天馬行空、狂放不羈的文化，於願足矣！

尤奇

目錄

黎郭劉張

當世四大天王

四大天王

東魅島主◎黎日月

高大英俊，沉默寡言，孤芳自賞。

成名絕技「情深劍法」變化萬千，難以捉摸，令無數武林人士聞風喪膽。說出來的話往往令人摸不著頭腦，但仔細咀嚼，又發現言之成理。不過到你想明箇中玄機，黎天王早已飄然而去了。年青時曾拜入寶麗門、星華派門下，最終另闢蹊徑，自成一代宗師。

西域馬痴◎郭　城

個子不高，身懷絕技，惜為人只顧利益，不擇手段。

憑自創輕功「獨步舞林」橫行天下，雖仇家遍地，卻仍奈何他不得。身為當世四天王之一，武功高強固然不在話下。面對各大派多次的圍攻，總能從容脫身，除了因為其絕世輕功和詭異身法外，還因為郭城對坐騎甚為講究。其坐騎名為拉利，據聞是來自西域羅馬帝國的良駒，日行千里，有「人中郭城，馬中拉利」的美譽。

南海之王 ◎ 劉 華 ♪

一臉英氣，深長的勾鼻令人印象深刻。

為人俠義，是為當世豪傑，有勇有謀，嫉惡如仇，因為國為民的情操而深得民心，被捧為民間皇帝。後來娶得馬來國公主，岳父為馬來國王，出身尊貴，地位顯赫。馬來國崇尚佛學，多有帝王禪讓帝位，遁入空門的傳統。劉華本身亦篤信佛教，常言道：「萬般帶不走，唯有業隨身。」

丐幫幫主 ◎ 張友友 ♪

一生行俠仗義，武功蓋世，儼然為「拳腿二聖」之後的第一高手。

雖為一代宗師，統領丐幫百萬幫眾，但為人親切，毫無架子，常與幫眾打成一片。為人貪吃好熱鬧而且好武如命，無師自通，口頭禪是「打架！我要打架！」。當年以四袋弟子低級幫眾的身份穿州過省的去挑戰丐幫十八區分舵舵主，未嘗一敗，把一手江湖上最基本的「大地恩拳」發揮得淋漓盡致。以融會十八區分舵主的武功，創出驚天動地的「餓狼十八掌」。

當世
四大天王

黎◎郭◎劉◎張

兄弟決裂

謝鋒和伊臣剛到武陵，就失去了陳春的蹤影，於是在城門留下暗記，就回客棧等候丐幫的人。

謝鋒和伊臣在客棧裡閒著無事，決定好好整理一下這一年多發生的事。後者道：「首先，楓揚門的宗主、陳春、陳卓東、張栢詩、陳媛媛和陳歡希，聯同了聽風山莊的郭城、黑袍客和灰袍客於兩年前的十月偷襲長安城附近的獅子門。把獅子門的人，包括已經病重的掌門『飛刀聖手』羅伯先在內，殺個片甲不留。」

謝鋒補充道：「除了臣哥的大哥，不知甚麼原因，也加入了郭城的陣營。是以羅伯先前輩的《激光真經》和刻有『獅』字的劍神令牌都落入郭城手中。到了之後一年的四月，這批人中武功最高的幾個，就去對付武陵城文華客棧的『拳聖』張榮，不知道中間發生了甚麼事，總之張聖就死了。而妹妹卻碰巧遇上，被楓揚門的人捉住了。」

伊臣接下去道：「謝婷被藏到楓揚門的船上，在張榮喪禮當日，就離開武陵城，以掩人耳目。船開到長沙城附近，我就追到船上，和楓揚門的人打起上來。」

謝鋒道：「之後，我在船艙下被陳歡希傷了，當時妹妹應

該在那口木箱之中。臣哥你救了我後，到了長沙，在城北大宅中了楓揚門的陷阱。幸好我誤打誤撞的趕到，反而殺了陳卓東。此時妹妹應該已交到郭城的人手上，在送往成都聽風山莊途中。」

伊臣道：「因為陳春得到了鑄劍帖，所以兩幫人又打算在九月發動強佔鑄劍谷的大計，卻給我們和前幫主破壞了。然後，十二月，他們又去算計星華派，郭城騙了劉龍把毒藥放入梅掌門的茶裡，梅掌門一喝之下就一命嗚呼了。」

聽到這裡，謝鋒黯然神傷，繼續分析道：「在星華派附近的徐家村，張栢詩要我們到洛陽護送其父張勇到鑄劍谷找詹老頭保護。可惜張勇最終還是被郭城和陳歡希成功在南城門前殺死了。」

伊臣答道：「張勇死後，我們到鑄劍谷找詹老頭，詹老頭就和我們一同到成都聽風山莊。在聽風山莊找到陳春，才知道謝婷已經被送走了。不過陳春卻告訴我們，郭城會在十二月到星華山。所以我們就乘船到會稽，哪知還有一半路程，陳春卻忽然離船，被我們湊巧看見，追到來武陵城這裡。」

說到這裡，兩人低頭沉思，卻始終想不通為何陳春會在這個時候離船。

伊臣這時站起來，向謝鋒道：「中秋佳節，不到外面走走

嗎？」

謝鋒也站了起來，也想到外面轉個圈。忽然一手拍枱，怪叫起來：「糟了，這麼說，如果陳春是使詐的，而他又想不到我們會碰巧見到他離船。即是說，陳春知道聽風山莊或楓揚門的人會襲擊我們的船，所以提早離開！鄭中飛、詹老頭和三位師妹不就很危險？」

伊臣聽得謝鋒這麼一說，也神色凝重的道：「對了，陳春沒有出賣聽風山莊，反而是和郭城合謀，要把我們引到那段水域進行突襲，一網打盡。」

兩人也同時想到此計破綻處處，首先，如果郭城知道張勇父女背叛後，就馬上不再信任楓揚門的話，又怎會有和陳歡希合作殺張勇一事呢？其次，鄭中飛早就發現郭城很久沒有回聽風山莊，陳春卻說郭城回到山莊才出手把他拿下，分明是一派胡言。

謝鋒憂心忡忡的道：「唉！但我們離船已經一天一夜了，陳春離船的時間，肯定距離襲擊不遠，恐怕聽風山莊和楓揚門的人已經發動了。」

心想，如果鄭中飛、詹老頭和三位師妹有甚麼三長兩短，他還怎樣去面對伊臣和掌門楊秀呢？想到這裡，首次在想，拯救妹妹的行動，是不是應該自己一個人去應付呢？

伊臣卻道：「放心吧！你那三位師妹我不太清楚，但詹老頭人老成精，對江湖門道瞭如指掌。一聽之下，肯定會發現其中破綻。更不要小看中飛，他平時雖然胡作非為、胡言亂語，但有事發生起來，天大的事也可以撐得住。所以他們定會平安無事的到達會稽的。」

謝鋒被伊臣強大的信心感染到，也不再那麼擔心了。

伊臣續道：「不過為了以防萬一，我們還是先僱艘船，沿路往會稽一看吧。」

謝鋒點頭道：「好吧！立即出發，別管陳春了。」

「呼呼！」忽然敲門聲響起。

房內兩人對望一眼，皆估計不到有甚麼人會這麼夜去敲他們的房門。

謝鋒想到如果不是敵人，就應該是丐幫的人有要事要找伊臣，於是閃到一旁。伊臣去開門，大門一開，一名年華雙十的女子站在門外。伊臣並不認識她，二人對望一眼，她開口問道：「請問秀聖門的人在這裡嗎？」

這女子一開口，躲在一旁的謝鋒馬上呆住了，因為他立即認出聲音的主人，就是他找了足足一年有多的妹妹謝婷。

　　謝鋒幾乎不敢相信自己的耳朵，激動的走向房門，門外
的人被伊臣雄偉的身軀擋住了。他呆呆的向門外叫了聲：「妹
妹！」

　　聽到這句，再看看這女子項上的珍珠頸鏈和身上的黑色長
裙，伊臣也知道此女是誰了，忙退到一邊。

　　此女正是剛逃脫魔掌的謝婷。

　　兩兄妹毫無阻隔的對望，兩人也忍不住淚流滿面，謝婷見
回兄長，百感交集，隨即撲入謝鋒的懷中，用力抱緊。

　　謝鋒也全力擁著妹妹，似生怕她忽然又再人間蒸發，以微
微發抖的聲音問道：「妹妹，妳真是妹妹嗎？」

　　謝婷的眼淚也無法抑止的叫道：「哥哥，我是謝婷呀！」

　　謝鋒有點崩潰的道：「妹，哥哥找得妳好苦呀，還怕以後
再無相見之日了。」

　　謝婷也哭得肝腸寸斷的道：「哥，我也差點捱不住了。」

　　伊臣關上房門，坐到一旁。

　　又過了一會，兩兄妹才冷靜下來，訴說別情。

原來謝婷當日重返文華客棧取回手鐲後，正打算從速出城，會合謝鋒，但經過張榮的房門，卻聽到很多人的聲音。好奇心驅使下，就去叩門，一開門，馬上被房內的人偷襲封了穴道。之後，就被人輾轉帶到聽風山莊囚禁。

經歷了一年多失卻自由的生涯，前日才在武陵城南方的一茶寮為李曼勤所救，逃離伊健之手。然後沒命似的趕路，走到武陵城。一入城，見到秀聖門的暗記，就馬上來到文華客棧。

中秋佳節，謝婷總算平安無事，在她失蹤的武陵城文華客棧兄妹重逢。

☙ ◦ ◦ ◦ ◦

當晚，謝婷睡得很安穩，因為見到謝鋒，她知道自己終於真正安全了。

反而謝鋒和伊臣卻睡不著，因為他們都記掛著在長江船上，生死未卜的詹老頭、鄭中飛和楊家三姊妹。謝鋒突然重遇謝婷，情緒高漲，在床上輾轉反側。借點夜色，見對面床的伊臣還有點動靜，向他叫道：「臣哥，睡了嗎？」

伊臣回應道：「我還未睡，你也睡不著吧！」

兩人仍躺在自己的床上，謝鋒說道：「對，找了一年多，

總算找到了小婷，但是我們下一步應該怎麼走呢？」

伊臣也在思索這個問題，有條理的答道：「我至少想到三條路。第一，馬上把令妹送回鷹王山，讓她好好休息。第二，要沿長江趕到會稽，看看詹老頭他們能否避過一劫。」

謝鋒點頭，也知道最後一條路是甚麼，答道：「最後，就是向南走，看看那禮貌周周的寶麗門首徒李曼勤是否有危險。畢竟，他之前對我留有餘地，現在又救了小婷，我絕不能坐視不理。」

伊臣嘆了一口氣道：「唉！最讓人難以決定的，是後兩件事，都非常急切，但又都很大機會已經太遲了。」

謝鋒也明白，要出事的話，詹老頭、鄭中飛和楊家三姊妹，甚至李曼勤都已經救不及了。但卻又絕不能袖手旁觀，想到這裡，也嘆了一口氣。

伊臣道：「這樣的話，那李曼勤武功不弱，跟大哥打起上來，至不滯也該能自保。我們還是明天一早僱船到會稽吧。」

謝鋒坐了起來搖頭道：「不成，如果郭城真的在附近，李曼勤就凶多吉少了。他有大恩於我們兄妹，決不能置他不顧。」

伊臣也坐了起來道：「對，這樣吧，我們兵分兩路！明天

早上，你和小婷乘船到會稽吧，反正途經柴桑的鷹王山。你先把謝婷送回秀聖門，再到會稽。而我就往南走，去那茶寮看看能否找得著李曼勤。無論能否找到他，我都走陸路到會稽和你會合吧。」

謝鋒一想，覺得這確是最好的辦法，答道：「好吧。」

想清楚去向後，兩人才安心去睡。

θ ○ ○ ○ ○

天一亮，謝鋒和謝婷就送伊臣出武陵南門。

謝婷向伊臣說清楚茶寮的正確位置後，謝鋒向伊臣道：「臣哥，我真的很感激你，沒有你，我定救不回小婷，此行一切小心為上。」

伊臣灑脫的笑道：「放心吧，臣哥可是丐幫幫主來的，不會那麼容易被人算計到的。就讓我看看那郭城是不是三頭六臂的，再說，人生就是這樣才夠精彩。我去了，再見！」

說完就出了城，說不盡的從容。

伊臣出城後不久，就展開腳程，全速往南趕去，在武陵城南面失去蹤影。

守在南城門暗處的陳春微微一笑，心道，只要伊臣到了南方那茶寮，肯定會被埋伏在那兒的幾十名聽風山莊死士亂刀斬死。這批死士裝扮成各式各樣的茶客商旅，驟然發難，相信伊臣肯定難以招架。

知道張勇父女背叛了楓揚門後，郭城不但繼續和宗主合作，而且將計就計，要陳春把謝鋒幾人騙到長江這一帶。他離開成都後，一直在他們的船上放出消息，把行蹤透露予己方的人。發動襲擊之前一晚，陳春才偷偷離船，到武陵會合帶著謝婷的伊健。

哪知他未到武陵，就發現謝鋒和伊臣竟也藏到船上。於是，伊健馬上把謝婷送去南方另一大本營長沙城，豈知中途卻遇上李曼勤，謝婷被救走了。

而陳春一直在武陵城暗中監視著謝鋒和伊臣的一舉一動，更想到謝鋒他們定會到南方的茶寮一探究竟。於是命人預先埋伏在該地，為伊臣佈下死亡陷阱。伊健在李曼勤被擒後已經回到武陵，藏到碼頭區的一艘船上，而陳春現在則動身前往該船會合伊健。

對伊健這人，陳春是打從心底的欣賞，武功高強、勇猛果敢，喜怒不形於色。

陳春駕輕就熟的就回到碼頭區，繁榮的情況和一年前不違

多讓，只是物是人非。幾個起落，他就回到聽風山莊的船上。

在船艙，陳春見到伊健氣定神閒的坐在廳中喝茶，身旁還有陪他回來的梁詠姿。在她眼中，好像永遠都只有伊健。只要見到他，梁詠姿可以把這兩年來的種種辛酸都忘記得一乾二淨。

見到伊健和梁詠姿如膠似漆的恩愛模樣，陳春不由得想起自梅芳死後就芳蹤杳然的張栢詩，暗自神傷。

伊健淡然的向陳春問道：「春，臣弟離開了武陵城嗎？」

陳春打起精神的答道：「是的，我親眼看著他從南城門出城的，應該要到那個仙女峰附近的那個茶寮。」

心情複雜的伊健點頭道：「這就好了，讓他白走一趟吧。」

陳春心中苦笑一聲，伊臣此去，恐怕不只白走一趟，而是永遠都回不來了。佈局殺伊臣的事，身為他大哥的伊健當然毫不知情。口上卻應道：「對了，我們的人有跟住謝鋒兩兄妹嗎？」

伊健平靜的答道：「跟上了，他們剛到碼頭區，要催船到柴桑城，看來是要回秀聖門了。」

陳春冷笑道：「哈，他們恐怕永遠都回不去了。他們的船一開，我們就跟在後面，等到適當時機，就發動突襲。他們可以僱用到的只會是普通貨船，性能上絕比不上我們這種戰船的。謝鋒啊！東佺的血仇和鑄劍谷上的帳，是時候算清楚了。」

到了黃昏時分，謝鋒和謝婷的船才緩緩從武陵城開出，兩人一心只想盡快得知楊榕等人的下落，卻茫然不知已經被一艘性能優秀的戰船跟上了。

☸ ○ ○ ○ ○

謝鋒兄妹的船駛入洞庭湖時，天色已經全黑。

遠遠跟在後面的聽風山莊戰船上，伊健、梁詠姿和陳春站在甲板上眺望前方的小船，前者目光如電，似是盯著獵物一舉一動，以待最佳攻擊時機的獵豹。

他們的戰船，表面看來，跟一般的貨船分別不大，具攻擊力的器材也掩飾得很好，所以不虞被發現。

現在萬事俱備，唯一要等待的，只是一個最理想的時機。

在洞庭湖內，當然不是一個好的突擊地點。湖面開闊、四通八達，很容易會讓謝鋒他們逃去，加上湖內還停泊著很多其他船隻。如果引起了其他人的注意，恐怕會節外生枝。

洞庭湖以北，至長江前的一段水道河道狹窄，是個不錯的選擇。

　　看一看附近的環境，伊健道：「離開洞庭湖後，一到子時，我們的船就加速追上去，衝向謝鋒他們的船。撞破他們的船後，我們就上船拿人吧。」

　　陳春答道：「好，讓我通知大家，伊大哥先好好休息吧。」

　　兩艘船一先一後的駛離洞庭湖，沿支流往北向長江進發，支流的兩旁滿佈高樹。

　　看著河道逐漸收窄，陳春仍在甲板吹著海風，靜候子時的來臨。他已經急不及待想要看到謝鋒授首於伊健的槍下，以祭侄兒的亡魂。

　　因為他很清楚，區區謝鋒，絕對打不過名動天下的「動地槍王」伊健。

　　黑夜中，萬籟無聲。

　　忽然，左方樹林傳來「呼！呼！」兩聲巨響，劃破黑夜的寧靜。陳春一聽，已經知道事不尋常。果然，左邊兩棵參天巨樹慢慢傾倒向戰船的船身。

「馬上靠向右方！」陳春大叫，但因為距離太近，戰船的水手還未及反應過來。

兩樹一先一後的轟然倒下。

「轟隆！轟隆！」樹幹不偏不倚的正正壓在船身的較前位置。壓得船身破裂，船艙也開始入水，船上的人失去平衡，亂成一團。

陳春怒不可遏，知道是有人刻意為之，把目光投向左方的岸邊。兩樹恰好成為了連接住岸邊和船身的橋樑，借點月色，他見到一個雄偉的身影踏著樹幹緩步走向這艘即將沉沒的船上。

盛怒下，陳春把短劍拿到手上，向那快要走到船上的人攻去。

那人發出豪邁的笑聲，不退反進，急步的加速衝向陳春。聽到這笑聲，陳春知道原來一直小覷了敵人，更有點後悔自己如此衝動出手。因為他已經認出笑聲的主人，就是應該到了南方的新任丐幫幫主伊臣。

伊臣衝到陳春身前，左掌快如閃電的劈中陳春持劍的右手，短劍應掌拋飛。陳春知道伊臣習得「餓狼十八掌」後武功大進，難攖其鋒，借勢向後滾回船上，以避開伊臣連消帶打的

下一掌。

沿樹幹滾回船上的陳春馬上拔出匕首，提在身前，以應付窮追到船上的伊臣。

伊臣殺得性起，早前又中了其詐降之計，累得鄭中飛等人生死未卜，盛怒下正要向陳春狠下殺手。剛踏足船身，差不多攻到陳春面前，卻感到右方傳來森寒的殺氣，無奈下退後一步，足踏船邊，恰恰避開兩柄飛刀。

夾雜著船上眾人的呼叫聲，船身又下沉了吋許。伊臣站定身子，向右望去，終於見到他找了兩年不果的大哥，「動地槍王」伊健。

伊臣雙眼死死的盯著伊健，後者卻迴避他凌厲的眼神。

另一邊的陳春則雙目露出深刻的仇恨，向伊臣喝道：「伊臣！你不是到了南方的茶寮嗎？怎會在此出現？」

伊臣還是盯著伊健，對陳春和伊健身旁的梁詠姿，以至船上在逃難的水手和聽風山莊戰士視若無睹，冷哼一聲道：「哼！如果再上一次你陳春的當，我這個丐幫幫主還用當嗎？」

這時才回頭一看陳春續道：「我早就想到，你們定會派人監視我們的一舉一動。於是我假裝出城，入林後就馬上喬裝回

城。然後到碼頭區的暗處，看看有甚麼船跟在謝鋒兄妹的船後面，果然把你們釣出來了。」

聽到這裡，伊健抬頭看著伊臣沉聲問道：「謝鋒兄妹呢？」

伊臣回看伊健，微微一笑的反問道：「哈，我們兄弟間的事，還要外人插手嗎？」

伊健忽然仰天長笑，爽朗的道：「哈哈哈，好！臣，你果然沒有令大哥失望，短短兩年不見，竟然當上了天下第一幫的幫主，讓為兄可以了卻一件心事。」

船身繼續向前方傾斜，又有幾名聽風山莊的戰士掉到河中，水聲、慘叫聲此起彼落。

伊臣依然站得穩如泰山，沒頭沒腦的問道：「大哥，為甚麼？」

別人不明白，伊健卻很清楚伊臣說甚麼，苦笑一下道：「世事不是每一件都可以盡如人意，也不是誰都可以隨便選擇自己的路。」

伊臣問道：「大哥，你有甚麼苦衷，不妨告訴我，我們兄弟一同去解決吧。」

想想背上被郭城種下的絕命符，伊健搖搖頭道：「太遲了，我回不去了。來忘掉錯對，來懷念過去，來接受如今我們兄弟各為其主的事實吧。」

　　　伊臣激動的問道：「是郭城在威脅你嗎？還是甚麼榮華富貴、功名利祿把你迷住了？以前的大哥，怎會變成這個樣子的？」

　　　伊健道：「都不重要了，你就當大哥兩年前已經死在獅子門的後山吧！」

　　　伊臣稍為平靜，沉默了半晌再道：「大哥，爹被判囚了，我到牢房中見過他。」

　　　伊健內心震動，表面卻冷冷的問道：「他怎樣？」

「他很落寞，甚麼都沒有說，我走的時候，他只說了一句話。」伊臣一字一句的道：「就是一定要把你找回來。」

　　　伊健強忍住心中的動容道：「你沒有把他救出來嗎？」

「你知道我不會的，我也知道如果是你，也絕對不會救爹出來的。怎去當個男子漢大丈夫、明是非、知進退，我一直以你為榜樣。」伊臣頓了頓再道：「不對，應該說是以以前的你為榜樣才對。」

聽到這裡，伊健心如刀割，但仍仰天長笑道：「哈哈哈，以前的小屁孩，如今竟然教訓起大哥來！」

伊臣把星辰棒拿到手上，擺出架勢，冷冷的道：「我不會讓你沉淪下去的，想要繼續跟著郭城作惡，就先把我殺死吧！」

站在伊健身旁的梁詠姿插口道：「臣，不要讓你大哥為難了，你誤會了他……」

伊健舉手截停了她，向伊臣道：「今晚郭城隨時會出現，我不會和你打的。還有一句忠告，就是閒事莫理。下次再見，決不留情。」

然後轉頭向梁詠姿和陳春道：「我們走吧！」

三人跳到右方岸上，消失不見。

伊臣也跟著跳到右方岸上，但出奇地沒有追上去，反而在岸上低頭沉思。

戰船徐徐沉下河底，一眾聽風山莊的戰士狼狽不堪的爬上岸後，也不管呆站的伊臣，沒命似的跟在伊健他們的身後遠去。

當世

四大天王

江東四俠

　　謝鋒兄妹在前往長江的船上，茫然不知後方的危機已經被伊臣化解於無形，伊臣也奇怪地沒有跟上他們的船，自行離去了。

　　兩天後，船隻駛出了支流，轉入長江，謝鋒就開始留意兩岸的情況，看看有沒有鄭中飛他們遇襲的痕跡。果然，在長江往東駛了一天後，經過一處險要的隘口不遠處，就見到那擱淺了的船隻殘骸。

　　謝鋒馬上把船停在一旁，跳到破船的殘骸上查看。

　　不一會，謝鋒就已經確認這就是詹老頭、鄭中飛和楊家三姊妹他們之前所乘坐的船，船身插滿利箭，船頭更有被火燒過的痕跡。滿目瘡痍的情況看得謝鋒眉頭大皺，令人稍感安心的，是未有在船上找到他們的屍體。

　　兩兄妹在附近找了半日，直至天黑也不見其他可供推敲的發現，就返回自己的船上。

　　船上，謝鋒擔憂的道：「小婷，師妹他們的船果然被襲擊了。難道他們全軍覆沒，被一網成擒？」

謝婷已經知道事情的始末，有條不紊的答道：「如果陳春當日真的在襲擊發動前不久才離船而去，那麼至少已經是三、四天前的事了。他們就算逃得掉，也不會留在這兒附近。」

　　謝鋒認真的看一看謝婷，發現經過這一年多的磨練，她長大了很多。他摸了摸她的頭道：「小婷，妳長大了。」

　　謝婷笑了笑答道：「經過這次死裡逃生的經歷，我才知道以前的我，太過幸福了。以前無論發生甚麼事、闖了甚麼禍，都有很多人為替我補救，尤其是你。」

　　謝鋒也笑道：「哈，傻丫頭。既然這樣，我們繼續順流而下，先到柴桑，然後就回鷹王山吧！」

　　謝婷點頭道：「好的，我也很想念掌門和其他師兄弟。」

ꙮ ◯ ◯ ◯

　　又過了幾天，兄妹兩人到了南方近瀋陽湖、孫權領地西面的軍事屏障柴桑城。

　　剛進城，已經是中午時分，柴桑城熱鬧如昔。兄妹兩人到了城中著名的牡丹樓用膳，這是謝婷從小到大都最愛的餐館。所以一回到柴桑，謝鋒馬上帶她來大快朵頤。

　　兩人坐到上層近窗的位置，可以飽覽長江的美景，以前每次下山來到，他們幾乎都要坐到這個座位。點好菜餚後，謝婷舒暢的捱到椅背上由衷的道：「呼！終於回來了。」

　　謝鋒見到謝婷可以平安無事的坐在這裡，都感覺到上天待自己兄妹不薄，笑一笑道：「小婷，妳以前總是嚷著要到外面闖蕩。經過今次之後，掌門定會要妳乖乖的留在鷹王山了。」

　　謝婷笑道：「沒關係了，現在才知道世途險惡，還是鷹王山比較安全。哥，你也會留在鷹王山陪我嗎？」

　　謝鋒想到生死未卜的三位師妹、鄭中飛和詹老頭，還有和星華派之間的誤會，眉頭一皺的答道：「我把妳送回鷹王山，向掌門和師叔請示一番，就要下山辦一點事，事情辦妥後，才可以回鷹王山陪妳。」

　　謝婷見他神色一黯，知道謝鋒要去找生死未卜的幾位師妹，內疚的道：「都是我不好，連累了大家。」

　　謝鋒安慰道：「放心吧，他們定會吉人天相的。」

　　謝婷還是相當自責，再道：「還有大哥，你無端被星華派和寶麗門，以至整個正道武林的人誤會，一切也是因我而起。」

　　說到這裡，感覺到有兩名年青小伙子沿唯一的樓梯走到餐

館的上層，到處張望後慢慢的靠向他們所坐的位置。

謝鋒立即提高警覺，轉頭一看，才放下戒備。

「哈！鋒師兄、小婷，果然是你們！」其中一名小伙子面露笑容向兩人招呼道。

謝鋒笑道：「小智，這麼巧呢？哈，還有小恆，剛到柴桑城就見到你們，相請不如偶遇，快坐下。」

來人是秀聖門的兩名小師弟關智和張恆，因為年齡相若，一向跟謝鋒兄妹和楊家三姊妹甚為相得。關智年紀稍長，為人處事也比較成熟；張恆比謝婷和楊妍還年輕，為人則好動胡鬧，常鬧出不少笑話。兩人跟楊嬌和楊妍一樣，練的是組合陣法，四人合力施展起來的「死改大陣」威勢十足，江湖上也薄有名氣。

兩人坐好後，張恆對謝婷道：「小婷，見到妳平安無事真好，我們一眾師兄弟都很擔心妳。」

關智也道：「還是大師兄厲害，單人匹馬就把小婷救回來。」

謝鋒笑道：「小智，不用拍馬屁了，快告訴我，你們為何會這麼巧在這裡出現？」

關智答道：「大師兄，我們之所以在這裡出現，絕非偶然。幾天前，大師姐和嬌師妹回到鷹王山，告訴大家你們還在追尋小婷的下落，但卻和大師兄和妍師妹失散了。說妍師妹在附近遇襲，很大機會會到柴桑來，著派內的人到這兒廣佈線眼，多加留意。」

張恆笑嘻嘻的接口道：「所以你們一入城，我們就收到通知，兩位師姐應該很快會到。」

聽完兩人的話，謝鋒一喜一憂，喜的當然是知道至少楊榕和楊嬌平安無事回到鷹王山，憂心的卻是楊妍竟然失蹤了。

正要問起詳情，聽到一輪急速的蹄聲從樓外響起。

四人向樓外一看，見到楊榕和楊嬌騎著快馬趕到牡丹樓樓下。兩人一下馬就跑到樓上，衝到他們的一桌。

「小婷！太好了，真的是妳！」楊榕一見到謝婷，有點不敢相信，到確認是她後就馬上從後抱住她，喜極而泣。

楊嬌也抱住謝婷，三人皆哭了起來，愈哭愈難過，久久未能平復。

直到菜餚上桌，謝鋒向三女叫道：「別哭了，先吃點東西吧！」三女才依依不捨的分開。

　　幾人吃了點東西，謝鋒隨即問道：「榕兒，妳們怎麼會和小妍失散了呢？」

　　楊榕這才平復好心情的答道：「你和臣哥離船之後那天，詹老頭說陳春走得太突然，一定有陰謀，中飛就讓我們先離船，他自己去引開敵人。」

　　楊嬌續道：「本來小妍也應該跟著我們，但最後卻不知怎的要和那無賴一起去對付敵人。我們想著想著，不太放心，著詹老頭先到柴桑城，然後也沿岸追去。追到那裡，只找到船的殘骸，卻找不著小妍和無賴。想到小妍擺脫敵人後，定會到柴桑城。於是回鷹王山找人幫手，守住此城的各大小出入口，希望等到他們到來。哪知，等了幾天，等不到小妍，卻發現了你們。」

　　總算明白了事情的始末，謝鋒歎了一口氣道：「唉！果然中了陳春的陰謀，讓中飛和小妍也失蹤了。」

　　謝婷面上的淚痕還未乾，又陷入深深的自責，哭道：「還是因為要救我，才弄得小妍生死未卜，嗚嗚……」

　　楊榕安慰她道：「小婷，不用擔心，那丐幫的鄭中飛為人雖然有點古怪，但武功才智卻很不錯的。否則豈能當上丐幫的長老呢？我相信他定會保護小妍周全，妳放心吧。」

　　楊嬌見謝婷仍未能釋然，馬上岔到別處道：「對了，鋒師兄，現在整個正道武林都在說張聖和梅掌門之死和你有關。爹還親自下令，只要你一回鷹王山，就馬上要去見他，更不許你再下山了。」

　　見謝鋒聽到不許再下山一句後，露出遲疑的神色。楊榕也勸道：「鋒師兄，爹是為你好的。江湖上，除了星華派和寶麗門的門人空群而出，誓要把你擒住外，還有很多與張聖和梅掌門有交情的幫會門派也躍躍欲試。只要把你擒住，再交到星華派手中，肯定可以揚名天下。」

　　關智也搖搖頭道：「連以前一向和我們要好的『江東四少俠』也要割蓆絕交，說要為武林主持公道，把大師兄你抓起來，大鑼大鼓的送到星華山。」

　　張恆也苦笑道：「對了，明明這幾人之前一直在追求嬌師姐，現在卻反臉不認人，置兒女私情不顧了。」

　　楊嬌聞言著急的道：「恆師弟，你別亂說了，哪有這麼多人在追求我。至少，正哥肯定不是。你再亂說，我就把你經常到市集偷看小姑娘的事稟告掌門，讓師叔執行家法。」

　　張恆吐一吐舌頭道：「嬌師姐，手下留情呀，我以後不敢亂說了。」

所謂的「江東四少俠」是近年來在江東一帶冒起的年青高手，一向和謝鋒他們素有來往，除了「小槍王」蕭正之外，其餘三人皆對楊嬌頗有好感，著力追求。不過自從星華派公告天下，要把謝鋒捉拿後，四人馬上和秀聖門的人劃清界線，更主動四出尋找謝鋒，以求揚名立萬。

　　謝鋒深感人情冷暖，又嘆一口氣道：「唉！話雖如此，但我還不可以回去了，我定要找回中飛和小妍才可放心。而且我這樣回去，只會帶給掌門更大的麻煩。唉！」

　　楊嬌忽然醒悟的道：「如此一來，你馬上要走了，你們到達柴桑城的消息，很快會傳回鷹王山。」

　　謝鋒點頭表示明白，轉向關智和張恆道：「小智小恆，你們代我把小婷送回鷹王山吧。大師兄還有點事要辦，暫不回去了。」

　　關智臉有難色的答道：「但是……但是掌門下了嚴令，說大師兄你今次闖的禍太大，如果有任何門人見到你，定必要把你弄回鷹王山再說。」

　　謝鋒道：「小智，大師兄自有分數，再說，我回到去也只會讓掌門為難。你們就當沒有見過我吧。」

　　關智不敢違背掌門楊秀的意旨，又不想得罪謝鋒，猶豫難

決。

反而坐在他身邊的張恆有如初生之犢，天不怕地不怕，向關智道：「智師兄，就讓大師兄走吧。反正我們本來就打不過大師兄，留他不住也是正常的。」

楊嬌也勸道：「小智，大師兄平時待你這麼好，別要讓他失望了。」

「好吧！我和恆師弟先送小婷回鷹王山，就當沒有見到大師兄。」關智終於屈服。

楊榕道：「好！事不宜遲，大師兄先出城吧。我和嬌妹到客棧找詹老頭，然後在城東外的破廟集合吧。」

又轉向關智、張恆和謝婷道：「你們也馬上出發到鷹王山吧，並通知大家，我和嬌妹要去會稽找小妍。這事我早就跟掌門和師叔說過，只是提早了幾天起行。」

謝婷雖然捨不得這麼快又要和謝鋒分別，但又知道楊妍不能不救，唯有道：「大哥、榕師姐、嬌師姐，萬事小心，小婷在鷹王山等你們帶小妍回來。」

謝鋒故作輕鬆的道：「傻丫頭，別再哭了，我們很快會回來，不用擔心。」

θ○○○

送別了謝婷她們之後，謝鋒一個人走到柴桑城的東城門，排在出城的人龍之後，等待辦理出城的手續。

差不多輪到謝鋒繳稅出城之際，後方傳來密集的馬蹄聲，五六匹健馬疾馳而至，途人爭相走避。

謝鋒回頭一看，認得馬上的幾人，知道他們是衝著自己而來。

領頭一人一臉正氣，背掛長槍，雙目如電，一眼就從人群中認出謝鋒，驅馬到他面前，神情自若的微笑道：「謝兄，人生何處不相逢，如果不是我們馬快，恐怕會和謝兄失之交臂了。可見天網恢恢，疏而不漏，邪不能勝正。」

此人正是關智之前提過的「江東四少俠」中的蕭正，他一表人才，跟謝鋒年紀相若，一手「獨到槍法」使得氣勢如虹，頗有「動地槍王」伊健年青時的影子，被譽為「小槍王」。另外幾騎正是「江東四少俠」的其他三人，分散的停在謝鋒附近，隱含合圍之勢。

謝鋒知道往日一同把酒言歡的交情，在這刻已經毫無用處，暗自感慨。

見謝鋒沒有答話，蕭正續道：「星華派上上下下都在找謝兄，誰都知道，最有可能找到謝兄的地方，肯定是離鷹王山一帶最近的大城柴桑。只是星華派顧及武林同道的情誼，一直約束門人，不讓他們到這裡搜捕。既給貴門掌門楊秀的面子，也等他親自把你交出來，以維護正道武林的團結。哪知，楊掌門竟然包庇謝兄，讓我們見到謝兄要偷偷離城，真是辜負了星華派的苦心。」

謝鋒冷笑一聲，厲聲道：「哈！一沉百踩，江湖規矩，不過如此，即管放馬過來吧！」

蕭正微微一笑：「謝兄言重了，只是星華派不方便做的事，讓我們幾個代勞罷！」

謝鋒還未答話，另外一人又說道：「謝兄，我們四人不是要與貴門為敵，相反，我們只是不想貴門因為你一人而遭到覆派之禍。所以請謝兄聽小弟一言，繳下利劍，隨我們四兄弟到星華派總壇弄清楚事情的始末，我麥俊以人頭擔保，到星華山前，絕不會損謝兄分毫。」

這人叫麥俊，長有一張馬臉，衣飾華麗，左右跟有兩名奴僕，他既是羅生門的首徒，也是柴桑首富的獨子。經常被人揶揄他之所以能拜入羅生門，學得上乘武學，全因為其父富有，而不是憑其資質天分。所以他今次很想把謝鋒帶到星華山以證明自己的實力，為此不惜得罪他很有好感的楊嬌和秀聖門。是

以雖明知今天惡戰難免，仍客客氣氣的好言相勸，盡最大努力和平解決事件。

謝鋒冷哼一聲：「哼！你們不過想討好星華派，更想提升自己的名聲吧。不用惺惺作態了，要我聽話，就先問過我手中的蝴蝶劍吧！」

麥俊身旁的一名奴僕見主人被搶白，向謝鋒喝斥道：「大膽小賊！我家主人好言相勸，給你下台階，你不去珍惜，還要惡言相向，是否討打？」

另一名奴僕也道：「誰不知道主人已經打遍江南無敵手，你這種跳樑小丑竟敢在主人面前不識抬舉，可笑可笑！」

對於兩名奴僕的吹噓，麥俊在馬上微微一笑，似是甚為受落。

反而一直未有發聲的「揚州飛魚」方刀甲和「環生劍客」余文對望一眼，仍保持沉默，卻露出了嘲弄的神色，明顯不大認同麥俊兩名奴僕的吹捧。

謝鋒把一切看在眼裡，知道他們四人絕非齊心一致，決定先發制人。

「看劍！」謝鋒大喝一聲，蝴蝶玉劍在他手上化作狂龍，快捷

如電般擊射向最近的蕭正的臉頰。

安坐馬上的蕭正根本沒有想過一向頗有交情的謝鋒會驟然出手，猝不及防下手忙腳亂，加上他一向稱手的兵器是長槍，還掛在背上，根本來不及取出。無奈下，翻身下馬以避其鋒。

謝鋒面露微笑，似是一早知道蕭正會如此反應，更隨即收劍，順勢跳到蕭正的馬上。一夾馬鞍，正要揚長而去，身旁的麥俊已經領著兩名奴僕趕到。

另一邊的方刀甲和余文卻仍作壁上觀，似是要待謝鋒力戰之後才出手，佔盡便宜之餘，又可獨享擊敗他秀聖門首徒的名聲。

謝鋒雖然知道他們的想法，卻苦無對策。

馬兒還未動，麥俊的雙掌就攻到。他近年才出道，雙掌使來卻甚為沉實，名為「耿念雙掌」。左掌名為「耿耿」，大巧若拙，毫無花巧的直擊而來，卻有一往無前的威勢。右掌叫「念念」，和左掌大相逕庭，千迴百轉，變化無方，一旦纏上則極難擺脫。

坐穩馬上的謝鋒側身面對麥俊的攻擊，卻絲毫不管其不住變化的右掌「念念」，一劍刺向其左掌「耿耿」。

原式不變的話，麥俊的右掌應該可以在蝴蝶玉劍刺入左掌前，早一步擊中謝鋒的肩膀。但即使打中了，麥俊能否趕得及收回左掌還是說不準的。以招博招，打謝鋒一掌，換來廢了自己的左手，當然不划算。

麥俊無奈下收招退後，謝鋒就是看準這公子哥兒絕不敢以身犯險，定會退走。但還未有時間得意，就感到下方傳來的殺氣。原來剛才躍下馬的蕭正已經重整旗鼓，盛怒下取出長槍攻向自己。雖然他由下攻向上，但卻很巧妙地利用了長兵器的特性，把劣勢轉化成優勢。

「噹噹噹！」在馬上的謝鋒用劍和站穩地上蕭正的長槍連續交擊了三下，大家也佔不了多少便宜。

論功力，在鑄劍谷修練過幾個月的謝鋒還是稍勝一籌，只是要提防站到一旁，虎視眈眈的麥俊。謝鋒每出一劍，都要留有餘力，以應付其隨時的偷襲。反而蕭正可以心無旁騖，毫無後顧之憂的發揮長槍一往無前的特點。是以謝鋒倒是難以擺脫蕭正的糾纏，脫不了身，暗自苦惱。

謝鋒再擋下蕭正幾槍，雖然不算吃力，但兩邊的方刀甲和余文開始向他靠近。加上一直在旁靜候機會的麥俊，為謝鋒構成強大的心理壓力。

「哈哈哈！」忽然，蕭正大笑三聲，謝鋒知道要糟了。

果然，蕭正人隨槍走箭矢般躍向馬上的謝鋒，而麥俊的掌、方刀甲的刀和余文的劍也同時自四方八面攻向他。

謝鋒一劍架開了蕭正的長槍，馬上又掃中了方刀甲後發卻先至的「無雙刀」，卻竟難動其分毫。無奈下翻身下馬，左肩被余文的「生環劍」劃破了一道血痕，更要命的是右背結結實實的被麥俊打了一掌，倒地之前還噴出了半口鮮血。

倒在地上的謝鋒一抬頭，發現自己被四人圍在中心，加上自己已受了不輕的內傷外傷，勢難突圍而去。

而本來要排隊出城的人群，在他們開始打鬥時，早已散在遠處觀看，以免殃及池魚。

余文向謝鋒喝道：「謝公子，束手就擒吧。」

麥俊也道：「謝兄弟，跟我們去吧，再打下去，恐怕會弄出人命了。到時我怎向嬌妹交代呢？」

要謝鋒這心高氣傲的人屈服，只怕比殺了他更難。他只冷哼一聲道：「哼！可笑可笑！這樣不顧江湖道義，四人圍攻我一個，不怕天下人恥笑嗎？還想向我門中人交代？我的命就在這裡，有本事就拿去吧！」

見到主人被搶白，站在麥俊左邊的一名奴僕向謝鋒喝道：

「大膽奴才，主人宅心仁厚，給你機會改過自新，你還要不識時務？」

右邊的奴僕也深怕馬屁拍得慢了，馬上叫道：「主人明明是憑真材實學把你這奴才打成滾地葫蘆，別要說成雙拳難敵四手。『江東四少俠』譽滿天下，就算單打獨鬥，還不是手到拿來，一同出手，不過為了省點時間罷。」

左邊的奴僕繼續吹噓道：「對了對了，照我說，就算是『當世四大天王』在這個年紀，功夫也比不上主人。主人將來的成就，肯定會超過『四大天王』，哈哈哈哈。」

聽得麥俊的奴僕愈說愈誇張，謝鋒不禁搖頭苦笑。

「哈哈哈哈！這樣的話也有人說得出，老夫真要見識見識了！」一把粗糙而沙啞的聲音毫無先兆的從城門上方響起，震得人人耳鼓劇痛。

「江東四少俠」一聽之下，面色大變。

浪子王烈

城門上，一柄灰銀色的窄身長劍以快得不合常理的速度直飛向「江東四少俠」。

快如閃電，長劍先攻向馬背上的麥俊、方刀甲和余文。三人雖以自身的雙掌、寶刀和利劍分別擋下這柄詭異的長劍，但劍身傳來的霸道內勁，竟不約而同的把他們震飛馬下。

這劍最後才攻向站在地上的蕭正，劍槍相交，發出清脆利落的「噹」一聲。蕭正連人帶槍向外拋飛，竟無一合之將。

劍，當然不會自己去攻擊不同的人，更不可能以內勁震退「江東四少俠」。震退他們的，是持劍的人，只是這用劍的人使劍使得太凌厲，讓人眼中只有劍而忽略了人。四人這時才看清楚持劍的人，一名臉容滄桑、混身散發著絕望氣色的男人持劍站在謝鋒身前。

「江東四少俠」本來就認識此人，只是想也沒想過，他的劍法，原來高明到這種程度。

這人正是謝鋒的師叔，被譽為秀聖門內武功第一人的「浪子」王烈。

一看地上，除了一臉錯愕的「江東四少俠」，連麥俊的兩名奴僕也不知何時，給王烈的兩個巴掌打到馬下。兩人摸著紅腫的臉，還不知道發生何事。

如此本領，別說只見過王烈幾面的「江東四少俠」，連日夕相見、身為師侄的謝鋒也完全沒有見識過。他做夢也想不到，平時總是鬱鬱寡歡、甚少說話的師叔，竟然身懷絕世劍法。

王烈木無表情的站著，以其獨特的沙啞聲線向倒在地上的六人徐徐道：「滾！」

蕭正還待說句甚麼的門面話，好體面地離去，但見王烈的神態雖然平和，但說得決絕，話到口邊，竟硬生生吞回去。向其他幾人打個眼色，就拔腿而逃，另外三少俠和兩名奴僕也緊隨他而去。

六人轉眼間走個一乾二淨，比來時還要快，六匹健馬也不及帶走。

圍觀的途人見王烈一臉殺氣，知道絕非善類，也陸續散去，以免殃及池魚。

王烈這時才還劍入鞘，扶起了謝鋒，關懷的問道：「鋒兒，有沒有受傷？」

面對師叔關切的問候，謝鋒好像遇到親人一樣，感到非常窩心，笑道：「師叔！很久不見了，鋒兒沒有事呀。」

　　王烈神色凝重，以其招牌的沙啞聲線道：「很好，我們快回鷹王山吧！以免節外生枝。」

　　王烈出現後，謝鋒已經知道想不回鷹王山也很難了，但他又不想置楊妍和鄭中飛不顧。始終，事情是因自己而起。所以聽王烈這麼一說，頓時顯得猶豫了。

　　他很熟悉這個師叔，平時總是坐到一旁冷眼旁觀，似是對世事也漠不關心，很少說話，卻是說一不二的，更加沒有見過他的笑容，但對他們幾師兄妹倒是很關心的。

　　他記得有一次，楊榕問他為甚麼總是苦著臉，王烈只冷冷的答了一句。

「世上，已經沒有甚麼事值得我笑了。」

　　謝鋒試探的問道：「師叔！鋒兒還有點事要辦，暫時未能重回秀聖門。」

　　王烈怒道：「鋒兒！不得胡鬧，你知道自己已經闖下彌天大禍嗎？全賴掌門在背後為你撐腰，你才可以到現在還活得好好的。快跟我回去！」

謝鋒道：「師叔！鋒兒是無辜的，你一定要相信我。」

王烈怒氣稍歛，平和的道：「師叔從小看著你長大，當然相信你不會做出這種大逆不道之事。只是此事弄得太大，你暫時絕不適宜在江湖上露面了。」

謝鋒道：「鋒兒就是知道闖下大禍，才不敢回去。你想想，如今天下人都認為鋒兒害了張聖和梅掌門。如果鋒兒回去，只會讓掌門為難，不把我交出去，會被譏為包庇門徒之輩。交我出去，則滅了本門威望，像是屈服於星華派之下，進退兩難。」

王烈沉思一會才道：「但是如果你在江湖上走動，被其他人拿下，恐怕難以善後。」

謝鋒見王烈的態度軟化了一點，續道：「師叔！放心吧！我只要找回小妍和一個朋友，就馬上會回到鷹王山，一切由掌門為鋒兒作主。」

王烈微一點頭道：「小妍當然不能不理，讓我和你一同去吧！」

能得到武功經驗皆是秀聖門首屈一指的「浪子」王烈一同營救鄭中飛和楊妍，謝鋒當然是求之不得，但一想之下，卻又很擔心鷹王山那邊的情況。因為秀聖門掌門楊秀雖然一生好武，但武功卻只是平平的，能一手建立秀聖門，憑的只是生意

人的財力。

如果王烈、楊榕和自己同時離開鷹王山，而又有人上山鬧事，根本沒有人有能力阻止。先不說星華派中人對自己恨之入骨，只是郭城和楓揚門覆滅獅子門的前車之鑑，已經令他們不得不步步為營了。

想到這裡，謝鋒向王烈道出了郭城這兩年來先後滅了獅子門、迫死張榮和毒害梅芳的事。

王烈愈聽下去，面色愈難看，待謝鋒一說完，馬上問道：「鋒兒，此事事關重大，你可有真憑實據？」

謝鋒苦笑道：「證據倒是沒有，但如果郭城的目標真是『劍神令牌』的話，遲早肯定會露出馬腳的。不過，事前我們必須多加提防。所以如果我們空群而出，以致本門派內空虛，讓郭城有可乘之機，實屬不智。」

王烈一想之下，也覺有理，加上他一向疼惜謝鋒這個師姪，歎了一口氣才道：「唉！鋒兒，師叔要把你剛才說的事回稟掌門，急謀對策。你儘管去吧！年青人，要多加歷練，才會成長。萬事小心了！」

總算說服了王烈，謝鋒喜道：「多謝師叔成全，鋒兒定會事事小心，不會墮了秀聖門的威名。」

王烈道：「不過，有言在先，我只給你一個月時間。一個月後，不論能否找到小妍，你也要帶同兩位師妹回來，明白嗎？」

謝鋒點頭道：「鋒兒知道了。」

❀ ○ ○ ○

王烈去後，謝鋒騎著「江東四少俠」留下的馬兒出了城，還順手把剩下來的五匹馬也帶上，以讓楊榕他們會合自己後也有馬可乘。

謝鋒避開人多耳雜的官道，在樹林內往東而行，以免節外生枝。到了晚上，總算到達目的地。在柴桑城以東的一間破廟外，謝鋒把六匹馬兒縛好，就獨自入廟，等著楊榕她們到來。

他們幾師兄妹過往不時會在鷹王山附近到處遊玩，對這一帶的地方，是很熟悉的。

剛入廟，亮起了油燈，大雨就「嘩啦嘩啦」的下個不停。謝鋒大呼幸運，卻又怕大雨會耽誤了兩位師妹和詹老頭的行程，心情矛盾。

見閒著無事，謝鋒就在寺廟內的一角打坐用功，好好調息。因為他今早被那甚麼「江東四少俠」打傷了，對王烈說自己沒

有受傷，只是不想他擔心，更不想被他以此為由，把自己帶回鷹王山。

外面是狂風暴雨，寺內則一片寧靜，烈風從破舊的門窗罅隙吹來，把寺內的油燈吹得忽明忽暗。

閉起雙目的謝鋒拋開所有煩惱，心無雜念的運功療傷。物我兩忘的他把體內真氣遊走遍全身七十二個竅穴，每運行完一個週天，都感到說不出的舒暢。

不知過了多久，忽然心生警兆，謝鋒張開雙眼，寺內的燈光仍然搖擺不定，但感到內傷已經痊癒了大半，嘖嘖稱奇。

讓他轉醒的，是他捕捉到一點寺外傳來、夾雜著風雨聲的人聲，馬上功聚雙耳。

「大師，前方有間寺廟，我們先到那裡避雨吧！」兩人一先一後打著傘在雨中步近，其中一人叫道。

「定田，天將降大任於斯人也，必先苦其心志，勞其筋骨，餓其體膚，空乏其身。你遇到少許困難，就想著逃避，將來怎能成大器呢？」那大師際此情況，仍不忘說教。

「大師，其實如果不是你不信任我，走錯了路，我們應該早就到了柴桑城，不用苦這個心志了。」叫定田那人略帶埋怨的答

道。

「唉！好吧，先到那寺廟休息一會。」那大師答道。

　　來人正是之前伊臣在少室山叢林寺遇到的「虛幻頭陀」古基大師和定田和尚，只是不知道為何會出現在柴桑城外的破廟。二人一先一後的步入破廟，他們見到謝鋒在寺內，並不意外，因為他們早在入廟前，已經見到縛在寺門外的六匹駿馬。

　　三人互相點頭一下，算是打個招呼，這種情況，在戰亂期間，並不罕見。

　　仍舊頭戴小帽的定田和尚向謝鋒問道：「施主，你好，我們路過此地，卻遇上狂風暴雨，今晚打算在此度宿，希望不會打擾施主。」

　　因為謝鋒先到，所以定田和尚禮貌上徵求一下他同意。

　　謝鋒面露微笑道：「沒關係，我也是路過此地，既是有緣，兩位大師請隨便吧。」

　　定田和尚答道：「貧僧謝過施主。」

　　古基大師和定田和尚坐到破廟的另一邊，放下身上包袱，開始休息。

坐了一會，打算就寢的定田和尚卻忽然想起一事，向古基問道：「大師，我們明天一早就直接上鷹王山，還是先到柴桑城打聽一下？」

古基大師答道：「此事刻不容緩，天一亮，我們就直接上鷹王山吧。如果楊秀這傢伙不識相的話，就讓貧僧領教一下『浪子』王烈的『傷痴八劍』吧。」

忽然聽到掌門的名字，還要說得這麼不客氣，怒火中燒的謝鋒坐不住了，馬上站了起來。

雖見謝鋒突然站起，又露出不憤的神情，古基大師仍不慌不忙的問道：「這位施主，請問有何貴幹呢？」

謝鋒冷笑道：「沒甚麼貴幹，只是見大師突然說及家師的名諱，所以想請教一下兩位跟本門有何瓜葛吧。」

定田和尚代答道：「這位是『虛幻頭陀』古基大師，一向尊敬『拳聖』張榮和星華派掌門梅芳，最近出山，始知他們被秀聖門的謝鋒害死了。所以我們打算到鷹王山，把這小賊碎屍萬段，以祭張聖和梅掌門在天之靈。施主既是秀聖門的人，就應該勸勸貴掌門，勿要再包庇謝鋒，以免為天下人恥笑。可以的話，還請施主領路，帶我們到鷹王山，以免大師又胡亂帶路了。」

謝鋒總算親身感受到之前王烈所說，掌門楊秀為了自己的事所承受到的壓力了。

古基大師見謝鋒沉默不語，看一看他腰間寶劍刻有的蝴蝶圖案，緩緩站起身來，厲聲問道：「敢問施主腰間的寶劍，是否正是『蝴蝶玉劍』呢？」

謝鋒把劍提在手，向兩人叫道：「行不改名，坐不改姓，在下秀聖門謝鋒，正要領教一下大師的『歡樂金身』。」

本來謝鋒還可以解釋一下，張榮和梅芳的死，的確和自己無關。不過，古基大師似乎已經認定他是兇手。加上見兩人對掌門又不大尊重，如果還說出一些沒有證明的解釋，只會讓人覺得自己以至秀聖門怕了他才砌詞推卸，徒自招辱。以謝鋒一貫高傲的個性，殺了他也絕不會做出這種事。

事到如今，有理也說不清，唯有直接看看誰的拳頭硬了。

雖然謝鋒在伊臣和楊榕口中，早已經知道這「虛幻頭陀」古基武功高絕，足可以和已經練成星辰棒和餓狼十八掌的伊臣分庭抗禮。自己向他挑戰，無疑是以卵擊石，不過他依然一無所懼。

寺外的風雨吹打得愈來愈劇烈，油燈也繼續搖擺不定。

寺內的氣氛也突然升溫，定田和尚退到一角，古基大師徐徐站到寺廟中間，佛像前的一片空地，謝鋒也站到另一邊準備迎戰。

古基大師一臉嚴肅的道：「你是後輩，先進招吧。」

謝鋒冷笑一聲道：「這位不分青紅皂白的前輩，得罪了！」

蝴蝶玉劍化作長虹，在謝鋒和古基之間劃出一條優美得讓人動容的弧線，似實似虛地攻向嚴陣以待的古基。而玉劍攻到古基身前時，剛好是功力提升到頂峰的一刻，妙到毫巔。

攻出這麼一劍，謝鋒知道自己在重壓之下，劍術修為再有精進。

古基大師臉上露出凝重的神色，不退反進，務求要阻止這一劍使盡。「歡樂金身」讓古基的身形實為虛，謝鋒面前現出無數殘影。攻擊目標頓失，他攻無可攻下，唯有收劍後退。原本無懈可擊的一劍，無功而還。

更嚴峻的是古基見謝鋒收劍後退之際，無數殘影化虛為實，現出真身，如影隨形跟上謝鋒，看準機會，右拳拉弓攻向謝鋒。

「**必殺一擊！**」古基大師蓄勢待發的一拳，一往無前的攻向謝

鋒，大有開天闢地之勢。

謝鋒勉強以左掌擋下古基的這一拳，拳是擋下了，但拳頭傳來深厚的內勁，卻如缺堤般湧入體內，直侵體內經脈。他往後飛跌，坐倒地下，嘴角還吐出一口鮮血。

古基沒有乘勝追擊，仍站在原地，不徐不疾的道：「謝施主，苦海無邊，回頭是岸。貧僧下一拳就會取你性命，寺廟之內，貧僧實在不想破殺戒，跟我們到星華山受審吧。」

本來應該寶相莊嚴的佛像在忽明忽暗的火光映照下，顯得詭異非常，似在嘲笑謝鋒的不自量力。

謝鋒勉力站起身來，以衣袖一抹嘴角的血跡，淒然笑道：「謝鋒今晚就算命喪此廟，也絕不會皺一下眉。來吧！這次，該輪到大師先進招了。」

古基大師露出厭惡的表情道：「冥頑不靈，就讓本僧成全你吧！」

言罷，以虛實相生的「歡樂金身」身法欺近謝鋒身前，未及謝鋒劍圍之前，圍著他遊走，一圈接一圈。

因為要看清古基的位置，以防他隨時突襲，在圈內的謝鋒也隨古基自轉起來。但謝鋒轉不到幾個圈，已經感到眼前金星

亂舞，知道自己受傷不輕。

　　轉了十多個圈後，謝鋒終於支持不住，身法一滯，慢上了一線。古基冷笑一聲，正要出手。

「停手！」寺廟門前傳來一聲喝叱。原來兩人專心比武，在風雨聲下，竟忽略了早有幾個人到了門前。

　　兩人聞言停下攻守，站定身子向門外看去。

　　一看之下，出聲的是秀聖門大師姐楊榕。謝鋒心叫來得正好，原來楊榕、楊嬌和詹老頭恰好在這個關鍵時候趕到。

　　站到一旁的定田和尚認得楊榕，說道：「咦！這位不是楊榕楊施主嗎？」

　　楊榕收起雨傘才答道：「對呀！原來是定田小和尚和古基大師，發生了甚麼事？大師為何會和大師兄打起上來呢？」

　　古基大師疑惑的看著楊榕奇道：「大師兄？」

「哦！我想起來了，這楊施主跟謝施主一樣，都是秀聖門的人。」定田和尚這時才忽然想起來並叫道。

　　古基大師道：「好！既然都是秀聖門的人，都一起上吧！」

楊榕三人還不明白為何古基對秀聖門始終帶著惡意，前者問道：「古基大師，去年在叢林寺，你跟伊臣大哥不是已經化干戈為玉帛了嗎？怎麼今晚又跟我大師兄打起上來，還像是要跟本門拼命似的？」

　　古基大師望向謝鋒，雙目露出深刻的仇恨，狠狠的道：「就是這天殺的小鬼，把我最敬重的兩位江湖前輩害死的。」

　　說著說著，眼眶也變紅，顯然是接受不了張榮和梅芳撒手人寰的事實。

　　「不說了！先殺你謝鋒！」在眾人的驚呼下，古基大師突然出手，一拳攻向謝鋒。

　　謝鋒以雙掌擋拳，再噴出一口鮮血，向後拋飛，撞到牆上。古基還待連消帶打，楊榕已經趕到，讓古基不得不暫時放過謝鋒。

　　「**未知三絕掌**！」楊榕知道古基大師功力深厚，不敢急慢，使出十成功力的絕招。

　　古基大師微微一笑，叫了句「來得好」就轉向楊榕並一拳擊其掌心。楊榕感到古基雄渾的拳勁，馬上催發第二和第三重掌力以抗衡。

兩人各退一步，平分春色。

楊嬌馬上走到倒在牆邊的謝鋒身前，檢視他的傷勢。

古基大師沒有理會，只是略顯驚訝的看著楊榕道：「小姑娘原來身懷絕技，貧僧也走漏眼了，就讓我秤秤妳這小娃兒有多少斤兩吧。」言罷，擺出架勢，就要進招。

「等等！可以聽老頭子說幾句話嗎？咳咳！」一直站在一旁冷眼旁觀的詹老頭忽然叫出這一句。

當世

四大天王

地上雷公

古基大師聳一聳肩，無可無不可的答道：「原來是詹老頭，說吧！」看來他是認識詹老頭的，只是聽其語氣，兩人關係不會太密切。

詹老頭道：「古基，咳咳！你覺得你比起張榮和梅芳如何呢？」

古基大師現出尊敬的神態，認真的回答道：「『拳聖』張榮拳霸天下、難逢敵手；梅掌門乃女中豪傑、統領星華派二十年。貧僧無論武功才智，當然遠遠不及吧！」

詹老頭滿意的點頭再道：「咳咳！難道你認為區區謝鋒，又可以害得了兩人嗎？」

古基大師首次露出思索的神情，點頭答道：「這小子的確沒有這個能耐。」

詹老頭欣然道：「這就是了，江湖傳聞，豈能盡信呢？」

古基大師搖搖頭道：「明刀明槍，這小子當然不會是張聖和梅掌門的對手，但陰謀詭計卻是防不勝防的。」

詹老頭笑道：「呵呵！他們闖蕩江湖多年，甚麼大場面未有見過呢？如果這麼一個小鬼就可以算計他們的話，早就死了一百遍了。此事牽連甚廣，而且疑點重重，不是應該好好查證，才下定論嗎？咳咳！」

古基大師道：「詹老頭你對江湖事瞭如指掌，快告訴我，是誰害了他們？」

詹老頭道：「雖然我沒有證據在手，但此事肯定跟楓揚門和聽風山莊脫不了關係，這是我從一名故友口中得知的，絕錯不了。咳咳！」

古基大師口中唸唸有詞的道：「楓揚門！還有郭城！」

他思量片刻，向半躺在牆邊、還在喘息的謝鋒問道：「謝施主，張聖和梅掌門之死，真的和你無關嗎？」

謝鋒勉力站起身來，向古基大師喝道：「有關又怎樣，無關又怎樣，難道我秀聖門會怕了你嗎？儘管放馬過來吧！我跟你再打。」

古基大師平靜的看著謝鋒，見到他已經連站起來也非常吃力，緩緩的道：「貧僧不是不講道理的人，見施主悍不畏死，顯然是烈性漢子，不太像會使陰謀手段之人。詹老頭所言亦不無道理，我會就此事再作查探。今夜衝動下誤傷施主，貧僧就

此賠個不是。」

謝鋒這人，倒是吃軟不吃硬的，見古基大師忽然和顏悅色的賠罪，反而不好意思起來，也向他道：「大師如此明白事理就最好不過，謝鋒言語上多有冒犯，請大師也別要放在心上。」

古基大師頓了一頓再道：「不過如果他日查證你確是害死張聖和梅掌門的兇手的話，就算你逃到山之巔海之角，貧僧也會把你找出來碎屍萬段。」

謝鋒毫不示弱的冷笑一聲道：「哼！謝鋒必定奉陪到底！」

一場干戈，竟然就此暫時化解。

當晚，謝鋒、楊榕、楊嬌、詹老頭、古基大師和定田小和尚六人就在破廟中度過了一晚。謝鋒在療傷時，古基大師還叫定田和尚把叢林寺療傷聖藥「大還珠丹」拿給謝鋒服用，馬上略有起色。

⊖ ◎ ◎ ◎

第二天早上，天清氣朗，昨夜的滂沱大雨，以至破廟內的打鬥，好像沒有發生過一樣。

古基大師和定田小和尚辭別眾人時，謝鋒向兩人問道：「大

師，你們要到哪裡？還是去鷹王山嗎？」

古基大師微微一笑道：「施主過慮了！出家人不打誑語，貧僧昨晚說過要查清楚真相才會再採取行動。在此之前，當然不會再打擾貴門。我們會去找一個人，相信他會提供到答案。」

謝鋒見他們不是到秀聖門，話又說得隱晦，也不便多問，打躬作揖，向古基和定田道：「好！就此別過，希望下次見面，大家是友非敵，大師可以還我一個清白。」

古基大師雙手合十道：「阿彌陀佛，但願如此，再見！」

兩人去後，謝鋒四人就馬上催船沿長江東去，目的地是會稽，希望可以找到失蹤了大半個月的楊妍和鄭中飛。

途中的一個晚上，楊嬌在船艙內用膳後，忍不住向詹老頭問道：「詹老頭，古基大師要去找的人是誰呢？你一定知道的。」

詹老頭一臉奸計得逞的笑道：「呵呵呵！果然有人忍不住要問老詹了。咳咳！」

楊嬌道：「哼！原來詹老頭刻意不告訴我們的，快說，別要賣關子了。」

　　詹老頭道：「咳咳！好吧！天下間，如果有人能和鑄劍谷兩位谷主相提並論的話，就肯定是此人。這人和天下武林人士千絲萬縷，他叫雷頌！」

　　楊榕也給勾起好奇心問道：「雷頌？是哪一號人物，怎麼我未有聽過？」

　　詹老頭道：「天下間奇人異士何其多，你們幾個小娃兒入世未深，當然未有聽過『雷公』的大名吧。」

　　謝鋒也加入他們道：「雷公？」

　　詹老頭道：「咳咳！他很受江湖人士尊崇，這是武林中人給他的尊稱。」

　　謝鋒再問道：「他是甚麼人？連古基大師這種人也要去找他問個明白？而他又怎會知道我是不是跟張聖和梅掌門之死有關呢？」

　　詹老頭露出思索的神色道：「我想，雷公也未必會知道真相，不過古基知道他交遊廣闊又見多識廣。遇到難題，去問問他意見，也是不錯的。」

　　楊嬌問道：「甚麼人如此厲害？他的武功很是高明嗎？」

詹老頭道：「咳咳！他武功倒是粗淺平常。」

楊榕問道：「哈，他定是跟鑄劍谷兩位谷主一樣，擅長鑄造兵器和研究招式吧！」

詹老頭道：「榕兒也說對了一半，因為雷公從來不鑄兵器，也沒有創下過一招半式。如果說兩位谷主所研究的是外在之物，雷公則是精於內在之道，他是鑽研內家氣功的大行家。經過他指點一下行氣之法，同一個人，就算使出同一招式，也會脫胎換骨、威力大增。『東魅島主』黎日月、『仙女庵』的慧琳師太和『星華四秀』的楊子嬅也曾在雷公指點下，武功突飛猛進。」

謝鋒答道：「哈，『仙女庵』那獸師太原來也受過其指點，不過她的武功倒真是很厲害。」

楊嬌問道：「詹老頭，你說得好像跟他很熟的，你認識他嗎？」

詹老頭笑道：「呵呵呵，我當然認識他吧，正正是我把他教出來的。他，其實是我的徒弟。」

眾人聽得瞪眼對望。

☉○○○

　　回說鄭中飛和楊妍，大半個月前，中秋佳節，月圓之夜，他們被陳歡希領著一眾武士圍捕，鄭中飛腰間中箭墮江，在奔騰的長江順流而下，最後逃到一處淺灘。

　　經過楊妍整夜死命的按著傷口，又或許是老天爺對壞人真的特別眷顧，身受重傷的鄭中飛總算保得住性命。

　　天亮時，鄭中飛悠悠轉醒，發覺全身乏力，腰間的痛楚卻提醒著他，昨晚發生的事絕對不是一個夢。

　　暖暖的陽光照射下，見楊妍不避男女之嫌的伏在自己身上，眼角隱見淚痕，又摸摸她手上已經戴上的定情戒指。甜在心頭的鄭中飛不自覺嘴角上揚，期望這完美一刻，可以永遠延續下去。不過，他清楚知道，現在的平靜，只是虛假的。陳歡希的人肯定到處搜捕自己和楊妍，兩人仍身處危機四伏的險境當中。

　　鄭中飛微微一動，已經弄醒了楊妍。

　　她一睜開眼，見到鄭中飛看著自己在傻笑，就馬上開心得眼淚直流並緊緊把他抱住，關切的問道：「無賴，你怎樣呢？昨晚我還以為你要死了，嚇死我了。」

　　鄭中飛虛弱的笑道：「哈哈哈，我『無賴俠盜』怎會這麼容易死呢？」

楊妍見他回復了一點本色，才醒悟到自己不應該這樣抱著鄭中飛。「啊！」大叫一聲後，馬上跳了起來，想起昨夜情急下說出要嫁給對方的話，臉頰泛紅。

　　鄭中飛仍然躺在地上，很吃力的道：「妍妹，不用害羞了，周遭也沒有人，為夫會好好愛惜妳的。哎呀！」他正想爬起身來，卻觸及傷處，痛得倒回地上。

　　楊妍蹲到鄭中飛身旁柔聲道：「無賴！你別亂動了，好好躺在這裡休息吧！」

　　見楊妍對自己那句「為夫」沒有表現出不滿，鄭中飛心內暗喜，旋即卻苦笑道：「唉！為夫也想好好躺在這裡和嬌妻好好溫存一番，但是那『牛歡希』似乎不會這麼容易放過我們，所以我們馬上要走了。」

　　楊妍聽得「牛歡希」的名字，才想起兩人仍未脫離險境，驚叫道：「那我們快走吧！」

　　鄭中飛無奈搖頭道：「我還未能站起來，小妍，妳先走，我們稍後在會稽城會合吧！如果妳這小美人落在那『牛歡希』手上，後果不堪設想。我是丐幫長老，他肯定不敢亂來的。再說，以我『無賴俠盜』的身手，他絕對找不到我的。哈哈哈哈！哎呀！痛……」

看著鄭中飛笑得觸動腰間的傷口，吃痛起來，楊妍也笑道：「哈，如果那『牛歡希』不敢亂來的話，你這『無用俠盜』就不會躺在這裡吧。」她笑了一會，卻忽然板著臉的道：「無賴！你忘記了我們昨晚說過甚麼話嗎？」

鄭中飛柔聲答道：「小妍妹，為夫說過要好好保護嬌妻，絕不讓妳受到任何傷害的。」

楊妍決絕的道：「你要保護我，就絕不可以出事，我們一起走吧！要死，就死在一塊兒吧。」

鄭中飛喜道：「妍妹，妳待我真好。」

楊妍沒有答話，蹲到鄭中飛身旁，作勢要扶起他之前，向他嚴正的道：「無賴！我要先跟你約法三章，以免你這人得意忘形，胡作非為。第一，我們還未拜堂成親，你絕不可以再『為夫嬌妻』的亂叫一通，更不可以借故輕薄。」

鄭中飛勉為其難的應道：「當然，當然。哈哈哈哈！」

楊妍續道：「第二，昨晚的事，絕不可以向任何人透露。」

鄭中飛苦笑道：「妍妹怎麼說就怎麼辦吧，哈哈哈哈！」

楊妍滿意的道：「最後，就是你要迎娶本姑娘，必須要得

到爹的許可，本姑娘才會應許。」

　　秀聖門掌門楊秀自少好武，出身良好，本身卻不是習武的好材料。成年後繼承家業，做得有聲有色，生意遍及全國各行各業。他有三個女兒，長女楊榕自小便到獅子門習藝，掌門羅伯先見她骨格精奇，是學武的好材料，甚為器重，盡傳生平所學。

　　楊秀後來更請來幾名武林高手，在鷹王山創立秀聖門，自成一派。他生性豪邁，又愛結交江湖中人，頗受武林中人尊崇。

　　他非常疼惜三個女兒，選婿更是出名非常嚴格，尤其是兩個小女兒楊嬌和楊妍，生得貌美如花、國色天香。

　　連「江東四少俠」中的麥俊、方刀甲和余文這種公子才俊一再向楊嬌提親，也不得其門而入。要知道這三人名動江東，所謂要財富有財富、要武功有武功、要外表也有外表，不知多少大家閨秀、小家碧玉恨不得有此情郎，偏是楊秀從不賣帳。

　　所以楊妍提出要楊秀同意，才肯下嫁鄭中飛，的確讓他十分訥悶。

　　不過這事現在無暇多想，先避開陳歡希的追捕再說。在楊妍的攙扶下，鄭中飛艱難的站了起來，發覺兩人身處的位置是一片樹林，和長江之間只隔著一片淺灘。如果乘坐樓船沿江細

心搜索，不難發現兩人現時匿藏的地方，確是險地。

鄭中飛皺一皺眉，心道，如果陳歡希的船隊在下游找不到他們，定會派船回來偵察。陽光普照下，兩人定會無所遁形。向楊妍道：「妍妹，我們快走，遲恐不及。」

兩人往樹林的深處走去，不過因為鄭中飛重傷未癒，走得極慢。

走了兩個時辰，鄭中飛已經支持不住，見楊妍也走得非常吃力，於是停在一旁休息下來。他回頭一看，見兩人的腳印在濕漉漉的泥濘上清晰可見，大感不妙。

雖然一時三刻，陳歡希的人未必能找到他們上岸的位置，但他們二人也決計走得不遠。再說，他們已經有一天一夜沒有吃過半點東西。想到這裡，鄭中飛道：「小妍，我們要先找點吃的，不然的話，『牛歡希』不用出手，我們已經先餓死了。」

楊妍抹一抹額角的汗珠，向鄭中飛微微一笑道：「好吧！我到附近找點果子回來，你在這兒等我。」

鄭中飛點一點頭，馬上盤膝而坐，運功療傷。

過了一會，楊妍捧住了十多個不知名的果子回來，遞到鄭中飛面前，兩人吃完之後，總算回復了一點體力。

一直休息到黃昏，鄭中飛張開眼，已經可以自己站起來。向長江的方向一看，剛好捕捉到遠方樹林，一群鳥兒飛向天上。他知道，陳歡希的人入林了。

向楊妍打個招呼，兩人繼續趕路，不斷背向長江，往東而去。

楊妍發現鄭中飛在休息了幾個時辰後，整個人嚴肅起來，在這個情況下，他不說話，她也不敢多問，只默默的跟在他身後。不知怎的，楊妍總覺得這樣的鄭中飛讓自己很有安全感。

鄭中飛走在前面帶路，傷勢似是大有好轉，雖然走得不快，但在林中左穿右插，也不見艱辛。

終於，在午夜之前，兩人到一處山坡之上停了下來。

剛過中秋，月色依然明亮，楊妍站在鄭中飛身旁，看到山坡下的連綿千里的密林，遠方還隱隱傳來一陣聲響，顯然是敵人的先頭部隊已經在不遠處，忍不住的問道：「無賴，今晚我們在這兒過夜嗎？但這裡光禿禿的，無險可守，好像很危險呢！我們不是要逃過陳歡希的追捕嗎？」

鄭中飛露出狡黠的目光，向楊妍微笑道：「今晚，我就要在這裡宰了那『牛歡希』！哈哈哈哈！」笑聲中，透露出無比的自信。

笑了幾聲，鄭中飛回復一臉凝重，盤膝而坐並閉目養神，以待敵人來臨。

見鄭中飛突然認真起來，楊妍不敢騷擾他，默默坐到他身旁，也知道他的傷勢肯定不可能在一天一夜之間就完全痊癒。如果對上有天下第一刺客之稱的「多情公子」陳歡希，必難倖免，但卻不知怎的，她一點都不害怕。

兩人默坐了大約一個時辰，要來的，還是來了。

鄭中飛緩緩睜開雙眼，似笑非笑的看著突然出現在眼前的年青刺客陳歡希和他的「極愛劍」。

陳歡希似是閒話家常的問道：「想不到在這夜闌人靜的時分、窮山惡水之地，鄭長老仍有美女相伴，不亦樂乎。」說到後兩句，更肆無忌憚的看著楊妍，兩眼放光。

鄭中飛發出招牌笑聲，敏捷的站起來道：「哈哈哈哈！讓陳公子從暖暖的被窩到來這荒郊野外找我們兩個請安問好，我十分過意不去呢！」

見鄭中飛忽然跳站起來的身手，一點不像帶傷之人，陳歡希暗自提高警覺。

他灑脫一笑道：「哈！這就是鄭長老不是了，賠我一個美

人兒吧！」說罷，以大有深意的眼神望向楊妍，一副吃定他們的姿態。

楊妍冷哼一聲，別過頭去。

面對陳歡希出言試探，鄭中飛也不動氣，還以跟老朋友談笑的口吻道：「美人兒？陳公子不是也帶來一個嗎？昨晚還被她賞了一箭，該是她好好賠我才是吧。」

陳歡希笑道：「哈哈，想不到鄭長老當時背向媛媛，也知道發箭的人是她。放心吧！她輕功不是太好，還未趕到，來的只有區區在下。」頓了一頓再道：「不過，對著秀聖門的小師妹和身受重傷的『無賴俠盜』，我一個人，也已經足夠有餘吧。」

鄭中飛就是要這句話，毫無先兆的一掌攻向陳歡希。

當然，陳歡希早已經全神戒備，當刺客的人，是不會被人偷襲的。他馬上舉起手上的「極愛劍」，刺向鄭中飛的掌。

鄭中飛的掌化作手刀，側劈向陳歡希的劍。

雄厚的掌力沿劍傳來，直刺的劍被打得失去準頭。陳歡希心內震驚，現在的鄭中飛，哪像一個受了重傷的人呢？

「你中計了！」鄭中飛以手刀擋開「極愛劍」後，連消帶打的欺近陳歡希身前埋身肉搏，把「無賴十二打」的優勢發揮得淋漓盡致。

陳歡希單手勉力抵擋，仍然身中多掌，往外拋飛，跌到小山坡之下。

「哈哈哈！『牛歡希』，你惡貫滿盈了，今夜你命喪我『無賴俠盜』之手，正是天理循環、報應不爽，也祭所有被你刺殺的人，更為被你敗壞名節的良家婦女討回公道。」鄭中飛站在山坡之上耀武揚威，更出言恫嚇。

陳歡希這人一向貪生怕死，他本來以為鄭中飛身受重傷，急於立功，自持輕功高明，撇下大隊，單人孤劍的追上來。但交鋒之下，自己竟一個照面就吃了暗虧，更見鄭中飛根本不似身受重傷之人，懷疑自己已經落入了對方的圈套。

雖然擒下楊妍以一享溫柔的吸引力很大，但保命要緊，加上他一向不打無把握的仗，衡量輕重後，決定先走為妙。

向山坡上的兩人大叫道：「今日之事，歡希他日定當十倍奉還，失陪了！」

楊妍聞言向山坡下望去，陳歡希已經退入林中，消失不見，向鄭中飛狠狠的道：「可惡！讓他走了。無賴，怎麼不追上去，

把他痛打一頓呢？去年在長沙，我和二姐還險些著了他道兒。」

　　鄭中飛沒有回應，楊妍回頭一看，卻見剛剛還在得意洋洋的鄭中飛，已經臉色慘白的坐倒地上，一隻手按著腰間的傷口，還隱隱見到鮮血從手指縫間流出。

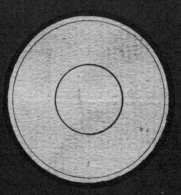

絕命毒符

　　鄭中飛喘著氣向楊妍解釋道：「妍妹，我剛才只是催動了一種功法，讓我短時間恢復功力，但催動此法以後，最少要休息七七四十九天才會回復過來，這段期間如果提氣運功，則有可能會武功盡失。」

　　楊妍這才知道，原來鄭中飛只是強行催發功力，嚇退陳歡希，現在已經傷上加傷，擔心的道：「功法這麼霸道，你就不要亂用嘛！」

　　鄭中飛截停了楊妍道：「先別說這個了，『牛歡希』肯定會繼續派人來追捕，我們先在附近找個地方躲起來，讓他疑神疑鬼。」

　　楊妍道：「可以到哪兒躲起來？」

　　鄭中飛答道：「前方這一帶是一片沼澤區，長年煙霧迷漫，土地濕軟，人馬難行。相傳這裡本來是一個大湖，只是後來湖水退去，才形成這些陸地，當地人稱之為『雲夢澤』。只要我們走到那兒，『牛歡希』又以為我武功盡復，很快就會鳴金收兵，到時我們才施施然離去吧。」

　　楊妍提起精神道：「好吧！我們怎麼走？」

鄭中飛苦笑道：「小妍妹，妳先扶起我再說吧。」

兩人徒步走入了長江以南，荊州和揚州之間的一片沼澤地帶。在鄭中飛的引路下，他們跌跌絆絆的在迷霧重重的沼澤區走著。

在天亮之前，兩人總算到了一條小村落。

不過整條村落的十多間木屋中，卻不見半個人影，楊妍看得心中發毛，問道：「這村落一個人也沒有，很是奇怪呢！」

鄭中飛道：「對對對！我幾年前發現這村時，已經沒半個人影。不過又沒有屍體，至少不是因為疫病或者是被官兵屠村造成的。可能是村民們都遷到其他地方居住，或許是到了大城市生活吧。」

聽鄭中飛這麼一說，楊妍也稍稍放心下來。

兩人在村落正中的一間小屋住了下來，這一住就住了十多天。他們白天躲在屋內休息，晚上楊妍才到附近找吃的喝的，對鄭中飛也是照顧有加，生活倒有點像對新婚的小夫妻。陳歡希的人也一直沒有尋到這裡來，不知是真的怕了鄭中飛，還是碰巧找不到這村子。

這十多天下來，鄭中飛的傷稍為好轉，只是還不能提氣動

手，否則定會前功盡廢。

　　本來，以鄭中飛的為人，孤男寡女，又是郎情妾意，定會弄出點事來。只是他傷得連下床也甚為艱難，滿腹大計，只好作罷。

　　楊妍見鄭中飛已經可以走動自如，又有點擔心兩個姐姐和詹老頭，向鄭中飛提議道：「無賴！這裡離鷹王山不遠，不如我們先到秀聖門，才去會稽城會合其他人，好嗎？」

　　鄭中飛笑道：「只要是妍妹說出來的話，為夫一定照辦。」

　　楊妍道：「哼！無賴，總是不正經的！」話雖如此，但心中卻是甜絲絲的。

　　於是，兩人收拾一下，就往西行，向柴桑城進發。鄭中飛其實心裡有點害怕到秀聖門，因為他怕楊秀一見到他這副德性，就把他轟下鷹王山，禁止自己和楊妍來往。只是此時此刻，到鷹王山找楊榕他們又是合情合理的事。

　　不過兩人不知道，他們起程往鷹王山之日，楊榕他們已經會合了謝鋒，出發會稽城了。

❡ ○ ○ ○

走了幾天，鄭中飛就到了柴桑城城西附近的一處樹林。

鄭中飛道：「小妍妹，天快要黑了，我們到附近休息一晚，明天才入城吧。」

楊妍奇道：「不用了，現在才剛過中午不久，我認得路，這裡離柴桑城不遠，走快一點，肯定可以趕在天黑前入城，不用再餐風宿露了。」

鄭中飛勉強的答：「吖！對了，唔唔唔……」

楊妍一聽，就知道有古怪，嘟起小嘴問道：「無賴！你有甚麼事隱瞞本小姐？快從實招來，否則本小姐再不理你了。」

鄭中飛連忙舉起雙手，急道：「沒有呀，小妍妹，沒有呀，我……」

楊妍催促道：「快說，快說，別要吞吞吐吐。」

鄭中飛嘆了口氣才道：「唉！我是怕見到妳的爹呀。」

楊妍一想之下，才明白他擔心甚麼，笑道：「哈！枉你平時常常吹噓自己『無賴俠盜』如何如何厲害，竟怕我爹不接受你！放心吧！爹這人最是明白事理，又疼惜我這個女兒，只要是女兒喜歡的，他定不會反對。」

鄭中飛苦笑道：「這就最好吧！」但仍一臉愁容。

「哈哈哈！」忽然，樹後傳來一陣邪惡的笑聲。

兩人一聽之下，已經認出這是陳歡希的笑聲。原來他一直沒有放棄，反而因為算計到兩人定會到鷹王山，守在這裡讓他們自投羅網。

陳歡希從樹後鑽出來，一臉幸災樂禍的笑容望向兩人。

而四方八面也有十多名箭手現身，並以強弓利箭瞄準兩人，之前射傷鄭中飛的陳媛媛也混在其中。

陳歡希學著鄭中飛剛才的語氣笑道：「小妍妹，不想命喪箭下，就好好的服侍本公子，保證妳會樂在其中，哈哈哈。」

鄭中飛眉頭大皺，心道，現在自己還未能動手，但其實就算自己完全康復，再加上楊妍，也絕難闖出這個箭陣。只怪自己思慮不周，讓陳歡希重重圍困，還未能醒悟。不過既然已經到了絕路，暗自打定主意，就算要了自己的命，也決不能讓楊妍受辱。

想到這裡，望向楊妍，見她早已甜甜的看著自己，更淒然一笑。

鄭中飛卻看得心碎，因為他看得出這個笑容的意思，跟自己的想法不謀而合，就是寧死不屈。那雙會說話的眼睛，更似是在說「死前可以遇到你，已經此生無憾了。」

　　兩人深情對望，視圍捕他們的人如無物。

　　楊妍柔柔的道：「無賴，我們今世當不成夫妻，來生再續前緣吧！」

　　看著楊妍的可愛臉蛋，鄭中飛提起精神，忽然哈哈大笑道：「哈哈哈哈，妍妹，放心吧。正如我之前所說，我們還有很多事要做，還不可以死。」

　　轉頭向陳歡希喝道：「『牛歡希』，馬上放人。」

　　陳歡希聞言先是錯愕，然後喝道：「鄭中飛，你不要拖延時間了。你自行動手的話，我可以饒這個女娃不死。否則我一聲令下，你們就是萬箭穿心的下場。」

　　鄭中飛道：「哈哈哈，殺了我的話，你一定會後悔的。你知道郭城為何一定要你取我性命呢？」

　　的確，郭城曾下令，這次行動絕不能走漏了鄭中飛。所以陳歡希才放過了其他人，又在這裡守候多天，也在所有佈置都妥當後才現身。他本身也不明白，為何郭城要動用這麼多人力

物力去對付這人。如今最重要的事，應該是劍神令牌，謝婷走失後，拿下秀聖門的人應該是首選，何以郭城竟覺得鄭中飛比令牌還重要呢？

現在鄭中飛似是知道內情的這麼一問，更加勾起了他的好奇心。

陳歡希舉手示意其他人別要放箭，向鄭中飛問道：「難道你知道原因嗎？」

鄭中飛笑道：「因為我在聽風山莊，拿了一件對他來說，非常重要的東西，哈哈哈哈！」

陳歡希對於謝鋒三人曾闖入聽風山莊之事早有所聞，鄭中飛這有名的大盜在山莊內順手牽羊的拿去了甚麼東西，當然絕非奇事，平靜的問道：「是甚麼東西？」

鄭中飛笑道：「哈哈哈，我偏又不說，你猜猜看吧！」

陳歡希臉色一寒道：「別要敬酒不喝喝罰酒，只要我一聲令下，保證你們會慘死箭下，我也可以回去覆命。」

見陳歡希滿臉怒容，鄭中飛舉高雙手作投降狀道：「有話好說，有話好說，我不過想弄點緊張氣氛罷。哈哈哈哈！」

楊妍也給勾起了好奇心，催促的問道：「難道你竟然拿到了劍神令牌？」

鄭中飛道：「哈哈哈，小妍妹，這東西對牛……不不不，對陳歡希公子來說，比劍神令牌還要重要呢！」

陳歡希怒道：「別要再賣關子了，到底是甚麼？快說！」

鄭中飛笑道：「哈哈哈哈，這東西就是郭城讓手下們忠心耿耿的法寶，絕命符的解藥！」

一說到「絕命符」三個字，陳歡希雙眼放光，連圍住他們的箭手也變得臉色凝重，可見在場眾人身上都種有絕命符。

「西域馬痴」郭城，一向對用毒很有心得，調配毒藥更是出神入化，往往不明不白的就著了他道兒，讓江湖中人聞之色變。絕命符，正是他親自研制出來的可怕毒藥。服用後，毒素會潛伏丹田氣海之內，平時根本不會發覺。但每到月圓之夜，毒性就會發作，自丹田而出侵蝕奇經百脈，讓氣血運行不順，不用一個時辰就會走火入魔而亡。

本來，此藥只是用來殺人，直到有一日，郭城的一個親人醉後誤服了此毒。郭城為救此人，三日三夜不眠不休的趕在月圓之夜前，嘗試調配出解毒之法。

明月當頭，那親人毒發前夕，總算讓郭城成功做出了可以中和毒性的調和劑。此毒毒性猛烈，既不能排出，也極難化解，調和劑只能抑壓毒性，使之不會發作，但卻須每月毒發前服用，因為毒素仍留在體內。

　　後來，聰明的郭城更把「絕命符」和調和劑用作控制手下的手段，讓他們不敢背叛自己。有些人是被迫的、有些人是受到利誘、有些人更是在不知情的情況下服下了「絕命符」，不過一旦服下，就只有聽令於郭城，讓他每月給予調和劑續命。

　　因為丹田氣海對練氣之士非常重要，讓毒素長留在此處，會影響功力。在郭城的改良下，「絕命符」更可以「種」到身上不同的地方，成為了他一眾手下的惡夢。

　　本來，被種下「絕命符」的人只可以乖乖服從郭城。不過最近，有傳言說為郭城為救其親人，已經成功研制出可以完全化解「絕命符」毒素的解藥了。

　　為了脫離郭城的控制，不少其手下鋌而走險，潛到郭城的藥庫找尋解藥。結果卻是無功而還，不少人更被郭城發現而命喪當場。

　　鄭中飛在一眾被「絕命符」控制的人當中，說出有關「絕命符」解藥的消息，當然教所有人不敢輕舉妄動。

陳歡希道：「鄭中飛，你說你在聽風山莊找到『絕命符』的解藥嗎？」

　　鄭中飛道：「哈哈哈哈，沒錯。」

　　陳歡希目不轉睛的盯著鄭中飛問道：「解藥在你身上嗎？只要你交出來，我可以讓你們安然離去。」

　　鄭中飛知道如果答「是」的話，陳歡希肯定會馬上叫人放箭，然後施施然在自己的屍身上取藥。於是哈哈一笑，答道：「當然不在我身上吧！」

　　陳歡希大怒，卻又不敢發作，鐵青著臉的怒道：「你在耍我嗎？」

　　鄭中飛理所當然的答道：「哈哈哈！作為天下第一神偷，當然有很多寶物庫吧。這麼重要的東西，自然不會時刻帶在身上吧。」

　　陳歡希聽他說得合情合理，一時也難分真偽，態度軟化了點的道：「好，你現在馬上帶我去你的寶物庫拿取解藥，我可以放了你們。」

　　鄭中飛道：「這個沒有問題，不過我有一個條件。」

陳歡希不耐煩的道：「說吧！」

鄭中飛道：「你們所有人和我一起留在這裡，讓妍妹先行離去。」

陳歡希道：「我怎能相信你？」

鄭中飛道：「你不信也不成，如果不讓妍妹先走，你就下令放箭吧！不過我可以保證，你永遠都不會得到『絕命符』的解藥，以後只能在郭城身邊搖尾乞憐，當頭聽話的小狗。哈哈哈哈！」

陳歡希咬一咬牙，果斷的答道：「好！我信你！」「絕命符」的解藥對自己來說，太重要了，對比起來，楊妍的生死，只是小事一椿。

楊妍卻奇道：「無賴！我自己一個走？」

鄭中飛點頭道：「對，妳先回鷹王山吧！我把藥給了他們後，馬上到鷹王山找妳。」

楊妍還待再說，卻見鄭中飛向自己做了個古怪的表情，似是另有所圖，唯有順著他道：「好吧！我先回去，你把藥給了他們後，就來找我吧。」

陳歡希打出手勢，把守住東面的幾名聽風山莊戰士讓出了去路。

楊妍依依不捨的自行離去了，鄭中飛則一直站在原地，留意住眾人的動靜，以免有人偷偷跟在楊妍後面。

待楊妍遠去後，陳歡希向鄭中飛道：「人，我就放走了，你的寶物庫在哪兒？」

鄭中飛雙眼一翻，笑道：「哈哈哈，正正在西面不遠處的『雲夢澤』之中。」

陳歡希忽然換了個面孔，禮貌周周的道：「好，鄭兄請引路。」

鄭中飛領著陳歡希、陳媛媛和十多名聽風山莊的戰士沿路走回雲夢澤。

❋ ◇ ◇ ◇

走了幾天，鄭中飛始終遭到陳歡希等人的嚴密監視，沒有找到逃走的機會。因為，鄭中飛已經成為了他們這批被種了「絕命符」的人，脫離郭城控制的唯一希望了。

逃走無望，卻讓他不經意的發現有人悄悄跟在身後，只是

不知是敵是友。

　　而所謂的「雲夢澤」寶物庫，其實只是鄭中飛順口胡謅，當時只是想這些人遠離楊妍才說解藥在西面。他暗自後悔，自己一早應該把藏寶的地方說得遠一點，至少尋找逃走機會的時間會更長。如果能夠拖到自己功力盡復，則更是理想。

　　至於「絕命符」的解藥，卻不是亂說，鄭中飛確實在成都的聽風山莊，郭城房外的一個暗格中拿到，連當時在場的伊臣和謝鋒也不曾發現。

　　但最大的問題是，此解藥如今卻在鄭中飛身上，如果被其他人發現的話，肯定馬上就會殺了他然後爭奪解藥。現在鄭中飛領著他們在沼澤中亂走，腦海卻想著怎樣可以利用此藥和後面跟著的人來製造點混亂，讓自己安然離去。

　　這天晚上，各人各自爬到樹上休息，以避地面上的沼氣。

　　鄭中飛心內思潮起伏，陳歡希忽然怒氣沖沖的提劍指向他，並喝道：「鄭中飛，你是在耍弄我嗎？走了足足五天，還未到你的寶物庫，這幾棵樹我做了個記號，前天我們才到過，現在又走回來？」

　　鄭中飛倒是一驚，想不到陳歡希心思細密如此，連忙作出無辜的表情笑道：「哈哈哈，不好意思，這沼澤長年煙霧瀰漫，

認錯了路。現在找對路了，只是在這裡向走前，明天一早，就會到達一條無人的村落，信我。」

陳歡希狠狠的道：「好，就相信你這一次。如果明天沒有見到村落，就把你的手斬下來。」

鄭中飛苦著臉的賠笑道：「哈哈哈，放心放心，明天一定會到。」

眾人繼續休息，鄭中飛卻睡不著，睜眼到天明，卻始終想不到逃生妙法。

天亮後，鄭中飛硬著頭皮的領著眾人到之前和楊妍住了十多天的無人村落，他們叫這裡做「八月十五村」。

見到果然有條無人的村落，陳歡希等人臉色稍緩，有的更面露喜色。畢竟，誰都不想自己的生命受制於人。特別是郭城這種野心勃勃的人，他武功高強而且聰明絕頂，偏偏又心狠手辣。

鄭中飛帶頭走到村中的小屋，陳歡希和陳媛媛如影隨形的跟著他入屋，其他人守在屋外。

他裝模作樣的蹲到後門側的一個小櫃前，背向兩人的他，隨即以神偷妙手把裝有「絕命符」解藥的小藥瓶從懷中取出。

鄭中飛忽然大叫一聲:「各位,解藥只有一顆,陳歡希要私吞,快點接住。」緊接把放藥的小瓶向前門外拋出,然後頭也不回的往後門走去。

陳歡希知道中計,向陳媛媛道:「妳去追他,我去搶藥。」說完也隨即以閃電身法,往前門搶出。

在前門外守候的人,個個都聽到鄭中飛的話,見藥瓶突然從屋內飛出來,也都伸手去搶。

鄭中飛從後門出逃,走前卻聽到陳歡希叫陳媛媛來追殺自己,知道在劫難逃,因為以自己如今的狀態,肯定跑不過,更打不過任何一名會家子的。但走了一會,卻不見身後有人追趕,心中暗喜,也繼續沒命似的離村遠去。

前門那邊則情況混亂,眾人為爭奪那小藥瓶,拼個你死我活。陳歡希叫了幾聲也沒有人理,就拔出長劍,決定大開殺戒。

卻見陳媛媛沒有到後門追趕鄭中飛,反而跟在自己後面,一面以劍開路,一面說道:「媛媛,這裡我應付得來,快去追趕鄭中飛,他身受重傷,肯定打不過妳,別讓他走了。」

陳媛媛鐵青著臉問道:「解藥只有一顆,拿到後,你會給我嗎?」

陳歡希恍然大悟，知道陳媛媛為何不去追殺鄭中飛了。原來她怕自己如鄭中飛所言，會私吞解藥，所以也要親自來搶藥。

不問可知，如果陳媛媛搶到解藥，肯定會隨即吞下，以解體內「絕命符」之毒。

陳歡希一想及此，心中一痛，也不答話。人隨劍走，衝入人群，所及之處，慘叫聲不絕。片刻之間，已有三人死於陳歡希劍下。這幾人，在數息之前還聽令於自己，忽然就已授首自己劍下，叫人無奈。

其他人知道他劍法狠辣，又對解藥志在必得，為保小命紛紛退避三舍。

陳歡希趕在陳媛媛之前搶到解藥，其他人呆立原地，不敢輕舉妄動。把藥瓶拿在手上，他就知道這是貨真價實的解藥。因為他認得藥瓶確是郭城常用的款式，上面寫上「絕命符·解」幾個大字也是郭城的筆跡。

揚州飛魚

出乎意料地，一手持藥瓶、一手持劍的陳歡希沒有馬上把解藥服下。

陳媛媛和餘下的十二名箭手都盯著陳歡希手上的解藥，和血跡仍未乾透的「極愛劍」。只是眾人自知武功輕功皆及不上他，不敢輕舉妄動。

陳歡希虎目環顧四周，一股蕭殺的寒冷氣氛油然而生。他臉色陰晴不定，時間有如靜止。最後，他出奇地還劍回鞘，沒有大開殺戒或遠遁千里。他把藥瓶遞到陳媛媛面前溫柔的道：「媛媛，妳服了解藥後，就找個平凡的村落好好躲起來結婚生子，以後不要涉足江湖，更不要讓郭城找到。」

陳媛媛從沒有想過一向做事冷酷無情的陳歡希，竟肯把唯一脫離郭城控制的機會讓給自己，之前還誤會了他，愧疚和自責讓她無地自容。

把藥瓶塞到她手上後，陳歡希看著她已經熱淚盈眶的雙目微微一笑，似在說「難道你忘了我是個多情的公子嗎？」。

然後向周遭的十二名箭手叫道：「解藥只有一顆，與其我們在此你爭我奪、自相殘殺，不如把解藥讓給這唯一的姑娘吧。

你們跟著我，先殺鄭中飛，把其首級拿回去穩住郭城。將來一有機會取得解藥，我在此立誓，定會先讓各位解毒，否則千刀萬剮不得好死。」

眾人都被他的無私舉動所打動，加上確實打不過他，轟然應好。

流著眼淚的陳媛媛無意識的打開藥瓶，打算把唯一的解藥取出，倒轉藥瓶向另一手的掌心。其他人也目不轉睛的想看看解藥是甚麼樣子，但搖了幾下藥瓶，另一手還是空空如也。她忽然臉色大變叫道：「糟了，藥瓶是空的，我們被鄭中飛那奸賊騙了！」

陳歡希和十二名箭手知道竟然被鄭中飛騙了，無不怒不可遏。前者狠狠的道：「這奸賊身受重傷，定走得不遠，我們馬上去追！」

⊖○○○

原來鄭中飛早在之前一晚，已經把「絕命符」的解藥從藥瓶取出，剛才拋出的，只是個空的藥瓶。他逃出「八月十五村」後，愈走愈遠，想到他們為了個空藥瓶而爭個你死我活，就快樂得想高歌一曲，也出了這幾天來當了階下之囚的一口烏氣。

不過又想，他們一旦發現藥瓶是空的，馬上就會追來，暗

自發愁。

　　他之前慌不擇路，只想盡快遠離，現在停了下來，認清方向往北而去，只要到達長江，就可以大增逃生的機會。但之後是不是馬上就到秀聖門找楊妍，卻讓他躊躇起來。

　　先不說他還是不太敢見楊妍的爹，而他功力未復前就到鷹王山，很容易又會遇上陳歡希這批人，因為他們得不到「絕命符」的解藥，又明知道他會到鷹王山。只要在上山的必經之路守候，肯定可以等到自己。

　　懷著忐忑不安的心情，鄭中飛小心翼翼的朝長江而去，晝伏夜出的走了三天，不自覺的就走出了沼澤區。他知道，只要多走半天路，就可以到達長江，心情放鬆。為了快點到達江邊，不顧露出形跡，連日間也在趕路。

　　果然，很快就被窮追不捨的陳歡希等人發現了。

　　鄭中飛知道自己被敵人發現，是因為後方傳來急促的腳步聲。雖然對方應該只能夠知道自己的大概位置，不過如果成功完成包圍網的話，自己肯定插翅難飛，關鍵處在於自己能否趕在這一刻之前跳下長江。

　　貓捉老鼠的遊戲終於來到了最後階段，他告訴自己一定要保住性命，迎娶楊妍。

鄭中飛不斷向前跑，隱隱聽到大江川流不息的水聲，暗呼成功在望。只要成功跳下長江，除非對方有深諳水性之人，否則陳歡希的人只有徒呼奈何。

在不遠處的後方，陳歡希領著陳媛媛和十二名箭手在林中全速前行，前者終於在林間遠遠看到鄭中飛在疾走的背影，不禁露出滿意的微笑，知道獵物已經難以逃出自己的掌心。自己根本不怕鄭中飛跳下長江，因為他很清楚陳媛媛自幼長居海邊，非常擅泳。

於是他向身邊的人大叫道：「那狗賊就在前方，快追！」

鄭中飛聽到陳歡希的聲音從後方傳來，馬上咬緊牙關，加快步伐衝向長江。忽然，聽到後方勁箭離弦的聲音。

「縫！縫！」兩支利箭射向鄭中飛的背部，他非常熟悉這聲音，因為不久前才差點因此而喪命。於是他馬上側身倒地，堪堪避過兩箭，然後馬上跳起身，繼續往長江奔去。只是，後方的追兵又追近了很多。

雙方人馬都在和時間競賽，終於鄭中飛看到長江的河水，見江邊有一艘小船，小船邊的靠岸的位置站著兩名年青男子。

鄭中飛卻不管那麼多，因為他已經聽到後方的腳步聲愈來愈近，再跑前幾步，足踏岸邊，一躍而下。但是腳尖離地的一

刻，卻感到右肩背部傳來一陣劇痛。他知道自己中了陳歡希的一掌，吐出了一口鮮血，順勢墮下長江。

而小船邊的兩人見到鄭中飛後，其中一人在陳歡希出掌偷襲時，忽然以肩膊撞向他。這一撞，讓陳歡希的掌失去了準頭，勁力難以全數送出。否則，只是這一掌，已經可以要了鄭中飛的小命。

當然，如今只有小半威力的一掌，已夠重傷未癒的鄭中飛好受。

陳歡希站到岸邊和這名突然出手撞向自己肩膊的年青男子對峙，陳媛媛卻不管二人，隨鄭中飛飛身跳下長江，姿態優美無倫。

岸上的另一名男子卻看得轟然叫好，然後也頗有興致的跟在陳媛媛身後躍入水中。

陳歡希大怒，向岸上的年青男子喝道：「來者何人？竟敢壞我大事！」

那人冷笑一聲道：「哼！十多名身懷武功的人，竟來追殺一名普通百姓，閣下身負上乘武功，卻厚顏從後偷襲手無寸鐵的人。你們習武，難道是為了欺壓平民嗎？在下身為『江東四少俠』之一，遇到這種事，自然要行俠仗義、徵惡懲奸。」

陳歡希道：「江東四少俠？」

　　那人一派倨傲的道：「好說好說，在下『環生劍客』余文！」此人竟是「江東四少俠」中的余文，只是不知為何會出現在這裡。

　　陳歡希看著這人就覺得討厭，怒道：「哼！原來只是區區幾名江東小輩，只有個垃圾名號就沾沾自喜，以為自己如何了得。本公子橫行天下時，你還是個小屁孩吧！」

　　余文也反唇相譏道：「說得那麼漂亮，那人還不是被我救走了。」

　　陳歡希針鋒相對的看著余文道：「媛姐在水中，活脫脫就是一條美人魚，怎也會把人捉回來。」

　　余文冷笑一聲道：「哈，你見到剛才在船上下水那人嗎？天下間，如果有人的水上功夫可以勝過『揚州飛魚』方刀甲，在下倒是想見識一下。」

☙ ⊙ ⊙ ⊙ ❧

　　鄭中飛中了陳歡希的一掌，還未掉到水中，就已經失去意識。不知昏迷了多久，他才悠悠轉醒，發現自己身處船艙房內的床上。

刺眼的陽光從窗外照入，身上已經換上乾淨的衣服，腰間的傷口也被好好的包紮。床邊的小几上放著一杯水，似乎是讓自己轉醒之時可以解渴，把自己救起的人相當細心。

經歷了一連串被追殺的日子，這樣的平靜時光，分外讓人感到難能可貴。

虛弱的鄭中飛確實有點口乾，隨即坐起身來，還未拿起几上的杯子，房門就被推開。一名年青男子走了進來，見到鄭中飛坐在床上，微感愕然後面露喜色，然後向鄭中飛道：「哈！兄台受了這麼重的傷，這麼快就醒過來了，可喜可賀呀！」

這年青人外型俊朗，笑起來露出一口雪白的牙齒，充滿陽光氣色，對鄭中飛這個素昧平生的人倒是非常熱心。

鄭中飛拱手施禮道：「感謝兄台相救，未請教。」

那俊朗青年道：「在下揚州人士，叫方刀甲，不過見兄台不懂武功，卻被一眾惡人追殺，路見不平，拔刀相助罷。」原來此人正是「江東四少俠」中的「揚州飛魚」方刀甲。

久居北方的鄭中飛倒是未聽過「江東四少俠」的名號，更遑論方刀甲這個名字。雖見對方一片好意，但防人之心不可無，自己功力還未恢復，決定先不要暴露身份，以免節外生枝。隨口胡謅道：「哈哈哈哈，原來是名震天下的大豪傑方大俠，在

下段蟹久仰大名了。」

方刀甲被他稱讚得自己也覺得有點不好意思，尷尬的道：「原來是段兄，敢問為何會惹上那一批惡人呢？」

鄭中飛又胡謅道：「哈哈，在下本來不過是世代在長江流域捉蟹為生的漁民，所以家父把我改了這樣一個名字。有一日，這批惡人忽然出現，說我拿了他們的蟹，硬要把我捉回去。我就不斷走不斷走，最後被打下長江，為大恩公所救了。」

方刀甲畢竟年青，江湖閱歷不深，竟然被鄭中飛誆得深信不疑。

當然，他曾替鄭中飛把脈，發現他內勁全無，所以認定他不懂武功，絕非江湖中人，對他戒心不大。因為之前強行催發功力，而七七四十九天之期未過，所以鄭中飛如今確實和一名不懂武功的人毫無分別。

之後鄭中飛有一句無一句，卻又不著痕跡的套問了方刀甲的背景，總算弄清楚目前狀況。

原來「江東四少俠」在柴桑城被「浪子」王烈打退後，深深不忿下決定分頭在附近繼續搜捕謝鋒的下落。如果找不到的話，就約定到星華山碰碰運氣。

　　方刀甲和余文兩人在柴桑城外湊巧遇上陳歡希的人馬挾持著鄭中飛去取藥，因為對方人多，兩人不敢跟得太近，只遠遠吊在後方，所以沒有見到鄭中飛，跟蹤了幾天，卻在雲夢澤跟丟了。之後，二人便到長江一處渡頭僱了艘船，準備出發往星華山之際，就遇上了鄭中飛和陳歡希的人馬。

　　兩人年少氣盛，又想做點英雄事跡出來，二話不說就選擇了鋤強扶弱，救起了「弱」的鄭中飛了。

　　方刀甲負責到水中救人，他外號「揚州飛魚」，是因為精擅水性，跳下水中就如蛟龍出海，不一會就捉住了隨水流而去的鄭中飛。陳媛媛還未知道發生何事，方刀甲已經把鄭中飛拖到船上。

　　余文則在岸上和陳歡希過了幾招，大家也奈何不了對方。見對方的人開始張弓搭箭，余文不敢久留，就跳回船上，擋過一輪箭雨後，才順利起航。

　　陳歡希他們沒有船，只能眼睜睜的看著他們離去。

　　這時，余文也來到房中，客氣地問起鄭中飛的傷勢和來歷，後者也一一胡亂回答，余文也沒有起疑。

　　最後，方刀甲問道：「段大哥，你有甚麼打算呢？」

現在，鄭中飛要決定去向，他內心當然強烈渴望馬上到鷹王山找楊妍。不過自己功力未復，陳歡希的人定不會放過自己，說不定會在附近佈下天羅地網。如果在前方不遠的柴桑城下船到秀聖門，目標明確，很大機會會被他們截獲。

於是鄭中飛道：「哈哈哈，兩位兄台既然要到會稽城，可否送在下一程呢？」他最後決定先到會稽城會合謝鋒等人，以免他們擔心，等功力盡復後才上鷹王山提親。至於楊妍，應該早已經回到秀聖門，就算給個天陳歡希做膽，也決計不敢到四大門派的地方撒野。

余文卻奇道：「兄台既是附近打魚的漁民，為何不馬上回家去看看父母，反而到會稽城呢？」

鄭中飛倒沒有想這麼多，隨口答道：「哈哈哈哈！余文兄有所不知了，就是因為我怕那大惡人去騷擾爹娘，所以要遠遠逃去。我有個很厲害的親戚身處會稽城，可助我們解困，碰巧兩位大恩公又是到會稽，所以想兩位做好人做到底，讓在下搭一程順風船。」

方刀甲以為他怕了陳歡希，爽快的答道：「這個當然沒有問題，有我們兩個在，那大惡人定難以動你分毫。」余文也沒有異議。

 ❦ ❦ ❦ ❦

就這樣，鄭中飛隨方刀甲和余文兩人乘船沿長江出海，往南而去，十多天後，終於到了會稽城。

三人剛進城，余文就說他有點事要辦，著方刀甲先到客棧訂下房間後就自行走了。

鄭中飛則在城門邊隱約見到謝鋒他們留下的暗記，為免方刀甲起疑，不敢細看。如今會稽城已到，功行完滿之期只餘下十來天。只要找個機會撒下方刀甲，就可以和謝鋒他們相會。

正要開口告別之際，方刀甲卻喜孜孜的道：「段兄，既來到會稽城，定要好好一嘗閩南樓的廈門米粉。讓小弟作個東，先吃過午飯，我們才分道揚鑣吧！」

盛情難卻，相處下來，鄭中飛也很喜歡這個熱心正直的年青俠客，也感激對方確確切切的救過自己性命。心想，反正也不差一頓飯的時間，於是答道：「哈哈哈！當然要一試吧，不過這餐就讓在下作東吧！」

街道上行人熙來攘往，兩人到了會稽城最大的閩南樓，卻因早已滿座，不得其門而入，大感掃興。

鄭中飛道：「沒關係，我們到其他餐館吧！」

方刀甲卻仍死心不息，還在遊說看門的小二，讓兩人可以

先行入坐，但小二卻不肯賣帳。

擾攘之際，餐館內坐近門口的一名食客向方刀甲叫道：「小方，原來你也到了會稽城。」

方刀甲笑道：「哈哈，他鄉遇故知，不亦樂乎。」原來他遇到故友。

鄭中飛一看，見這人相貌堂堂，一個人佔了一張桌子，熱情的向方刀甲招手。後者也喜形於色，向鄭中飛道：「哈哈，段大哥，有位子了。我遇到一名至交，定要介紹你認識，他定會喜歡你。」

兩人坐到那人的一桌，那人站起身來，溫文有禮的向鄭中飛道：「在下星華派梁文漢，跟方兄弟是同鄉，未請教兄台高姓大名。」

原來此人正是星華派「五散人」中的四師兄梁文漢，一見之下，果然氣度不凡。

鄭中飛馬上拱手施禮道：「哈哈哈，在下長江小漁民段蟹。」

方刀甲向梁文漢介紹道：「這位段兄在長江一帶被一大群惡人追殺，為小弟和余文所救。段兄雖不懂武功，卻是個悍不

畏死的英雄好漢，刀劍臨身下仍著力與對方周旋，在下非常欽佩。」

得方刀甲讚賞，鄭中飛又得意的吹噓起來道：「哈哈哈，好說好說，我這人做人的宗旨，正正就是勇敢這兩個字。區區十來個惡賊，怕甚麼呢？他們有膽欺壓村民，我段蟹就絕不會坐視不理。有本事就把這條命拿去，看看我段蟹會不會皺一下眉頭。哼！」

梁文漢不明就裡，聞言後不期然對鄭中飛另眼相看，道：「說得好，在下生平最佩服大仁大勇之人，這餐讓我作東，隨便點菜吧。」

點了飯菜，天南地北的談起江湖事來，酒過三巡，三人倒是談得頗為投契。方刀甲向梁文漢問道：「對了，梁兄何以一臉愁容的獨自走到這裡用膳呢？」

梁文漢再喝一杯，嘆一口氣道：「唉！還不是因為三個月後的掌門大會。」

鄭中飛奇道：「哦！對了，三個月後，貴門推舉新任掌門的大會。但選出新任掌門，讓星華派不再群龍無首，應該是喜事而不是壞事吧，何以梁兄好像很苦惱呢？」

方刀甲問道：「難道梁兄也有意當掌門嗎？」

梁文漢道：「唉！區區在下當然不敢奢望可以成為星華派掌門，只是見到各同門因為對掌門之位意見不同而鬧得四分五裂，覺得有點意興闌珊罷。」

鄭中飛道：「哈哈哈！這就不是問題了，你在旁看看熱鬧就成，選出掌門後，他們很快會言歸於好。」

梁文漢一臉凝重，低聲的道：「唉！段兄，事情之複雜，遠超外界的想像。請恕在下交淺言深，有些事情著實讓在下煩惱非常，不吐不快。」

酒意上衝的鄭中飛坐近梁文漢，搭著他的肩膀作老友狀的道：「放心吧！梁兄請放膽直說，方兄弟的好友就是我鄭……不，就是我段蟹的好友，即管放膽說出來，我們一同分擔。」

方刀甲也道：「對！天大的事，就讓我們三個一同解決吧！飲！」

三人一再碰杯，梁文漢道：「好吧！我們星華派的傳統，是這樣的，每有掌門離逝，就在一年之後，由各派內的入室弟子一人一票的選出新任掌門。現在的入室弟子就是『三大護法』、『星華四秀』和我們『五散人』，一共十二個人。」

方刀甲道：「聽起來，似乎很公平，難道今次有很多人競爭掌門之位嗎？」

梁文漢道：「唉！其實就只有文秀秀和何思思兩位師妹要競逐掌門之位，只是兩人的支持者人數相若，鬥得旗鼓相當，讓雙方的人互相不服，日夜爭論。」

鄭中飛奇道：「竟然是文秀秀和何思思兩人，論資排輩，不是應該讓衛建和尚當嗎？」

梁文漢又嘆一口氣道：「唉！本來如果衛建大師兄願意當這個掌門，就肯定是眾望所歸的，但他卻早就言明，出家人不適合當掌門。吁！段兄對江湖之事倒是瞭如指掌。」

当世

四大天王

怪傑林祥

為免梁文漢懷疑自己的身份，鄭中飛忙扯到別處道：「哈哈哈！只是道聽塗說，聽得多，自然就有點概念吧！長江這種交通要道，消息自然流傳得比較快。回說正題，梁兄是支持文秀秀，還是何思思呢？」

梁文漢答道：「當然是文師妹吧！思思她的確很有天分，但武功資歷也遠遠比不上文師妹。如果讓小師妹來當掌門，肯定派內派外皆有人不服。」

聽起來倒是合情合理，方刀甲問道：「還有甚麼人支持文秀秀呢？」

梁文漢理所當然的答道：「我、衛建大師兄、志安和永康師兄都是支持文師妹的。劉龍小師弟一向和小師妹感情要好，他支持何思思，我也明白的。最令我不解的，是蔡智、蔡傑和蘇一威三位師叔，他們竟然因為蔡傑師叔和何思思感情要好，全都支持小師妹。他們江湖閱歷豐富，怎會如此胡塗呢？」

鄭中飛問道：「感情要好？」

梁文漢道：「對！兩人年紀相差十年，但價值觀和很多對人生的想法都一致，結成了忘年之交。」

算一算下來，衛建、志安、永康和梁文漢支持文秀秀；劉龍和「三大護法」支持何思思，剛好四票對四票。

　　見梁文漢那麼苦惱，又氣上心頭的模樣，鄭中飛一拍他的肩膀，以示安慰。

　　梁文漢續道：「還未表態的，就只餘下楊子嬅和車婉兩位師妹。唉！如果他們都把票投給小師妹的話，星華派的掌門之位就會落入個小女娃之手，讓天下人恥笑了。」

　　鄭中飛一聽到楊子嬅的名字，把杯中的酒一飲而盡，道：「哈哈哈！梁兄放心，我跟子嬅非常稔熟的，讓我去跟她說，她肯定會投文秀秀一票的！」

　　梁文漢重燃希望，又有點懷疑的問道：「段兄，真的嗎？你有信心說服二師妹？」

　　鄭中飛拍著心口道：「放心吧！包在我身上吧，子嬅最聽我的，我叫她往左走，她決不敢轉右的。哈哈哈！」

　　鄭中飛這人，喝了酒就得意忘形，不時因醉酒而誤了正事，但他依然故我。

　　方刀甲也道：「哈，原來段兄要到這裡找的厲害人物就是『星華四秀』中的楊子嬅，怪不得不怕那大惡人。」

見方刀甲好像也早知他認識楊子嬅一般，梁文漢馬上面露喜色道：「段大哥原來真是認識楊師妹，這就好辦了。」

梁文漢開心了一會，卻忽然又失望的道：「唉！就算說服了二師妹，還欠三師妹車婉的一票才夠，她卻好像傾向於小師妹的。」

這個倒是沒有辦法，方刀甲問道：「如果到最後，文秀秀和何思思得票一樣呢？誰會當這個掌門呢？」

梁文漢道：「唉！這樣的話，會是最壞的情況，星華派會分裂為兩派，兩方人馬永遠不會服另一方，恩怨以至仇恨只會愈結愈深。最後，失勢一派會拉隊出走，自立門戶，星華派則元氣大傷。」

鄭中飛同情的道：「這樣的確是個很壞的結果。」

梁文漢愈想愈不安的道：「在此強敵環伺之際，我派實在沒有分裂的資本。無論是秀聖門的血仇還是仙女庵的舊怨，我們都需要文師妹的強勢領導去吐氣揚眉。」

鄭中飛問道：「仙女庵？」

梁文漢答道：「對！仙女庵掌門已經向本門發出戰書，還約定要在我們掌門大會之日，挑戰新任掌門。但我派中人還在

為掌門一事內耗，如果當日選不出掌門，定會成為天下人的笑話。」

方刀甲為人一向正面，但聽到這裡，也嘆了一口氣道：「唉！事情真是非常棘手。」

梁文漢道：「想了幾天，事到如今，只有一個辦法。」

鄭中飛和方刀甲一同問道：「甚麼方法？」

梁文漢雙目露出深刻的仇恨道：「就是謝鋒那個天殺的小賊！」

方刀甲奇道：「謝鋒！？」

梁文漢平靜的道：「對！這小賊毒害掌門，證據確鑿，又砌詞狡辯誣蔑小師弟。據說他現正身在會稽城，簡直膽大包天，視我星華派如無物。只要文師妹能夠把他找出來，取其性命，肯定星華派上下心服口服，一同奉文師妹為掌門。」

兩人一想也是，只要文秀秀能夠親手報卻先掌門梅芳的血仇，所有人都會奉她為尊。

方刀甲咬牙切齒的道：「我倒是認識謝鋒的，卻不恥他的所作所為，已經大義滅親，跟他割蓆絕交了。對了，段兄你交

遊廣闊，又在長江一帶活動，有認識秀聖門的人嗎？」

鄭中飛含糊其辭的道：「秀聖門……哈哈哈！好像聽過！」

梁文漢又道：「對了，剛才數漏了丐幫，據說新任幫主伊臣和謝鋒狼狽為奸，處處包庇，更曾伙同這小賊盜取小師妹的鑄劍谷請帖。段兄有這方面的消息嗎？」

鄭中飛尷尬的道：「丐幫……哈哈哈哈！有點印象！」

兩人也沒有發現鄭中飛的異常反應，只著眼解決眼前的大難題。方刀甲仍是積極正面的道：「梁兄，還有三個月時間才是掌門大會之日，我定會助梁兄把謝鋒找出來，以祭令師的在天之靈。」

梁文漢道：「對！也請段兄隨在下到星華山，好好跟楊師妹一聚。」

鄭中飛聽得梁文漢這麼一說，登時清醒了一點，卻苦無脫身之法。看著餐館廚房的入口處，唯有裝醉道：「哈，梁兄也不必急於一時吧。據聞閩南樓的廚房美女如雲，何不讓我們三人去觀摩一下呢？」

在鄭中飛根深蒂固的思想裡，最能讓男人分心的，肯定是美女，於是隨口把話說了出來。梁文漢現在當然沒有心情去看

美女，方刀甲血氣方剛，頗有興趣，只是礙於道德禮教，卻不好意思附和。

「哼！你這大無賴，枉我還日日在為你擔心，你這人卻在這裡和別人風花雪月，還要去看美女！」一把非常熟悉的聲音從餐館外傳入。

鄭中飛回頭一看，竟然見到他這些日子來夢縈魂牽的楊妍怒氣沖沖地站在餐館門前。

雖然還未弄清楚為何她不在鷹王山，反而來到這裡，但為免被方刀甲和梁文漢識穿自己的真正身份，馬上向兩人道：「哈，讓我來介紹，這位是……」

方刀甲卻截停了他道：「不用介紹了，這位是秀聖門楊秀的小女兒楊妍嘛，原來段兄也認識她？」

一聽到秀聖門三個字，梁文漢馬上站起身來，冷哼一聲道：「哼！楊妍，快說！妳的大師兄謝鋒躲在哪裡？」

楊妍雖然見梁文漢凶巴巴的，卻不害怕地道：「我不知道大師兄在哪裡，就算知道，也不會告訴你這大惡人。」

梁文漢道：「若非見妳是女流之輩，在下定會出手把妳拿下。不過，妳替我告訴謝鋒，我們星華派所有人定不會忘記他

的所作所為，終有一天會讓他血債血償。」

轉頭走到鄭中飛身前問道：「段兄，在下要走了，你是跟我回星華山勸服子嬋，還是留在這裡？」

楊妍奇怪的看著鄭中飛問道：「段兄？」

鄭中飛馬上轉過身來，背向梁方二人，朝楊妍打著眼色道：「對呀，我段蟹就是在長江流域捕魚為生的小漁民。之前被大惡人追殺，幸得方兄弟所救。」

楊妍心中笑了一笑段蟹這個名字後，追問道：「那跟楊子嬋有甚麼關係？」

鄭中飛尷尬的笑道：「哈哈哈！這位梁兄有事要我說服楊子嬋，所以打算助他一臂之力罷！」

方刀甲和梁文漢還未弄清楚兩人的關係，前者卻插口道：「對了，段兄剛才說那楊子嬋最聽他的說話。」

楊妍卻玉容轉怒，向鄭中飛叫道：「無賴！你跟那子嬋還是很要好嗎？」

鄭中飛胡扯道：「哈哈哈哈！大家都姓楊，不用分那麼細吧。哈哈哈！」

楊妍喝道：「你敢！」

鄭中飛道：「哈哈哈，開玩笑吧。」

見二人似在打情罵俏，梁文漢更起疑心，冷冷的道：「在下要告辭了，段兄如果還願意助我，就到星華山找我吧。」說完就拂袖而去，留下鄭中飛、方刀甲和楊妍三人。

滿腹疑問的方刀甲先開口道：「妍妹，妳們是怎樣認識的？」

楊妍沒好氣的向鄭中飛道：「段蟹，這人曾經和其他人圍攻大師兄，我不想跟他說話了，你回答他吧！」

鄭中飛也隨口答道：「哦！有年中秋，熱愛行俠仗義的楊女俠經過敝村，碰巧當時我又被惡人追殺，而楊女俠則救了在下，所以認識了，就是這麼簡單。哈哈哈！」

見方刀甲還是不太明白，鄭中飛續道：「時候不早了，方兄還是快點到客棧會合余兄弟吧！在下跟楊女俠還有點事要商量一下，待會再到客棧找方兄弟吧。」

方刀甲才記起自己約了余文在客棧，也不深究，急忙向兩人道：「楊姑娘、段兄，告辭了！」

他走後，楊妍馬上問道：「無賴！為甚麼你會跟他們混在一起？又為何你要騙人呢？」

於是鄭中飛就把自己和楊妍分別後的事一五一十的告訴她。

鄭中飛也問起楊妍為何會出現在這裡，原來楊妍逃出陳歡希等人的魔掌後，馬上到了附近的柴桑城。因為秀聖門的人早就在柴桑城一帶打探她的消息，所以她才進城，就讓已經把謝婷送回鷹王山的關智和張恆找上了。

跟兩人談了幾句，楊妍就知道原來謝鋒、楊榕、楊嬌和詹老頭四人早在三天前已經乘上了往會稽的船隻。

楊妍決定也乘船到會稽找他們，一來因為她知道楊秀為免自己有危險，回到秀聖門後定不准她再下山了。他對鄭中飛很有信心，知道他為人機靈，定不會為陳歡希所害。只是想，如果鄭中飛脫險後，卻不敢到鷹王山找自己，那就永遠再無相見之日了。

所以，她決定先到會稽城會合幾名師兄師姐再作打算。

兩人歡天喜地的擁抱在一起，鄭中飛問道：「小妍妹，妳甚麼時候到的？有找到詹老頭和秀聖門的人嗎？」

楊妍低聲道：「我比你早三天到這裡，剛入城就找到他們留下的暗記了，他們如今在丐幫幫眾的協助下，秘密寄居在徐瀅姑娘的家中。伊大哥也是今天會到，大師兄和兩位師姐去迎接他。」

鄭中飛笑道：「哈哈，竟然是未來幫主夫人家中。」

楊妍表情有點奇怪的道：「別亂說，徐姑娘她現在……」

「不好了，有人要跟臣哥打起來！」突然楊嬌跑到閩南樓的門口，向兩人叫道。

「怎麼會跟幫主打起來呢？」鄭中飛皺一皺眉後就馬上結帳離坐，和楊妍一起跟在楊嬌身後，往隔鄰一處較僻靜的長街走去。

楊嬌邊走邊回答鄭中飛的疑問道：「不知道啊！臣哥進城後不久，有個怪人從一間酒館走出來，截住了我們幾個，還說要向臣哥挑戰。我見離閩南樓不遠，就過來找你們。」

「怪人？好，先回去看看。」鄭中飛倒不是很擔心伊臣，以他的武功，天下間又有多少人奈何得了呢？可惜，這次他錯了。

○○○○○

三人趕到那酒館門口時，剛剛見到伊臣和一名留著二撇子

鬍鬚的男人打起上來。

「三，零六二四七零零，三，零六二四七七零⋯⋯」那二撇子
男人一面出手一面口中唸唸有詞，以奇怪的節奏慢慢說著意思
不明的數字，出拳也是配合數字般慢悠悠的，非常詭異，但每
一拳也氣勢凌人。這人一身黑衣，兩鬢已白，但雙目如神，絲
毫不現老態。

「**無雙拳**！」伊臣當然不是省油燈，以成名絕技無雙拳與對方
駁拳，但拼了十多拳，似乎佔不到甚麼便宜，對方的內功應該
不下於自己。

「⋯⋯四三一四，零六二四！零四三四，零四三四，零
二三二，零二三二⋯⋯」二撇子男人突然欺近伊臣身前，短兵
相接，口中的數字愈唸愈急，出手也愈來愈快。奇怪的是，他
的字說得很急，但卻聚而不散，字字鏗鏘，顯然身負上乘內功。

「**餓狼十八掌**！」已經通過了丐幫試煉的伊臣額角冒汗，對於
忽然的變換節奏，明顯應付得非常吃力，使出了壓箱底的功夫。

「⋯⋯零六四六，零六四六，零八七八，零八七八⋯⋯」一寸
短一寸險，二撇子男人狀若瘋狂，口中的數字已經快得幾乎難
以捕捉。一時間，伊臣面前漫天拳影，只能憑感覺去擋格，全
面捱打，更別說反擊了。

謝鋒和楊榕在旁看得嘖嘖稱奇，心想果然天外有天，人外有人。但天下間哪來這麼多高手呢？正暗自著急，卻發現對面酒館門外站著一名中年女人，含情脈脈的在看著那二撇子男人。

　　忽然，二撇子男人退後半步，立馬拉弓，然後右拳似是盡吸天地間能量般直攻向伊臣。更可怕的，是這人進攻退守皆從容不迫，混然天成。伊臣知道對方是要迫自己硬拼一記，他夷然不懼運起畢生功力之所聚，一掌擊向對方的拳。

「呼！」拳掌交擊，爆出一聲巨響，兩人各退半步。

「哈哈哈哈，痛快！痛快！」二撇子男人笑得豪邁，似乎沒有再出手的意思了。

「原來是『江南第一快拳』林祥前輩，站在後面的那位定是『江南女俠』沙莉，晚輩伊臣拜見兩位。今日總算見識到名滿天下的『數字快拳』，感謝前輩手下留情。」伊臣心悅誠服的抱拳作揖。

「呵呵呵，不愧是張友友的接班人。世侄，英雄出少年啊！」林祥對伊臣可以接得住自己的這一招也是非常欣賞。

　　這「江南第一快拳」林祥是許冠森和羅伯先那一輩的好手，武功極高。很受同輩中人的認可，號稱「至剛至陽，怪傑

林祥」。他也是丐幫中人，擊退西洋馬賊和「倭」國武士的戰役中也出了不少力。在劍神許冠森退出江湖後，他也淡出武林，隱居江南，卻仍很受丐幫中人敬重。

伊臣答道：「多謝前輩誇獎，得蒙前幫主的提攜，晚輩定會盡心盡力，把丐幫辦得有聲有色。」

林祥笑道：「很好很好，老夫最近收到消息新任幫主會來到會稽城，所以忍不住手癢起來，在此恭候大駕。如今見到我幫後繼有人，老夫都放下心事了。屬下回去繼續喝酒作樂，不阻幫主辦事了。請呀！」

林祥和沙莉向其他人也點一點頭示好，正要退入酒館。

伊臣向林祥叫道：「前輩，在下還有一個問題。」

林祥奇道：「甚麼問題？」

伊臣指著他的手問道：「你的拳，還可以再快一點嗎？」

林祥哈哈一笑：「哈哈哈，當然可以，要現在就試試看嗎？」

伊臣尷尬的道：「不用了，不用了。將來有機會再試吧。」

「哈哈哈，天下武功，無堅不破，唯快不破。」說罷，就偕同沙莉回到酒館。

酒館門外，伊臣和謝鋒見到鄭中飛和楊妍各人最後也安然無恙，經歷了重重險阻，大家總算齊聚會稽，而且謝婷又平安回到鷹王山，皆感欣慰非常，並簡略的互訴別情。

在擊沉了伊健和陳春的船後，伊臣暗中跟在他們身後，希望可以找到方法令伊健重回正軌。跟到星華山附近，卻失去了他們的蹤影，到處尋找之際，收到謝鋒藉丐幫發出的飛鴿傳書，於是也趕到會稽城。

伊臣向謝鋒問道：「對了，鋒弟，你在飛鴿傳書中說有十萬火急的事，要我立即趕來，是甚麼事呢？」

謝鋒傷感的道：「第一件事，就是詹老頭的病情，這幾天突然惡化得很厲害，我擔心他捱不住了。」

伊臣也憂心忡忡的道：「唉！這詹老頭，早叫他好好養病，卻總是不聽。事不宜遲，我們快趕去徐姑娘的家，看看詹老頭吧。」

眾人也動身前往徐澄三叔的大宅，途中伊臣續向謝鋒問道：「聽你剛才的口吻，還有另一件事嗎？」

　　謝鋒有點難以啟齒的低聲道：「這⋯⋯這是有關徐姑娘的。」

　　伊臣奇道：「徐姑娘怎樣？」

　　謝鋒道：「她⋯⋯她⋯⋯」

　　伊臣急道：「快點說，別要吞吞吐吐，徐姑娘發生了甚麼事？」

　　謝鋒煞有介事的道：「臣哥，你要有心理準備，對你來說，可能是很大件事。」

　　另一邊的鄭中飛也忍不住的追問道：「鋒師兄，快說，別要再賣關子了。」

　　謝鋒攤一攤手道：「唉！我說了，徐姑娘懷孕了。」

　　鄭中飛怪叫道：「甚麼？」

　　謝鋒偷眼一望並肩而行的伊臣一眼，見他反而一副無動於衷的模樣，才答道：「對呀，千真萬確的，肚子已經很大了。」

　　鄭中飛繼續低聲問道：「知道孩子是誰的嗎？」

謝鋒搖搖頭道：「不知道呢，但這種事，她不說，我們又不好意思問吧。」

　　見伊臣雖然表面上沒有甚麼反應，但步伐卻愈行愈急。

占星大師

謝鋒看得出伊臣對徐瀅懷孕的消息是很在意的，只是不表露出來。於是說起其他事情讓他分心，隨口問道：「剛才那林祥的武功倒是非常厲害，丐幫真是人材輩出。」

伊臣點頭同意道：「對！我習武多年，最擅長以堅攻堅、以硬碰硬的，除了對上前幫主之外，幾乎未逢敵手，無往而不利。只是剛才對上這人，他反而迫我和他硬拼了一掌，還被他震得氣血翻騰。」

聽得伊臣如此讚賞，謝鋒問道：「這麼說，難道比張友友還要厲害？」

伊臣道：「前幫主和林祥前輩兩人武功誰高誰低，我還說不準，但可以肯定兩位前輩是同一級數的高手。」

謝鋒也由衷佩服的道：「武功這麼厲害，難得為人如此低調，又愛護後輩，真令人心折。」

最愛唱反調的鄭中飛插口道：「我倒是覺得這怪傑林祥出現的時間有點古怪，感覺如果幫主剛才支持不住，他就會出手取你性命。」

伊臣略一思索答道：「聽你這麼一說，我也好像覺得林祥的出手，不太像切磋武藝這麼簡單。」

鄭中飛沉聲道：「可能他後來發現就算可以殺死幫主，也要付出很大代價，所以才收手套交情。」

謝鋒也插口道：「但我看他和他的妻子看著臣哥的神情倒是很友善，就像普通的長輩看著後輩的情況。中飛，你別要以小人之心度君子之腹吧。」

鄭中飛道：「哈哈哈，我也是說說看吧，免得幫主胡思亂想。」

「哈，我倒是相信這小偷，怪人看怪人是應該比較準確。」同行的楊妍不放過機會，揶揄一下中飛。

鄭中飛年紀雖然不大，但面皮倒是廷厚的，根本不當楊妍的奚落是一回事。對著這鬼靈精，反而是愈看愈愛。

謝鋒向鄭中飛問道：「但他自己本身都是丐幫中人，殺了自家的幫主對他有甚麼好處呢？」

鄭中飛道：「哈！這就要從我幫內的組成架構說起了，你們有發現林祥的衣著和我們有很大分別嗎？」

謝鋒回想一下才點頭道：「對了！你們兩個連同張友友都是衣衫襤褸，林祥前輩雖然一身黑衣，但穿得比你們都體面得多。」

鄭中飛答道：「哈哈哈哈！這就是我們的分別了。」

楊妍愈聽愈胡塗，還是不明白問道：「只是衣著不同，就要殺了臣哥？」

鄭中飛理所當然的道：「唔！也差不多是這樣子了。」

伊臣正容道：「中飛，別亂說了。」轉向其他人續道：「其實我幫人數眾多，遍及全國各地，管理起上來也不容易。為方便管理，所以分成了十八個分舵，而除非有很大件事發生，否則我這個幫主是不太會理各分舵的事務的，大部分事情都由各分舵主自行決定的。」

謝鋒點頭道：「這也不錯，起碼不用每件事情都要請示幫主，費時失事。」

伊臣續道：「不過這就做成了各分舵的凝聚力不太足夠，而因為地理上的問題，南方的分舵和北方的分舵間的分歧愈來愈大。就著丐幫弟子裝束的問題，南北分舵舵主在一年一度的丐幫大會大吵了一場。北方的九大舵主認為丐幫弟子，應該穿得像個乞丐才名正言順；南方的舵主則覺得丐幫只是一個大幫

會，不一定每個人都是乞丐。」

楊榕插口道：「如果兩方都不肯妥協，這確是非常頭痛。怎麼辦呢？」

伊臣答道：「最後，北方的幫眾照樣穿得衣衫襤褸，南方則只是穿著顏色陰沉的衣服就可以了。這就是『污衣派』和『淨衣派』的由來，林祥前輩正是如今『淨衣派』中最出類拔萃的好手。」

眾人開始有點明白，為何林祥要出手挑戰伊臣了。

鄭中飛補充道：「哈哈哈，由許冠森到張友友到伊臣，連續三任幫主都是我們『污衣派』的人，『淨衣派』的人當然難以心服吧。」

伊臣搖頭道：「中飛別要危言聳聽了，林祥前輩一生淡泊名利，又跟我往日無仇，怎會因為這種事而要殺我呢？」

說著說著，眾人終於到了徐澄三叔的大宅，遠遠已經見到大著肚子的徐澄站在門外等候他們。

伊臣撇下其他人，快步走到滿臉期盼的徐澄身前，兩人站在門前對望一眼，四手相握，一切盡在不言中。

伊臣看著她的肚子微微一笑，似在問她為何不早告訴自己，但千言萬語，卻不知從何說起。徐澄溫柔的把伊臣的手放在自己的肚子上，柔柔的道：「臣哥，你要當爹了。」

其他人剛好來到門前，聽到這一句。

鄭中飛首先怪叫道：「哈哈哈，原來幫主早就和徐姑娘米已成炊，怪不得剛才聽到徐姑娘懷有身孕的消息後，仍可以神態自若，枉我還在為幫主擔心……」

楊妍馬上截住鄭中飛道：「無賴！別要胡說八道了。」

謝鋒也推開鄭中飛，向兩人道：「臣哥、徐姑娘，恭喜你們！」

喜形於色的伊臣開懷笑道：「多謝了！我們不要站在門外了，先進去看看詹老頭吧！」

θ ○ ○ ○

眾人來到詹老頭的床前，只見他已經非常虛弱，看得大家心情沉重。

詹老頭知道徐澄懷有伊臣的骨肉後，卻顯得很高興的道：「呵呵呵！小乞丐，想不到你除了武功了得，咳咳，連這方面

也如此厲害，頗有詹老頭年輕時的風範，呵呵！」

　　房中的女性，包括徐瀅在內，皆聽得粉臉泛紅。

　　伊臣還未回答，鄭中飛就代答道：「我們丐幫的大好男兒，當然厲害。」

　　楊妍暗罵了一句「不要臉」，詹老頭才道：「咳咳咳！不用擔心我，詹老頭定會撐到孩子出生那天的。」

　　伊臣勸道：「詹老頭，別說不吉利的話了，你定會長命百歲的，快替孩子想個名字吧。」

　　詹老頭道：「呵呵呵！是男娃還是女娃都未知道，怎樣改呢？」忽然雙眼一翻道：「呵呵！對了，如果是個女娃，我倒是想到個名字。」

　　伊臣喜道：「哈！這就好了，快告訴我，叫甚麼名字？」

　　詹老頭道：「叫伊康堤吧！咳咳！」

　　伊臣道：「哈！很好聽。但詹老頭怎麼突然這麼快又想到？」

　　詹老頭眉飛色舞的答道：「呵呵！其實不是詹老頭想出來，

話說當年在鑄劍谷內的一個優美的堤壩前，我和黃谷主在暢談天下武學。我見他對衣飾服裝都非常講究，於是笑問他，男人大丈夫，哪有像你這麼愛裝扮呢？」

眾人中，除了徐瀅，大都認識鑄劍谷的黃大文谷主，都同意他是個非常熱衷於打扮自己的男人。

詹老頭續道：「之後我跟他說，如果他生個女兒，定會把她扮得像個小公主一般。他卻答我，他不打算生兒育女了。不過如果生個女兒，定會叫她做『康堤』，取其健康和美麗堤壩的意思。」

聽到這裡，伊臣斷然道：「好吧！如果生下來的真是個女娃，就叫伊康堤吧。」

詹老頭道：「呵呵呵！好了！孕婦不能站太久，詹老頭很好，你們先去休息吧。」

之後，眾人也安頓在徐瀅三叔的大宅之中，因為知道星華派的人到處找尋他們，所以他們大部分時間也留在屋內，就算要外出，也會喬裝一番，以免被人認出。

楊家三姊妹輪流照顧徐瀅，等待著嬰孩的誕生。

如此過了十天，鄭中飛總算功力盡復，剛把伊臣叫到後院，

好活動一下身手。

楊榕卻跑過來叫道：「臣哥，孩子要出生了！」眾人馬上趕到徐瀅的房門外等候，穩婆已經在房內忙個不停。

終於，在二零四年十月四日，伊臣和徐瀅的女兒出生，取名為伊康堤。

◇ ◇ ◇ ◇

之後的一個多月，眾人都沉醉在喜慶的氣氛之中，只是詹老頭的病情，一天比一天惡化，讓人有點不安。

有一天，詹老頭卻突然精神抖擻的在宅內到處走動，跟大宅內的所有人閒好談笑。

他跑到謝鋒的房中，後者正在打坐練氣，見詹老頭生龍活虎的姿態，向他笑道：「詹老頭，今天這麼精神呢。」

詹老頭道：「對呀，不知怎的，今天睡醒以後，那肺病就好像不藥而癒了。」

謝鋒道：「哈！這就好了，可能家裡有喜事，對你的病情也有幫助。」

詹老頭開懷的笑道：「呵呵呵！對呀，我剛才一看到小康堤，就打從心底裡笑出來，很久沒有試過這麼愉快了。」

兩人笑了一會，詹老頭正容的向謝鋒道：「鋒兒，小乞丐可以把這裡當是自己的家，但你卻不可以，你有甚麼打算呢？打算一直待在這兒？」

謝鋒一想，之前他們決定來會稽，是因為陳春騙他們說郭城會來星華山，但現在謝婷已經被救回，他好像已經沒有必需找到郭城的理由了。而剛到來住入這大宅，則是為了等待伊臣、鄭中飛和楊妍，也讓詹老頭好好休養。

現在所有人也到齊，伊臣的女兒已經出生，詹老頭的病又好了大半，實在沒有留在這兒的理由了。

謝鋒嘆一口氣道：「唉！詹老頭，鋒兒明白你說甚麼，我總不能一輩子躲在這裡，但天下雖大，我現在又可以去哪裡呢？」

詹老頭道：「呵呵呵！人生區區數十寒暑，彈指即過，此處不留人，自有留人處，但求心之所安吧。」

留下這麼一句話，詹老頭又跑到其他人的房間玩耍了。

謝鋒則整天在思索自己的去向，卻愈想愈頭痛，回去鷹王

山，會連累秀聖門，留在這裡，則可能永遠都要偷偷摸摸的過活。

吃過晚飯後，仍然是鬱悶難解，又不好意思打擾伊臣一家三口的天倫之樂。

於是決定出外走走，看看會稽城是不是真的那麼容易迷路。在鏡前，把自己弄得滿臉鬍鬚，橫看豎看也認不出自己來，才滿意的翻牆而出，和普通人無異的走到繁華的夜市去。

哪知剛到夜市不久，就聽到後面有人叫道：「謝鋒！」

謝鋒心中叫苦，卻沒有回頭，因為他已經從那獨特的沙啞聲音認出後方的人是誰了。

久未露面的張栢詩從後而來，自然地挽著謝鋒的手臂，向他展現一個甜甜的微笑後，就像對小情侶般繼續在夜市閒逛。

謝鋒拿她沒法，隨口問道：「栢詩，妳怎麼知道我在這裡呢？」

張栢詩沒好氣的答道：「你剛到會稽城那天，本姑娘已經知道了，只是你這縮頭烏龜不是和兩個師妹走在一起，就是躲在徐澄的大宅之內，我才沒有機會找你吧。」

謝鋒道：「原來如此，妳在會稽城倒是消息靈通。」

張栢詩沒有回答，只道：「恭喜你終於救回妹妹。」

然後神色一黯，幽幽的道：「可惜阿爹走了。」

謝鋒才想起自己之前答應過要替她護送張勇到鑄劍谷，卻被郭城圍攻，張勇更在自己眼前被陳歡希殺死。不由得愧疚交集，見張栢詩孤苦伶仃的可憐模樣，更是替她心痛。

轉到張栢詩的身前，謝鋒雙手抓住她的肩膀，認真的道：「對不起，我害死了妳的爹。」

清麗不減的張栢詩也看著謝鋒，豁達的答道：「也跟你關係不大，郭城盯上了一個人，又有誰能倖免呢，只是怪爹的命不好吧。如今總算完成了他生前的心願，徹徹底底的退出了魔門。」

謝鋒堅決的道：「節哀順變吧，我謝鋒總有一日，定要郭城他血濺我劍下。」

看著謝鋒滿臉鬍子的怪模樣，張栢詩神色如常的笑道：「哈，就憑你這大鬍子的劍法？別吹牛皮了，陪我到夜市到處看看吧。」

謝鋒大感尷尬，雖然還未弄清楚和她的關係，但又說不出推辭的話。

之後，謝鋒就和張栢詩兩人在夜市中湊湊熱鬧、看看表演和擺賣各式商品的攤販，倒讓謝鋒暫時忘卻心中煩惱。

兩人吃了點地道小吃，經過城內著名的「港交賭坊」，張栢詩道：「我們進去大賭一場吧！」

未等謝鋒回答，張栢詩已經把他拉進去賭坊之內了。

賭坊之中，人聲鼎沸，張栢詩真的取出錢袋打算賭個痛快，向謝鋒道：「大鬍子，天下間最讓人忘憂的，不外乎情慾、賭博和五石散一類藥物，你也跟我一起賭吧。」

謝鋒見張栢詩拿的，竟然是自己之前所遺失的錢袋，反問她道：「妳為甚麼用我的錢袋呢？」

張栢詩嬌艷一笑的答道：「哈，賭錢當然是用別人的錢財最輕鬆吧。」說罷，竟把錢袋放回懷中，沒有還給謝鋒的打算。

忽然，一名一臉頹喪的中年男人從賭坊的內堂走出來，似看不到別人的樣子向街上走去，其間還撞到幾個賭客，卻似一無所覺，頭也不回的離開了賭坊。

其中一名被撞到的大漢正要大興問罪之師，後面的一人卻對他說：「兄台，算了吧！這人帶著三百兩黃金賭了一個晚上，本來贏了差不多一千兩黃金，不過剛剛輸光了。」

那大漢登時目瞪口呆，要知三百兩黃金在當時來說，怎樣說也是一筆巨大財富。這人一個晚上就輸光了，難免失魂落魄，嘆了一口氣道：「唉！每年不知多少人在這『港交賭坊』輸得傾家蕩產，真是害人不淺。」

另外一人也道：「我認得他，他是賭坊的常客，一直以來輸了不少銀兩。聽說他有個很厲害的親人，這次不知從哪裡弄來這幾百兩黃金。不過，他的黃金不是輸給賭坊的，反而有另一名賭客和他對賭，結果把他連本帶利的贏了過來。」

聽完這件事，張栢詩向謝鋒吐一吐舌頭道：「嘩！一個晚上就輸了一千兩黃金，這個賭坊很邪門，我們還是不要賭了。」

謝鋒更正道：「不是一千兩黃金，其實只是三百兩罷，不過十賭九騙，不賭是贏錢。」

張栢詩笑道：「一千兩是對的，你這傻子太不明白賭徒的心態，贏了的銀兩就是自己的吧。」

兩人並肩離開賭坊，又行了一會，張栢詩問道：「大鬍子，你有甚麼打算？想一輩子躲在這徐家大宅嗎？你毒害梅芳的消

息已經傳遍江湖。星華派十二月選出掌門後，第一件事就是要處理和秀聖門的關係。不過弒師之仇，都沒有甚麼好說了，如果楊秀堅持不把你交出去，就肯定是兩派互鬥，至死方休。」

謝鋒心內苦惱，雖然已經救回謝婷，但為了自己的清白，為了伊臣的大哥伊健和寶麗門的李曼勤，郭城就不能不對付了。但轉念又想，現在自身難保，又如何救人呢？將來的路在何方呢？最後向張栢詩茫茫然搖頭。

張栢詩笑道：「哈，我有辦法！」

謝鋒嘆一口氣問道：「唉！事已至此，還有甚麼辦法？」

主意多多的張栢詩指住前方道：「看！」

順著張栢詩的手指一看，見到前方是河邊林林總總的攤販，雖已經入夜，但仍然熱鬧非常。她指的，是一個鮮紅色的小帳篷，門外寫住「占星」兩個大字，原來是以占星之法替人趨吉避凶的相士。

謝鋒根本不相信這些江湖術士，正要出言婉拒，張栢詩已經撇下自己，獨自跑向那小攤檔，謝鋒無奈跟隨。

張栢詩揭開遮蔽上方的小布幕，興致勃勃的拉著謝鋒一起坐到攤檔之內。

坐到小帳篷之內，似是和外界繁華的夜市分隔了，自有一份平靜的感覺。內有一張長椅，椅後坐著一名中年女子，穿得非常華麗，但華麗之中又有點怪誕，眉心之上有一點硃砂，一臉愁容若有所思。

見到有客人坐了進來，她馬上露出熾熱的目光喜道：「哈！今晚終於發市了。跟兩位有緣，相金可以減半，想問姻緣還是財運呢？」

張栢詩想也不想馬上答道：「姻緣。」

那相士馬上問起兩人的生辰八字，替兩人起了個星盤，口中念念有詞。不一會，眉頭大皺自言自語的道：「唉！難矣！」

張栢詩急道：「大師！怎麼呢？」

相士苦惱的道：「實不相瞞，兩位是姻緣天定，定會開花結果成眷屬。唉！但卻又是奇哉怪也，你們命格相沖相剋，長久下去又肯定會出問題的。愛與痛，最後就如昨夜喝的酒。」

聽完之後，張栢詩道：「成為情侶真太易，難於該怎麼相處。這也沒有所謂，反正人生苦短，曾經一起快樂過，已經無憾了。」

不知是過去一直受到魔門中人的薰陶，還是天性如此，謝

鋒總覺得張栢詩是個非常缺乏安全感，也極度感性的人，而且年紀輕輕就似是已經看破紅塵的樣子。

他為免栢詩想起已故的張勇，向她道：「江湖術士之言，豈能盡信呢？」

相士聽得謝鋒語氣間對自己的不屑，向他加重語氣的道：「客官！你這是甚麼意思呢？你說我是招搖撞騙的騙子嗎？」

謝鋒一向不怕得罪人，冷笑一聲道：「難道我有說錯嗎？」

那女相士一拍長枱，不服氣的道：「好！你這黃毛小子竟敢質疑老娘的占星術，就讓你開開眼界！」

她對著謝鋒之前寫下的生辰八字，左算算右算算，不一會就向謝鋒道：「成了，我已經知道了你的一切了。」

謝鋒當然知道這只是江湖技倆，仍是一臉不屑的笑道：「願聞其詳。」

女相士如數家珍的道：「你這人應該是出身好又少年得志，一向總是順順利利的。不過近年卻一再遇到凶險，只是常會遇到貴人相助，每每逢凶化吉。最近則惹上了極大的麻煩，一個不好，恐有性命之憂，現正不知如是好吧。我有說錯半句嗎？」

　　謝鋒聽得目瞪口呆，女相士雖然說得籠統，但卻把自己的情況清清楚楚算了出來。

　　為免兩人鬧僵，張栢詩在旁打圓場的道：「原來大師是有真材實學之輩，之前多有冒犯，恕罪恕罪，請問此事該如何化解呢？」

　　女相士正容道：「是禍躲不過，這劫難愈是逃避愈難化解，放膽去面對吧。正如我一個師兄常言道，每個劫數，時間會善後。我雖然不喜歡這大鬍子，但他的命生得好，總能絕處逢生。」

　　張栢詩道：「多謝大師指點。」

　　女相士忽然心生感觸的道：「唉！如果我派的命運也像這大鬍子一般，可以絕處逢生就好了。」

　　張栢詩靈機一動的道：「哈，他叫張無歡，我叫謝傾城，都算是半個江湖中人。姐姐有何苦惱，不妨直言，讓我們也助大師解憂。」

　　看一看張栢詩真誠的眼神後，女相士低聲道：「實不相瞞，其實在下是星華派的車婉，你們有聽說嗎？」謝鋒心中叫苦，只是隨便出來走走，偏偏要讓他遇上星華派中人，真的是禍躲不過了。

世當

四
大天王

當世
四大天王

黎◦郭◦劉◦張

詹老病逝

張栢詩強作鎮定的答道：「『星華四秀』名滿江湖，天下誰人不識呢？怪不得算得這麼準，但妳為何會在這裡替人占卜算命呢？」

車婉答道：「姑娘過獎了！占卜星相，一向是我的嗜好，苦學多年，最近總算融會貫通。所以我一有空閒，就會到這裡擺攤替人算命，希望透過占星術去關懷及幫助別人，讓每一個人都擁有自信和快樂。」

見謝鋒仍是默不作聲，張栢詩繼續打探的問道：「車姑娘，妳之前說到貴派的命運，有甚麼問題呢？」

車婉道：「還不是因為派內之人為了掌門之位而鬧得很不愉快吧，唉！請恕在下交淺言深了，因為我實在很心煩。」

張栢詩道：「此事我也略有所聞，衛建和尚拒絕了當掌門之後，大師姐文秀秀和小師妹何思思都表示有意當掌門。車姑娘，妳屬意何人呢？」

車婉道：「梅掌門生前已經很喜愛思思，人品好又有熱誠，定會為星華派帶來一番新氣象。文大師姐武功心計皆上上之選，但她處事很極端，我有點怕她，更怕她把星華派變成江湖

上的眾矢之的。」說起梅芳，車婉的眼眶已經發紅。

張栢詩道：「即是說，車姑娘希望何女俠當上掌門之位？」

謝鋒知道，對車婉這種人來說，甚麼武功人材品德處事風格，全都不管用的。能影響她決定的，只有一樣，於是他以揶揄的口吻插口問道：「這麼大件事，妳定會用占星術算算誰最適合當掌門吧。」

車婉沒有反唇相譏，反而像鬥敗公雞般答道：「老實說，這麼重要的事情，我不敢算。」

張栢詩奇道：「妳竟然沒有為此事占卜？」

車婉有點尷尬的答道：「因為我怕，我怕占出來的結果，是文大師姐；更怕結果是小師妹，我投票後，會把星華派弄得四分五裂。唉！我也知道這是很矛盾的。」

謝鋒反而鼓勵她道：「妳信了一輩子占星術，到最緊要的時候反而不信？信我吧！妳一定要占，也一定要信，如果妳自己最重要的事也不敢占，妳以後還怎樣替人占卜呢？多年所學，不就白費了嗎？」

車婉奇道：「你不是不相信這占卜星相嗎？怎麼忽然相信起來，還認定我一定要為此事一算呢？」

謝鋒斬釘截鐵的道：「我還是不相信甚麼占星術的，不過這是信念問題，妳今次不算個清楚明白，將來無論結果如何，妳一定會後悔的。」

聽完謝鋒的話，車婉若有所思，謝鋒於此時起身離坐，離開小帳篷。

張栢詩緊隨其後，在熱鬧的夜市中心拉住謝鋒的手道：「大鬍子，我要走了。爹過身之後，很久沒有像今晚這麼開心，多謝你。」

謝鋒回頭一看張栢詩，後者已經雙手環抱謝鋒的頸項，蜻蜓點水的吻在他的唇上。

時間猶如靜止，謝鋒連張栢詩何時離開也似一無所覺。

謝鋒懷著比去時更複雜的心情回到徐家大宅，才進房門，就驚聞厄訊。楊榕哭著說道：「鋒師兄，詹老頭他……」

二零四年十一月二十四日凌晨時分，詹老頭因為肺病惡化，返魂乏術，享年六十三歲。

詹老頭的後事也遵照他的遺願，一切從簡。

十天之後的一個晚上，會稽城邊一幢簡陋的茅屋內，謝鋒一個人坐在詹老頭的靈柩側邊。今晚輪到他守夜，明天一早就會上山安葬。

　　剛踏入十二月，冬天將至，寒意漸濃，分外使人感到孤清。看著棺木後方，小桌上的神主牌前兩支白蠟燭搖擺不定，謝鋒百感交集，想著詹老頭最後的遺言。

　　當晚謝鋒跑到詹老頭的房間時，眾人也守在床邊，一片愁雲慘霧。

　　臉色慘白的詹老頭已經奄奄一息，卻仍吃力的向謝鋒笑道：「呵呵呵！鋒兒，總算等到你了，過來過來。」

　　房內的眾人馬上讓出一條通道，讓謝鋒走到詹老頭的床邊。

　　詹老頭握住謝鋒的手，一臉慈愛的道：「鋒兒，呵呵呵，見到你春風滿面的模樣，剛才定是佳人有約吧。呵呵，年輕人就是這樣子才像樣吧。見到你，老夫也想起自己年青時的輕狂歲月了，真讓人懷念。」

　　謝鋒不期然想起剛才張栢詩的吻，綺旎纏綿，尷尬的道：「詹老頭，我不過出去走走吧。」

詹老頭道：「呵呵呵！人之將死，你騙不了詹老頭的。不過今次放過你了，我知道你仍猶疑難決，詹老頭只能告訴你，無論怎樣做，也沒有人知道最後結果會是如何，所以做甚麼事，只要遵從自己的心而行，就不枉此生了。」

謝鋒點頭受教的答道：「鋒兒定會記住詹老頭的教晦。」

詹老頭看一看屋脊，長呼一口氣道：「呼！詹老頭差不多了。鋒兒，他們已經答應了詹老頭，我去後，所有人都不可以哭，就欠你一個未答應。」

看到虛弱不堪的詹老頭，謝鋒強忍著淚水，點頭道：「詹老頭，我答應你。」

詹老頭道：「怎麼還是哭喪著臉呢？詹老頭知道時辰已到，大家不用傷心。上天已經待老夫不薄了，我要做的事，基本上已經全做過了。相士說我是文曲星轉世，來到人間走一回，重返天庭渡眾生。」

他說完這句話，就閉起雙眼，與世長辭。

想到這裡，仍然獨坐在小茅屋的謝鋒又不禁悲從中來，之前還言笑晏晏的人，如今已經變成一具冰冷的屍體。不過他這次沒有哭，他還記得自己答應過詹老頭的事。

這時，一名衣衫襤褸的老者毫無先兆的穿門而入，他友善的向謝鋒點一點頭，就在詹老頭的神主牌前插上清香一炷，然後一臉落寞的走向詹老頭的棺木之旁。

謝鋒這幾年闖蕩江湖，見過不少人，看人也有點心得，見這人雖然頭上紮住一條殘舊的灰色頭巾，身上衣服也破爛不堪，但仍難掩其臉上的英氣，尤其是攝人的雙目。他認為這人年輕時肯定幹過不少大事，更是習慣發號司令的領導者。

老者沒有再望向謝鋒，反而向棺木內詹老頭的屍體道：「唉！想不到來晚一步了，不過詹老總算退出了腥風血雨的江湖了。」老者滿懷感觸，謝鋒覺得他的外型有點眼熟，卻又想不起在哪裡見過。

謝鋒出言問道：「這位前輩是？」

老者見謝鋒問起自己，滑稽的笑一笑才答道：「嘻！我是詹老的故交，知道他壽緣將盡，馬上日夜兼程南下，可惜還是見不到他最後一面。」

謝鋒見老者沒有明確回答自己的問題，也沒有追問。

一老一少在茅屋之內靜默良久，淡淡哀傷纏繞心頭。老者忽然在背上取出一輕巧的瑤琴，放在詹老頭的靈柩旁邊，沉默半晌後，雙手熟練的撥動起瑤琴上的弦線。

哀傷的音調徐徐響起，老者狀甚陶醉，似是琴聲所展露出來的愁思跟他全無關係。曲風慢慢由直鑽人心的淡淡哀愁，逐漸轉化為激昂澎湃，抑揚頓挫，最後更是把高漲的情緒推到巔峰作結。

謝鋒從來沒有想過一個瑤琴可以帶來這麼大的震撼，眼界大開。

奏琴之後，老者的心情似乎好了點，向謝鋒道：「嘻！年輕人，跟老人家說兩句吧。」

謝鋒帶著敬意的向這位奏琴高手欣然答道：「前輩儘管說罷。」

老者像沉醉在往昔的日子，徐徐的道：「嘻！別看老人家如今看似羸弱不堪，年青時也跟你一樣，不知天高地厚，拿柄劍就去闖蕩江湖，以為天下間沒有事難得到自己。」

謝鋒感受到老者當年的豪情，道：「前輩舉止不凡，當年定是大大有名的人。」

老者自豪的看看謝鋒，才續道：「名利，不過浮雲。當年我為武林做了不少事，卻一再被人質疑，感到心灰意冷。後來跟詹老說，我決定要退出江湖了。他大笑了幾聲，然後跟我說，有人就有恩怨，有恩怨就有江湖，人就是江湖，你要怎樣退出

呢？呵呵呵！」最後幾句，老者學著詹老頭的語調說出，倒是維妙維肖。

謝鋒不禁笑了起來，忽然又好像捕捉到點甚麼東西。退出江湖？為武林做了不少大事？

謝鋒怪叫道：「前輩是『劍神』許冠森？」

老者仰天長笑道：「哈哈哈哈，劍神？落泊至此的神，還是神嗎？不過想不到還有人記得我這個老得走不動的老頭子！」

來人竟然真是三十多年前帶領中原人士打退西洋馬賊和東倭武士的「劍神」許冠森。

証實到這人就是當年名震江湖的許冠森後，謝鋒馬上站起身來拱手施禮道：「鐵塔山下破西賊，凌雲谷中滅東倭！『劍神』許冠森前輩永遠都是武林中最偉大的傳奇，晚輩怎會不知。」

許冠森向謝鋒耍著手，笑了笑道：「嘻！想不到你這小子一身傲骨，說起恭維的話來，也說得頭頭是道。」

謝鋒也想起之前在甚麼地方見過他了，更是恭敬的道：「晚輩說的，句句發自肺腑，讓前輩見笑了。另外也想問前輩一句，當日在洛陽理想客棧中，救我們於郭城手中的人，也是前輩

嗎？」

許冠森道：「嘻！想不到我沒有回頭望向你們的房間，還是給你認出來。」

謝鋒道：「晚輩只是覺得背影有點熟悉，所以出言相詢，在此謝過前輩出手相救之恩。」

許冠森道：「嘻！不用謝了，老夫不過還人情給你那心地善良的小師妹吧！」

謝鋒像忽然遇到救星般，蛇隨棍上的問道：「今晚有幸得遇前輩，晚輩還有一事相求，想前輩為小子主持公道。」

許冠森卻道：「不好意思了，你和星華派之間的事，老夫也略有所聞。不過老夫早已立誓不再管江湖事，洛陽之時，老夫已經破例插手了你們的恩怨，不能再犯了。」

見許冠森說得斬釘截鐵，謝鋒原本想請他出面調停秀聖門和星華派間矛盾的大計頓時落空了。

許冠森見謝鋒失望的樣子，風馬牛不相及的道：「老夫一生中，武學上最大的突破，全記載在《凌雲秘笈》之中，而所有心得，正是在凌雲谷中被東洋十武士圍攻之後所領悟出來的。人在絕境，愈能夠把自己的潛能發揮到極致。」

謝鋒雖然不明白為何許冠森會說起自己的經驗來，不過他生性豁達，只苦笑道：「前輩，我現在的情況還不算絕境嗎？」

許冠森道：「嘻！當你有一天傷得連動也不能動，你就會知道甚麼叫絕境。所以你現在的情況還不算太壞，我的意思是，人去到絕境，未必是壞事。壞到最盡頭，反而有可能是你人生最大得著的時刻。」

謝鋒道：「明白了，晚輩自會應付眼前危機，不敢勞煩前輩了。」

許冠林仰天長笑道：「哈哈哈，心之所安，無畏無懼，天下凶險，一笑置之。再會了，年輕人！」

說完，他就從容地提著瑤琴離開茅屋，消失不見了。

留在茅屋的謝鋒思索著剛才許冠森的話，沉默良久，夜更深、也更冷。

不一會，一名身穿白衣，赤著雙足的美女從冷漠的黑暗門外走入茅屋。

她也似是看不到謝鋒般，自行走到詹老頭的神主牌前恭恭敬敬地鞠了三個躬，口中說道：「詹老頭，先父生前常說你是他唯一的知己。當日脫離魔門，第一個想到的也是你。雖然他

最後還是難逃魔門的毒手，但是我們父女還是很感激你曾答應收容我們。」

來人正是張栢詩，說著說著眼眶也紅起來。

謝鋒站到她身旁勸道：「栢詩，節哀順變，詹老頭生前說過，他不想有人因為自己離開而傷心，他也說人生這麼走一回，已經無憾了。」

張栢詩忽然撲入謝鋒的懷裡，埋首他胸前自言自語的道：「當年在鑄劍谷，詹老頭已經對我照顧有加，讓我們幾人隨陳春入谷。後來他去信給爹，著他快點實行退出魔門的大計，說將來恐怕沒有機會了。原來他當時已經知道自己的病情不樂觀，怕爹他趕不及……」她愈說愈傷心，愈說愈激動，最後泣不成聲。

謝鋒眼中的張栢詩，從來都是豁達開朗，遊樂人間，就算當年她的情郎陳卓東被自己殺死，以至其父張勇的死亡，也似是輕輕帶過。想不到原來她也有這樣情緒崩潰的一面，看來堅強的外表下，還是一顆軟弱的少女心。

張栢詩柏起頭看著謝鋒道：「如今，真的只剩下我一個人了。」

心生憐惜的謝鋒用力抱緊懷中的玉人，卻不知道可以說甚

麼話去安慰她。

過了半盞茶的時間後，張栢詩才逐漸冷靜下來，哭聲漸漸收斂。

又過了一會，張栢詩再抬起頭佻皮的道：「大傻子，你這麼用力抱著我，喜歡了我嗎？」

謝鋒這時才發現，自己很喜歡見到這個回復「正常」的張栢詩。他放開雙手，讓張栢詩退後半步，也讓兩人保持一點距離。

謝鋒笑道：「明明是妳先抱著我，應該是妳喜歡了我才對吧。」

張栢詩整理一下衣衫面容，微嗔道：「大傻子，本姑娘不跟你胡扯了。我要走了，你之後有甚麼打算？躲回鷹王山嗎？」

謝鋒忽然想通了自己的去向，豪氣干雲的道：「我決定出席星華派的掌門大會！」

☉ ○ ○ ○

大半個月後，星華派的掌門大會舉行在即，大家也逐漸淡忘詹老頭過世的傷痛。

謝鋒、鄭中飛和楊家三姐妹到了伊臣徐瀅的房間，跟出生不久的小康堤玩耍。玩了一會，三姊妹和抱住小康堤的徐瀅四個女人坐到一旁說著密話，小聲說，大聲笑。

十二月中旬，天氣已開始轉涼，不過南方還未下雪。謝鋒、伊臣和鄭中飛坐到院中閒聊，前者道：「臣哥，你怎麼看星華派的掌門大會呢？」

伊臣道：「星華派之中，武功最高的肯定是文秀秀。雖然我很喜歡何思思的個性，但要應付仙女庵的慧琳師太和虎視眈眈的郭城，這個階段，最適合當掌門的人，應該是文秀秀。」

謝鋒點頭道：「雖然我上次差點死在文秀秀手上，但她的武功心計，確是令人印象深刻。」

鄭中飛刻薄的道：「那文秀秀總是一臉殺氣，好像全部人都看不順眼的；何思思則不男不女，古古怪怪的。最好就解散星華派，全部都加入丐幫，就不用那麼麻煩。哈哈哈哈！」

謝鋒苦笑道：「哈，這麼簡單就可以解散星華派，我就不用如此頭痛了。」

轉頭向伊臣道：「臣哥，明天一早，我們就出發到星華山，此行吉凶難料，不知是否還有相見之日。大恩無以為報了，小弟謹祝臣哥和徐姑娘事事順利，小康堤則健健康康，快高長

大。」

伊臣道：「真的不用我一同去嗎？有我在，至少可以保你平安下山吧。」

謝鋒宛然道：「不用了，臣哥在這兒好好照顧徐姑娘兩母女就好了。我今次上山不是要打架，只是想親自向星華派人說出實情。嘗試盡最大努力解開兩派間的矛盾，就算他們不相信，也至少會小心提防郭城這人。如果要跟臣哥打下星華山的話，我不上山就成了。」

鄭中飛插口道：「其實鋒師兄你也不用上山，只要讓我這個丐幫代表跟他們說清楚就成，星華派的人信就信，不信也至少不會發生誤會吧。」

謝鋒道：「我也想清楚了，此事始終是因我而起，我光明磊落的親自解釋，總好過藏頭露尾的要人傳話。反正我是秀聖門首徒，東躲西逃終不是辦法。他們選出掌門後，如果找不著我，定會到鷹王山，到時兵戎相見，雙方更難和解，白便宜了郭城。」

伊臣道：「如果他們不相信你，要把你血祭梅掌門，你會束手就擒嗎？」

謝鋒搖頭苦笑道：「我不知道，這是最壞打算，希望情況

不會發展到這樣吧。」旋即又堅定的道：「我上山說完要說的話就會離去，星華派的人要留下我，就先問過我手中的蝴蝶劍吧！」

伊臣豎起大姆指道：「好，有志氣！祝你一切順利，臣哥在此等著你回來請我喝酒。」

謝鋒爽朗的答道：「好！一言為定。」

当世

四大天王

掌門大會

之後，謝鋒、楊家三姊妹、鄭中飛和幾名丐幫好手各乘一騎。趕了幾天路，終於在掌門大會舉行的早上，到了星華山山腳的茶寮。

比起一年前，這個茶寮明顯多了很多武林人士，相信都是應邀出席星華派掌門大會的。

星華派的掌門大會是武林一大盛事，廣邀各門各派的人見證新任掌門的誕生，獲得邀請的江湖中人都會以此為榮。

坐下喝了幾口茶後，鄭中飛向謝鋒和楊家三姊妹道：「鋒師兄，我和幾名丐幫弟子先行上山，你們到中午才上來，反正掌門大會沒那麼早開始。」

楊妍奇道：「無賴，既然掌門大會還未開始，你這麼早上山幹嗎？」

鄭中飛耍著雙手笑道：「哈哈哈，我不過想早點上山，為大家打點一下吧，讓妳們一來到就知道星華派的形勢。」

見到鄭中飛的神情很不自然，楊妍玉臉轉寒道：「無賴！你有事瞞住我嗎？」

鄭中飛尷尬的笑道：「哈哈哈哈！妍妹，當然沒有事瞞著妳吧。只是我見秀聖門跟星華派的關係弄得不大友好，所以不想他們誤會你鋒師兄要帶同丐幫的人上山耀武揚威的樣子吧。」

謝鋒點頭道：「對！分開上山，以免引起不必要的誤會吧。」

楊妍狠狠的道：「哼！如果給我發現你這無賴有甚麼事瞞著本姑娘，定要你好看。」

鄭中飛道：「哈哈哈哈，絕對不會！」說罷，和四名跟來的丐幫好手站起身，步出茶寮，好不威風。

一行五人，很快就走到星華派山上的總壇。

總壇的正門大開，有幾名星華派的年青弟子精神抖擻的站在門旁，以招待來自各方的武林中人。

鄭中飛向其中一名年青弟子笑道：「哈哈，在下丐幫長老鄭中飛，代表丐幫來出席貴門的掌門大會。」

那星華派弟子聽得天下第一幫丐幫之名，肅然起敬的道：

「原來是丐幫長老，久仰久仰。」

鄭中飛登時趾高氣揚的道：「哈哈，我『無賴俠盜』鄭中飛肯光臨貴門，當然讓星華派蓬蓽生輝吧。」

那弟子點頭道：「是的是的，但是時辰還早，掌門大會還未開始。幾位先到兩旁的待客室喝口熱茶吧，待會掌門大會開始前，鐘聲會響起，到時才到中殿大堂吧。」

鄭中飛眼珠一翻，搭著那星華派弟子的肩膀，親熱的道：「小哥，今天很熱鬧呢，忙得透不過氣來吧！」

那弟子受寵若驚的答道：「不！為本門辦事，是莫大的榮幸。」

鄭中飛再問道：「哈，跟這位小哥分外投緣，想問問貴門的入室弟子，如今都在忙甚麼呢？」

星華弟子答道：「各有各忙吧，有部分人在中殿打點一切，又有部分在待客室招待來自各地的武林同道。」

鄭中飛笑道：「哈！原來如此，哈！隨口問一句，你知道那楊師姐在哪兒忙嗎？」

說了這麼多，又要撇下楊妍先行上山，其實鄭中飛的目標

是想找星華四秀中的楊子嬅說幾句話。他要找楊子嬅，表面的
理由是替梁文漢說服她把票投給文秀秀。但事實上，他答應幫
梁文漢時，連身份都是假的。

所以根本上，他沒有幫梁文漢的必要性，這個只是鄭中飛
想單獨見見楊子嬅的藉口吧。

把四名丐幫好手留在待客室後，鄭中飛順著守門的星華弟
子所示，自行走向中殿大堂。

途中，見到星華派總壇內人來人往，左右兩邊的待客室也
坐了不少人，各人或談笑風生、或高談闊論、或攀附關係，不
亦樂乎。

反而鄭中飛留意到，星華派的各弟子倒是有點深沉，好像
心事重重的，就算笑起來，都似是強顏歡笑的樣子。看來，星
華派的掌門之爭，對派內上上下下的人影響很大。

經過了十多幢房舍，鄭中飛聽到有人在後方向自己叫道：
「段兄！」

一回頭，鄭中飛就見到滿臉笑意的梁文漢，後者道：「段
兄果然是信人，真的在投票前來到，太好了。」

鄭中飛尷尬的道：「梁兄，很久不見了，哈哈哈！」

有點憔悴的梁文漢道：「這幾個月來，在下一直在等待段兄，方兄弟又說失去了你的消息，多麼讓人擔心呢！」

鄭中飛道：「哈哈哈哈，對呀，會稽城的路出名難走，我走錯了路，所以來晚了。」

純真的梁文漢疑惑的道：「走錯路走錯了幾個月？不過沒有關係了，最重要是段兄來了。這幾個月來，楊師妹和車師妹還未表態支持何人。掌門大會舉行在即，楊師妹正在大殿後方，讓我帶段兄過去吧！」

鄭中飛推辭不了，唯有跟在梁文漢後面。

兩人邊說邊走，穿房過舍的來到大殿之後，果然見到正在忙過不停的楊子嬋。

梁文漢向她叫道：「楊師妹，妳看看，我把妳的親戚帶來了，這裡的工作讓我來吧。妳們到後院慢慢詳談，好好聚舊吧。」

楊子嬋聽到梁文漢的叫聲，微感愕然，思索著有甚麼親戚會這個時候找自己。一抬頭，見到嬉皮笑臉的鄭中飛就臉色一沉，放下手頭上的工作向梁文漢道：「有勞梁師兄了，我先跟這人說兩句，再回來這兒幫忙。」

梁文漢笑道：「慢慢說吧，不用掛心這兒的工作。」

然後，楊子嬅就往後院的方向走去，鄭中飛誠惶誠恐的跟在後面，臨行前，梁文漢還向他點一點頭，以示感激。

一對舊情人一前一後的走到後院，楊子嬅一言不發，平時最愛說話鄭中飛也不敢多言。

在遠離大殿的後院，楊子嬅站定身子，轉身望向鄭中飛，兇巴巴的道：「無賴！你怎麼會來？你又何時當了我的親戚呢？難道你不知道本門不歡迎和謝鋒關係密切的丐幫嗎？」

鄭中飛笑嘻嘻的道：「不是呀！守門那小子不知多麼歡迎我，跟我有說有笑的，差點就結拜了。哈哈哈！」

楊子嬅聽他說得有趣，也笑了笑，然後又板起臉孔答道：「總是把話說得那麼誇張，他們不把你轟下星華山，只是因為我們並沒有把伊臣和謝鋒聯手偷請帖的事宣揚出去吧。」

鄭中飛笑道：「妳自己不也是說得誇張，他們何德何能把我『無賴俠盜』鄭中飛轟下星華山呢？」

楊子嬅面露笑容，又奇道：「但梁師兄肯定知道此事，他怎會對丐幫中人和顏悅色呢？」

鄭中飛尷尬的笑道：「嘻！其實他不知道我是丐幫中人。」

楊子嬅搖搖頭道：「唉！又在招搖撞騙。」

鄭中飛尷尬一笑，馬上轉移話題道：「子嬅，妳信伊臣那傢伙會和謝鋒一起謀害星華派嗎？」

楊子嬅認真答道：「我很清楚伊臣的為人，他絕不會做出這種事來的，這也是我為何還能和你好好站在這裡閒談的原因。否則，我也會把你轟到山下。」

鄭中飛吐一吐舌頭道：「哈，還好妳相信他。」

楊子嬅似是不欲多談的道：「無賴！快說，你到本門所為何事？」

鄭中飛一臉情深的道：「我其實是來見一見妳的。」

見鄭中飛語氣認真，楊子嬅嘆一口氣道：「唉！蜜運後又離又合，相見爭如不見，你這是何苦呢？」

鄭中飛感激的道：「還未答謝妳，曾付出的跟妳沒法比。」

楊子嬅感慨道：「現在才說這些，又有何用呢？」

鄭中飛問道：「妳最近過得幾好嘛？嫁人了嗎？」

楊子嬋道：「我還是單身的，你高興了嗎？」

鄭中飛痛心的道：「不，妳誤會了我，我寧願擔心亦期望妳多找幾個情人。還要提醒妳，如果將來覓得如意郎君，別這麼愛奉獻，但求自己快樂要緊。」

楊子嬋沒好氣的答道：「我現在專注武道，也圖重振星華派的聲威，哪有時間想這些呢？」

鄭中飛才如夢初醒的道：「哈！對了，其實我是代梁文漢來說服妳去把票投給文秀秀的，妳怎麼看？」

楊子嬋道：「掌門之位，當然是以武功高低來定奪，就像當年梅掌門的時候一樣。所以就算你不說，其實我早已經決定把票投給文師姐。之前不說，只是不想派內的人為掌門之位，再爭論不休，徒傷同門的情誼。」

鄭中飛道：「這就好了，只要車婉也把票投給文秀秀，她就可以當上掌門，星華派不用四分五裂了。」

楊子嬋道：「當然不會這麼簡單吧。首先，車師妹是不是會把票投給文師姐已經是未知之數。其次，文師姐真的當上掌門，也要馬上面對仙女庵傳人的挑戰。鹿死誰手，尚未可知

也。」

鄭中飛奇道：「仙女庵的人有那麼厲害嗎？怎麼我好像沒有聽說過呢？」

楊子嬅一臉凝重的道：「三個月前，她親自送挑戰書到星華山，我見她似是不怎麼把我門放在眼內，忍不住在她離開前出手挑戰。」

以鄭中飛所知，楊子嬅的確是如此剛烈的女孩。

鄭中飛道：「妳也打不過這慧琳師太嗎？」

楊子嬅頹然道：「是的，這也是我為甚麼定要支持文師姐的原因。文師姐出手，未必可勝，但何師妹的話，幾乎是必敗。」

鄭中飛點頭道：「原來如此。」

楊子嬅再道：「而且星華派危在旦夕，和秀聖門愈趨惡化的關係，最近又有門人在附近見到聽風山莊的人馬。」

鄭中飛也知道事態嚴重，沉聲道：「聽風山莊！郭城？」

楊子嬅點一點頭道：「所以，我們實在不想樹立你們丐幫

這種強敵。」

鄭中飛道：「唉！我知道妳不會相信，但謝鋒真的不是殺害梅掌門的兇手。不過詳情待一會兒秀聖門的人上山再說吧。」

楊子嬅露出不大相信的表情，冷哼道：「哼！證據確鑿，還有錯嗎？如果他夠膽來，定要他不能生離星華山。」

「噹！噹！噹！噹！」鐘聲響起，星華派的掌門大會要開始了。

別過楊子嬅後，鄭中飛自行到待客室找回幾名丐幫好手，然後從正門浩浩蕩蕩步入中殿大堂，風光無限。

「丐幫代表到！」把門的星華弟子叫道。

鄭中飛跟隨另一名引路的星華派弟子步入大堂深處，見宏偉的大堂正中間偏後位置有一個小高台，兩邊排滿座位，不少已經坐了人。看了很久，卻出奇的沒有見到謝鋒他們。

丐幫代表所在的位置，比較接近高台，顯然是因為丐幫在武林的地位頗高。

但鄭中飛才坐下來，就發現附近的座位都沒有人，看來比

較重要的門派還未來到，但掌門大會就要開始了。

「江東四少俠到！」忽然又聽到把門的人叫道。

鄭中飛大吃一驚，心道如果讓那方刀甲和余文見到自己坐在丐幫的位置，豈不是明著讓他們知道自己一直在騙他們。於是馬上和坐在後排的一名較高大的丐幫好手交換位置，然後躲到他身後坐好。

剛藏好身子，「江東四少俠」的四人就走到丐幫附近的座位坐下，麥俊的兩名奴僕也在他身後站著。還好，他們雖然坐得較近，但因為是坐在同一排，他們不容易見到鄭中飛。

過了不久，又有不少人入坐。突然，響徹星華派總壇的「噹噹」聲戛然而止。

身在總壇內的所有人都知道，足以影響到星華派以至整個武林命運的掌門大會正式開始了。

星華派的十二名入室弟子在衛建和尚的帶領下，魚貫地從大殿的後方走到台上。

衛建和尚走到台前，雙手合十，朗聲道：「大家好，很感激各位抽空出席本門的掌門大會，為即將會選出的新掌門作個見證，也藉這個機會和一眾武林同道好好一聚。」

台下的不少人轟然叫好，以示支持。

衛建和尚續道：「在選出掌門之前，貧僧要代表一眾師弟妹，向先掌門致以最崇高的敬意。沒有梅芳掌門，星華派絕對不能達到如今的高度。梅掌門一生對武學的極致追求不斷，又熱愛提攜後輩，我們一直在她身邊獲益良多。江湖同道每有危難，她也勇於站出來幫忙，而且往往一呼百應。對待遇上天災人禍的老百姓，更是一直不遺餘力的協助，實在是我輩中人的模範。」

他頓了一頓再道：「可惜，一年前的今日，先掌門不幸在星華山與世長辭，阿彌陀佛。」

台下眾人聽到這裡，無不想起梅芳生前救國救民的熱心模樣，無不感到萬分的不捨，江湖上痛失了一名出色的領袖。

衛建和尚平靜的道：「今日，不論誰人當上掌門，都會繼承先掌門的遺志，更重要是查明先掌門逝世的真相。」

聽到這句，台下的人無不義憤填膺，有的更開始議論紛紛，因為大部分人都聽說過梅芳的死，是和秀聖門的大弟子謝鋒有關。

躲在丐幫弟子身後的鄭中飛見群情洶湧，反而慶幸謝鋒沒有上山。他偷眼一看坐在台上的梁文漢，為免他見到自己坐在

丐幫的位置上，趁著衛建和尚提到梅芳時，人人暗自神傷的空當，慢慢退到後排最接近走廊的座位。打算找個機會就沿後方走廊走到大殿靠門的位置，遠離高台，以便混在人群之中。

正要悄悄離坐，潛行到殿尾之際，身邊一直坐在後排的一個人突然伸手捉住自己的手臂。

作賊心虛的鄭中飛大吃一驚，一看之下，見捉住自己的是個滿臉鬍鬚的男子，不認識，但卻似曾相識。

正要運勁掙脫之際，大鬍子男人卻神乎其技的一手把滿臉鬍鬚扯下來。鄭中飛嚇得魂飛魄散，以為遇到鬼怪，準備拔腿就跑時，卻見那人在嘻嘻大笑。看清楚這人的模樣，才知這人原來正是謝鋒。

鄭中飛大惑不解，打算開口相問，卻被門外傳來的聲音打斷。

「秀聖門代表到！」把門的星華弟子朗聲叫道。大殿內眾人一聽之下，都知道今日的掌門大會勢難善罷了。

☙ ○ ○ ○

為甚麼謝鋒會喬裝出現在大殿之內呢？這就要從今早鄭中飛離開山下的茶寮開始說起。

原來鄭中飛去後，謝鋒四師兄妹還在茶寮中閒聊，並商量著他們應以何種態度面對星華派，讓各人也知所進退，因為他們也不敢肯定星華派的人見到謝鋒，會否有很激烈的行動。

　　謝鋒道：「我今次上山的目的，其實只是想堂堂正正把事情的來龍去脈和郭城的陰謀說出來，讓星華派的人有所防範。」

　　楊嬌問道：「他們會相信嗎？」

　　謝鋒坦然道：「不管了，信不信，是他們的事；但說不說，是我的事。我頂天立地，從沒做過傷天害理的事，就算他們不信，我也不能不說。」

　　楊榕擔憂的道：「最怕他們一見到大師兄，就格殺勿論，不就白白送了命了嗎？」她最怕星華派殺了謝鋒，更怕星華派和秀聖門成為了勢不兩立的死敵。

　　謝鋒道：「哼！妳的大師兄我也不是省油的燈，哪會這麼容易被幹掉？」

　　生性樂天的楊妍笑道：「哈！我對鋒師兄有信心，真的打不過，大不了就逃之夭夭。」

　　耳中突然傳來坐在後面一桌的男人聲音道：「唉！不知天高地厚！」謝鋒幾人馬上如臨大敵的轉頭望去，要知因為他們

身在險地，所以四人一直壓低聲音說話。這人竟似能聽到他們的話，還能隔著幾張枱子把聲音傳到四人耳中，可見其人功力肯定非常高明。

一看之下，才知道這人絕對有這一份功力，卻不驚反喜。

楊妍喜形於色的叫道：「師叔！」來人正是秀聖門的「浪子」王烈，只是不知為何會出現在此茶寮。

依舊一臉滄桑的王烈站起身來走到謝鋒四人的一桌，坐入之前鄭中飛坐的位子。

他以頗有責怪意味的語氣向謝鋒道：「鋒兒！之前在柴桑的城邊，不是告訴你一個月內要回到鷹王山嗎？小師妹已經找回，怎麼現在仍不回去，還跑到星華山來？」

聽著王烈沙啞粗獷的聲音，分外有親切感，謝鋒點頭答道：「王烈師叔！鋒兒正是怕連累秀聖門，所以才不敢回鷹王山，六神無主。現在師叔到來，可以為鋒兒拿主意了。」

王烈搖頭嘆息道：「唉！本來，最好的方法，就是讓你躲起來，不再涉足江湖，其他事就由我和掌門師兄強行壓下來。」

謝鋒不情願的道：「不過，這樣的話……」

王烈截住他道：「對！我也知道這樣很難為你，所以非到必要時候，我們都不想出此下策。」

　　楊榕問道：「師叔，為甚麼你會出現在這裡？」

　　王烈道：「我是代表秀聖門來出席星華派的掌門大會的。」

　　謝鋒奇道：「他們竟然邀請我們？」

　　王烈平靜的答道：「對，我和師兄也很奇怪。不過，他敢請，我就敢來。如果我不來的話，反而顯得我們心虛。一張請帖就讓我們進退兩難，這衛建和尚果然是個厲害人物，不負機靈和尚之名，只可惜他不願當掌門，否則星華派定可長盛不衰。」

　　謝鋒道：「如果真是陷阱，這豈不是送羊入虎口嗎？」

　　王烈冷哼一聲道：「哼！我就看看他們能拿我王烈怎樣！」說來霸氣盡現。

星華同心

　　星華山下的茶寮，接近中午時分，茶客疏疏落落。大部分江湖人士已經上山出席掌門大會，只餘下秀聖門的五人還未動身。

　　王烈向謝鋒問道：「鋒兒，既然你懂得說師叔是送羊入虎口，為何你又會身處險地，還似要上山的樣子？」

　　謝鋒道：「鋒兒打算在待會的掌門大會，當著天下人面前，揭破郭城的惡行，讓星華派小心提防他。」

　　王烈眉頭一皺道：「他們怎會相信你的片面之詞呢？」

　　謝鋒堅決的道：「他們相信就當然最好，如果不信，鋒兒也早就存有犧牲自我的覺悟。」

　　王烈搖搖頭道：「殺師之仇，不共戴天！沒有證據的事，說來又有何用？只會讓人覺得秀聖門怕了星華派，砌詞狡辯，徒惹天下人恥笑，墮了本門的威風。」

　　謝鋒如釋重負的答道：「既然師叔在此，鋒兒自是遵從師叔的指示。」

王烈認真思索了一會才道：「鋒兒也說得對，就算他們不仁，我們也不可以不義。你的方向是對的，不過方法卻過於激進了。你明目張膽的走入星華派總壇，他們只能馬上動手，還會給你說話的機會嗎？」

　　謝鋒點頭受教的道：「師叔所言甚是。」

　　王烈道：「這樣吧！我和你三位師妹上山，你留在這裡等著。如果他們真的肯聽我們解釋，才把你喚上山吧。」

　　為免立即就和星華派起衝突，看來這確是唯一的辦法。

　　謝鋒的手無意識地放在自己包袱之上，摸到之前用作易容改裝的鬍子。忽然眼珠一翻的道：「師叔，我還有個方法可以神不知鬼不覺的混進星華派。」

　　結果就是謝鋒先行易容改裝潛入星華派總壇大殿之內，王烈幾人則堂堂正正的從正門入堂。

θ ○ ○ ○

　　回到星華派的大殿之中，王烈領著楊家三姊妹，在眾人的注目下緩步走到小高台之前，以其粗獷沙啞的聲線向台上的衛建和尚叫道：「衛建和尚，幸會，幸會。秀聖門王烈和掌門師兄的三位千金代表本門來出席貴門的掌門大會，請恕我們來遲

了。」

　　由於秀聖門首徒謝鋒害死梅芳的傳聞甚囂塵上，堂內眾人屏息靜氣，都想看看星華派會以何種態度面對秀聖門。

　　出乎意料地，衛建和尚有禮的抱拳道：「幾位有心就成了，衛建代表星華派歡迎幾位，請上座！」

　　王烈道：「老夫想先代劣徒謝鋒說幾句話。」

　　衛建和尚道：「前輩請稍候片刻，一切待我們選出掌門後才說吧。反正關於謝鋒的事，本門上上下下也絕不會忘掉，到時才一拼解決吧。前輩現在請先好好休息，選出掌門後恐怕就不是那麼安樂了。」眾皆嘩然，他的意思就是，現在對你們客客氣氣，不是既往不咎，而是想選出掌門後才和你們算帳。

　　面對衛建和尚隱含威嚇的話，飽歷風霜的王烈從容的道：「好！我們先坐坐吧。反正老夫上得這星華山，早就沒有想過可以舒舒服服的回去。」

　　言罷，王烈和楊家三姊妹坐到星華派編排好的座位，其實就在丐幫和江東四少俠之間。不過他們卻也奇怪見不到鄭中飛，只是不知道原來他已經和謝鋒坐在幾排座位之後。

　　「仙女庵代表到！」王烈等人才坐好，把門的星華弟子又朗聲

叫道。

在慧敏和慧琳一左一右的簇擁下，慧嫻師太一副盛氣凌人的態度步入大殿。

在座很多人都未有聽過仙女庵的大名，忽然見到三個活色生香的貌美尼姑走入大堂，都覺得眼前一亮，紛紛交頭接耳向附近的人查問。

不過這慧嫻師太，在上一代的武林中倒是大大有名的，很多老一輩的人都認識。當然，大部分都聽聞過她和梅芳的恩怨，只是沒有人知道她後來為何會消聲匿跡。現在她突然出現在星華派的掌門大會，心清眼明的人都隱隱感到她退出江湖的原因會和梅芳有關。

慧嫻師太向台上的衛建和尚叫道：「衛建和尚！仙女庵的慧嫻到了，你們的新掌門呢？」

衛建和尚仍是一副不亢不卑的神態，平靜而不失禮數的答道：「新任掌門還未選出，請慧嫻師太先行上座。」

慧嫻師太冷笑一聲道：「哈！想不到梅芳一生豪爽，弟子們選個掌門卻也拖泥帶水。」

衛建和尚卻沒有動氣，只垂首立於台上。

又有一名星華派弟子把她們三人領到前排另一邊的座位，慧琳師太第一次出席這種大場面，喋喋不休的向慧敏師太不住查問。

台上的衛建和尚和其他星華派弟子也知道，她就是待會會向新任掌門挑戰的仙女庵代表，都對她留上心，但見她在此刻卻仍是一點緊張的心情也沒有，反而對周遭的事物充滿好奇，不禁暗暗佩服。

待仙女庵的三女也坐好後，衛建和尚向台下朗聲道：「今日，請在座各位見證，本門會以投票的方式選出新任掌門，而投票的人就是台上我們十二名星華派的入室弟子。一眾師弟妹們，希望今次投票，無論結果如何，都不會影響到我們同門間的團結。」最後幾句，是向安坐台上的十一人說的。

台上的三大護法、星華四秀和四散人也向衛建和尚微微點頭。

衛建和尚續道：「今屆會競逐掌門之位的人是文秀秀和何思思兩位師妹，如果兩人得票一樣，我們會請出梅掌門的母親，德高望重的梅老太作最後決定。現在請梅老太先上台。」

一手撐著拐杖的梅老太在其長子梅啟的攙扶下，慢慢走到台上正中的太師椅坐下。

在殿內人士屏息靜氣的氣氛下，衛建和尚宣布道：「投票正式開始！」

兩名星華派弟子從台下，把一塊木製的告示板搬到台上。衛建和尚小心翼翼的在綠色木板的正中間垂直劃下一條壁壘分明的白線。左邊寫上一個「文」字，代表文秀秀；右邊寫上一個「何」字，代表何思思。

衛建和尚自言自語的道：「大師兄自己先投了，我決定支持文師妹當上掌門。」言罷，就在木板左邊「文」字下方打橫劃了一筆。

然後，他依次的向其他入室弟子詢問投票意向。

蔡智道：「何師妹。」

蔡傑道：「思思！」

蘇一威道：「何思思。」

永康道人道：「文師妹。」

志安道人道：「秀秀！」

梁文漢道：「文師妹。」

劉龍道：「思思。」

楊子嬋道：「文師姐！」

隨著他們的表態，衛建和尚一筆一筆的在板上劃下。票數是五對四，現在就看最後一票，車婉的決定了。如果她投文秀秀的話，星華派的新任掌門就會是文秀秀，但如果她把票投予何思思，則會變成兩人票數一樣，由梅老太決定誰當掌門。不過，這個掌門的認受性肯定會受到質疑，門下的人定會有人不服。

全場所有人都在等著車婉的決定，她神情堅定的說道：「何師妹！」

衛建和尚神情蕭然的把最後一筆劃在木板上，剛好兩邊都寫下一個「正」字。

除了少數知情人士，台下的江湖中人大都沒有想過文秀秀和何思思得票竟然真的相同，皆一片嘩然。因為很多時這種投票，都只是個形式，其實結果都已經在事前商量好了。

「聽風山莊、獅子門和楓揚門代表到！」就在各人都未及回神的時候，把門的星華派弟子朗聲叫道。

在場人士更感震撼，要知道聽風山莊的郭城一向目空一

切，幾乎從來都不屑與武林正道的人來往。今日竟然會偕同獅子門和楓揚門的人一同出席星華派的掌門大會，確讓人嘖嘖稱奇。

獅子門更是在兩年前的一個晚上，不明不白的就被殺得全軍覆沒，強如「飛刀聖手」羅伯先也未能身免。如今竟還有人代表一個已經覆滅的門派出席，更是讓人意想不到。

認識楓揚門人倒是不多，只有少數人知道這是一魔門分支。

坐在鄭中飛身邊的謝鋒知道，郭城要乘虛而入，趁星華派內外交煎的時候，一舉消滅星華派，把刻有「星」字的劍神令牌搶走。

先不說內部因掌門之位而四分五裂，星華派既與秀聖門因為自己而鬧得極不愉快，連同丐幫之間的聯繫也瀕臨破裂，多年宿怨的仙女庵慧嫻師太又咄咄逼人的兵臨城下。本來應當守望相助的寶麗門卻又奇怪地未有列席，更是讓人覺得眾叛親離。

只見身穿藍袍的郭城威風凜凜地步進星華大殿，伊健、梁詠姿、陳春、陳歡希和陳媛媛徐徐跟在身後，五人身後，還有十多名箭手跟在後面，名副其實的劍拔弩張。

讓謝鋒和鄭中飛留上心的，是其中一名帶著面罩的黑袍男子，氣度不凡，一派名家風範。如果沒有猜錯，這人應該就是有份參與圍攻「飛刀聖手」羅伯先的黑袍客。

這樣的實力，確是令人不敢忽視。

「當世四大天王」之一的郭城不慌不忙地走到台前，向台上叫道：「哈哈哈哈，請恕我們不請自來，但星華派選掌門這種大事，怎能沒有我郭城呢？」

誰都聽得出郭城挑釁鬧事的態度，特別是他說到星華派時候的輕蔑。

衛建和尚耐著性子道：「郭天王，如果閣下是來悼念先掌門或者是見證本門的新任掌門登位，我們當然歡迎。但如果是要來搗亂的話，則別要怪我們星華派招待不周了。」

「哈哈哈哈，從來沒有人敢這樣子和我郭城說話的！看招！」郭城說完這句話，竟然原地跳到台上，一掌攻向衛建和尚。

其他人連驚呼也來不及，因為誰都沒有想到說得好好的郭城會忽然出手，而且他的身法實在太快了。

衛建和尚猝不及防下，也僅能在郭城的掌攻及身前才運腳迎擊，後方的十一名星華派入室弟子已經站了起來，但都救之

不及了。

「鐵幕掌！」郭城一掌把衛建和尚剛提起的右腿打下，另一掌切切實實的打在他胸口。

摧心裂骨的內勁入侵衛建和尚的奇經八脈，他吐出一口鮮血，退後了兩步。幸好他底子極厚，這一掌還要不了他的命，但已經受了不輕的內傷。更糟的是，他已無餘力去應付郭城的追擊了，而坐得最近的十一名師弟妹還未趕到。

正當他認為自己命在旦夕的時候，卻感到有人扶住自己的右肩，讓自己不至倒下。

一看之下，原來本在台下的「浪子」王烈，以快如閃電的身法躍到衛建和尚身旁，趕在星華派眾人前扶住了他。

郭城打了一掌後，就瀟灑的翻身退回台下他原來的位置，只是不知道他本來就不打算繼續追擊衛建和尚，還是他見到王烈也站到台上才鳴金收兵。

衛建和尚向王烈投以一個感激的眼神，後者向郭城道：「老夫今日到來，就是要揭破你郭城的陰謀，你來星華山，為的就是星華派的劍神令牌！我有說錯嗎？」

謝鋒在台下心中叫好，王烈師叔似乎真有本事去解開兩派

間的恩怨。

這時十一名星華派弟子都站到衛建和尚身邊，聽到郭城要搶奪星華派的劍神令牌後，都義憤填膺、同仇敵愾，要知如果他們連梅芳的遺物也保不住，實在太窩囊了。台上眾人眾志成城、士氣高昂，決定拋開一切，誓死守護劍神令牌，不讓郭城得逞。

郭城見星華派的人同心合力的模樣，反而大笑起來道：「哈哈哈哈！劍神令牌，確是我欲得之物，不過今次上山，卻不是為了這東西。」

蔡智冷哼道：「哼！郭城，不要欲蓋彌彰了，我們不會信的。除非你把我們全部殺死，否則你絕不可能得到本門的劍神令牌。」

郭城誇張的大笑一輪，然後才冷森森的道：「我來這裡，正正是為了把你們全部殺死。」頓了一頓，從懷中取出一物，高舉過頭才道：「因為，刻有『星』字的劍神令牌，我在三個月前已經得到了。」

眾人定睛一看，發現郭城手上的令牌正中刻有一個「星」字，果然是貨真價實的劍神令牌。

星華派的十二名入室弟子盡皆愕然，難以置信。

郭城笑道：「哈哈哈！想不到了吧，我只花了三百兩黃金，就把這令牌連同星華派的鎮門之寶《夢伴訣》買來了。」

星華派的人都轉頭望向安坐在台上後方太師椅上的梅老太，希望郭城說的全是謊話。

梅老太見眾人都望向自己，卻強裝鎮定，恃老賣老的道：「哼！誰叫你們不好好孝敬我老人家，小芳去後，你們就當我不存在一般。問你們拿銀兩，十多人加起來才十兩銀，哪裡夠用呢？」

衛建和尚等人聽得臉如死灰，因為梅老太的話，間接證明了郭城所言非虛。

郭城更幸災樂禍的道：「本來，這三百兩黃金，我已經覺得花得很值，但上天還是很眷顧在下。黃金送出去後第二天，就輕易的在賭坊內幾倍地贏了回來。」

梅老太聽得臉色大變，向身旁的梅啟喝道：「啟兒，你竟然把那三百兩黃金拿去賭？」

梅啟悔疚不已的道：「唉！本來打算把賭本翻兩翻，就可以讓娘妳好好享福。最初真是很旺的，賭了幾口就贏了上千兩，直到遇上這個人，一把就輸光了。」一手指住台下洋洋得意的郭城，原來當晚謝鋒和張栢詩在「港交賭坊」見到的倒楣鬼，

就是梅芳的大哥梅啟。

見梅啟欲哭無淚的可憐模樣，梅老太又心軟起來，反過來安慰道：「唉！啟兒，錢財身外物，過去就算了，別傷心壞了身子。」

殿內眾人都聽得眉頭大皺，想不到梅老太竟如此溺愛兒子。

文秀秀走到梅老太的太師椅前，一把推開了梅啟，向梅老太質問道：「梅老太！妳怎麼可以自把自為的把本門之物隨意賣走呢？」

梅老太怒道：「哼！為甚麼不可以賣？東西是小芳的，我是她母親，我要賣就賣。人都死了，有價值的東西不賣，留在這兒阻地方嗎？如果有人買，老娘連小芳的佩劍、玉佩、內衣褲甚麼的都會一拼賣去。」

「啪！」盛怒的文秀秀一巴掌，狠狠摑在梅老太臉上。

大殿之內，忽爾靜了，落針可聞。

被文秀秀掌摑了一巴的梅老太呆了一呆，因為她根本沒有想過文秀秀敢公然掌摑自己。她呆了半晌後，摸著臉頰怒喝道：「大膽文秀秀，以下犯上，投票後票數相同，讓妾身來決定掌

門。妳這潑婦沒大沒小的目無尊長，這輩子也別想當掌門了，我還要思思把妳逐出星華派！」

「等一下！」一直沒有作聲的何思思忽然站出來叫道。

所有人的目光都落在這個即將會成為星華派掌門的女娃身上，她平靜的道：「我想說，還有我和文師姐未投票。」

自己也被自己的行為嚇呆了的文秀秀還未回神過來，不明所以的答道：「我們也要投票嗎？」

何思思理所當然的道：「當然吧，我們也是星華派，梅掌門座下的十二名入室弟子。文師姐，妳的票會投給誰呢？」

文秀秀答道：「我當然是投給自己吧！」

何思思笑了一笑，在木板上「文」字下面加上兩劃，然後道：「好了，我的一票也投給文師姐，七票對五票，恭喜文師姐成為新任星華派掌門，統領我們，繼續把梅掌門的精神發揚光大。」

如此轉變，誰都反應不過來，文秀秀目瞪口呆的問道：「為甚麼？」

何思思開懷的道：「因為妳做了一件我很想做，卻永遠不

敢做的事。」

文秀秀知道她是指那一巴掌，釋然的笑道：「我沒有甚麼朋友，但妳這個朋友，我交定了。」

梅老太氣得暴跳如雷，怒喝道：「反了反了，思思，枉小芳生前這麼疼愛妳。今天妳竟然連掌門也不做，也要和我作對！」

何思思厲聲答道：「真的重視梅掌門，就不會把她的遺物隨意放售，妳太令我失望了。」然後轉向星華派其他弟子道：「各位把票投給我的師兄弟，對不起了，辜負了你們一番美意。」

蔡傑馬上答道：「沒關係，我們支持妳，就是相信妳的決定，會是對星華派最好。」

何思思向他露出一個感激的笑容。

稍事調息後仍有點虛弱的衛建和尚插口道：「星華派新任掌門已經選出，梅老太可以離開了。」

因著對梅芳的尊敬和懷念，梅老太在派內，以至整個武林都地位尊崇。但這一次文秀秀大逆不道、以下犯上的掌摑她，也沒有人站在她的一方。因為她這次，實在做得太過分了。

見一向體面的衛建和尚也明著的向自己下逐客令，梅老太知道自己理虧，口中卻不服輸的道：「好，一個二個也作反了，我會記住你們！」然後氣沖沖的向梅啟叫道：「啟兒，我們走！」

梅老太母子去後，兩女在台上雙視一笑、兩手一握，再無芥蒂。這個結果，對星華派來說，似乎已經非常完美。

衛建和尚向台下朗聲道：「阿彌陀佛，貧僧在此，向各位武林同道宣布，新任的星華派掌門就是文師妹文秀秀，今後將會領導我們，繼續在武林發光發亮，掃除奸莽。」說到最後一句，盯著台下正前方的郭城等人。

文秀秀接口道：「多謝各位師兄弟妹的厚愛，讓小妹可以當上這個在武林上享有極高榮譽的位置。我定當竭盡所能，把星華派發揚光大，以報答各位。」

台下掌聲雷動，氣氛熾熱。不過所有人都知道，雖然掌門之位的問題圓滿解決，但星華派的路還是困難重重。

就比如台下的郭城，但他卻好整以暇，似是毫不在意的悠閒模樣。

反而有比他更焦急的人，這人在自己的小師妹耳邊催促了幾句，那小師妹就跳到台上。這個已經等了十多年，卻已經再等不下去的人，就是慧嫻師太了。

宿命對決

慧琳師太在慧嫻的催促下，一躍台上。

站穩後，她向文秀秀道：「仙女庵主持慧嫻師太座下傳人，法號慧琳，要挑戰星華派的新任掌門。」

台下議論紛紛，皆想不到星華派剛選出新任掌門，就有人登門挑戰，而挑戰者更是一名貌美得驚人的可愛尼姑。

文秀秀道：「師太，我和妳的一戰在所難免，不過可以讓我先處理和聽風山莊間的瓜葛嗎？」

慧琳師太一臉認真的道：「施主，不好意思，不可以了。因為郭天王他剛才說要把妳們星華派的人全部殺光，雖然不一定能夠成功，但郭天王說得出來，就總有幾分把握，我就當只有半成機會吧。可能性既是存在的，即是有機會發生，如果這事真的發生，妳們星華派的人全都死得乾乾淨淨，貧尼不就沒有了挑戰的對手嗎？如此一來，大師姐的前恥就一雪不了。大師姐一向待我很好，要讓大師姐傷心失望，貧尼又於心何忍呢？所以，文施主，我們的一戰，實在不宜再拖延了。」

在場的人都被她的不懂世情引得想放聲大笑，只是礙於時地皆不合，唯有拼命忍住，場面尷尬。不過雖然她的話太過直

接，但說的倒是實情。

　　見氣得臉色鐵青的文秀秀沒有答話，慧琳師太就向台下的郭城道：「郭施主，貧尼只是要跟文掌門比武，分個勝負，最好能把她擊敗，讓大師姐一雪那十多年前的陳年恥辱。不論能不能成功，郭施主也可以繼續殺光星華派的行動。再說，其實是我們先到的，郭天王是後來的，難道天王有特權嗎？所以在情在理，貧尼還是覺得應該讓我們先行出手。對嗎？」

　　台下的郭城被慧琳師太的似是而非的話逗得笑不合攏，向她道：「沒關係，我不趕的，可以慢慢等。」

　　言罷，領著隨行而來的人坐到沒有人坐的位子，一副坐山觀虎鬥的看熱鬧模樣。反正有這慧琳師太削弱一下星華派的實力，何樂而不為呢？

　　慧琳師太感激的道：「多謝郭施主成全，一切很美，只因有你。善有善報，怪不得施主長得那麼帥，又是一身好武功，更有這麼多人追隨。正所謂更多更多渴求，會有更多報酬，施主欲望無限，將來定會得到很多。想來施主平素定是時常行善積德，樂善好施，善哉善哉。」

　　文秀秀截住她道：「別說了，來吧！」

　　星華派眾人也知惡戰難免，除了文秀秀外，紛紛退到一

旁，以讓出比武的空間。王烈也在這時走到台下，坐回原位。

慧琳師太在袖中取出塵拂，眼觀鼻鼻觀心，靈台一片清明，塵世間的俗事再不放在心上，天地間唯有眼前的對手，文秀秀。

文秀秀也把腰間的古典長劍拿在手上，遙指這個一臉慈悲的可怕對手。

一年前的今日，兩人在星華山山腳來了一場不正式的比武，最後文秀秀為了繼續追捕謝鋒，把慧琳師太騙走；一年後的今日，在大殿內數百人的注視下，兩人要決一死戰了。

近二十年的恩怨，終要了斷。

「得罪了！」生性較急進的文秀秀持劍先發招，凌厲的一劍攻向這個不食人間煙火、不通世俗禮數的美麗俏尼。

慧琳師太的塵拂在文秀秀的劍到之前揮動起來，翩翩起舞。

文秀秀又如上次一樣，突見漫天花海，虛實難分，一劍使不下去，轉直刺為劈。一劈之下，慧琳師太手腕一轉，反以塵拂手柄末端順勢擊中了文秀秀的劍尖，妙到毫巔。

臨時變招的文秀秀感到塵拂柄傳來雄厚的內勁，被震退了

兩步。

在場的人，除了文秀秀之外，就只有仙女庵的人和謝鋒見識過慧琳師太的武功。其餘的人皆被她的這一招震懾了，想不到這獃頭獃腦的小女尼可以輕鬆把成名多年的文秀秀迫退。

文秀秀想不到這慧琳師太年紀輕輕已經有這一份修為，暗暗吃了一驚，不過如今勢成騎虎，已無暇多想了。

她剛站穩身子，慧琳師太用得出神入化的塵拂已經如影隨形的攻至，任誰也看不出她的攻勢竟能如此凌厲，讓文秀秀毫無喘息的空間。要知她的「花花塵拂」分作「星、夢、風、花、雪」五式，之前用的一直是「花」字訣，燦爛奪目。

但最厲害的，卻不是五式中任何一式，而是像慧琳師太如今使出來的五式歸一，讓人根本分不出到底是花、是雪，還是星。

當然，剛剛當上星華派掌門的文秀秀絕不會坐以待斃。

「**不捨劍法！**」文秀秀的劍不再管塵拂所幻起的漫天花海，反而直截了當攻向塵拂的手柄和慧琳師太的玉手。

這一著果然奏效，也大出慧琳師太意料之外，稍一猶疑，手柄就被文秀秀的劍擊中，發出了清脆利落的「噹」的一聲。

慧琳師太後退兩步，文秀秀信心大增，人隨劍走，發揮出「不捨劍法」纏綿不斷的特性，連綿不絕一劍接一劍的攻向慧琳師太，讓她疲於奔命。

台下星華派弟子大聲叫好，為新任掌門助威。

完全沒有機會再舞動起塵拂的慧琳師太被迫採取守勢，連擋了文秀秀的十多劍，卻也守得穩如泰山。

兩人一攻一守，攻的凌厲，守的精彩，大家也奈何不了對方。

但再纏鬥多一會，主攻的文秀秀體力消耗更大，始終比較吃虧。主守的慧琳師太也是氣脈悠長，氣定神閒的擋住了文秀秀一波接一波的攻勢。除了一開始退了兩步，已經守得密不透風，寸步不退。

急燥的文秀秀壓力愈來愈大，攻得更急，可惜欲速不達，她反而愈攻愈亂，更違背了其劍法「連綿不絕、不徐不疾」的要旨，以致威力大減。

更覺從容的慧琳師太看準一個劍與劍之間的破綻，突然轉守為攻，以塵拂纏住文秀秀的劍身，左手一掌打向文秀秀的右胸。掌勁一吐，文秀秀應掌拋飛。

倒在地上的文秀秀，更吐出半口鮮血。

慧琳師太打傷了文秀秀，反而大驚，因為她一直持守戒律，武功雖高，卻從未傷及他人。馬上就要上前把文秀秀扶起，不過楊子嬋已經搶在前面，扶住了文秀秀。

台下的慧嫻師太哈哈大笑，跳到台上，抱了慧琳師太一下。

她異常興奮，向台下狂叫道：「哈哈哈！星華派終歸還是比不上我仙女庵，哈哈哈！梅芳，妳的傳人敗給了我的傳人了。哈哈哈哈！」

笑了一會，慧嫻師太卻忽然崩潰似的坐倒地上，大哭起來。如此突變，眾人也始料不及。

慧敏和慧琳師太把慧嫻扶起，後者垂著頭歇斯底里的哭道：「嗚嗚嗚嗚，十五年了……這口悶氣鬱在心裡十五年了，嗚嗚嗚嗚，為何我一點愉快的感覺也沒有，嗚嗚嗚嗚，為甚麼？哇呀呀呀……」

慧敏師太把她用力抱緊，也隨她流下眼淚，溫柔的向她道：「大師姐，沒關係了，一切都已經過去了，忘了它吧。」

衛建和尚走到她們面前，惋惜的道：「阿彌陀佛！慧嫻師太，今日一戰，贏的不是妳，輸的也不是梅掌門。這十多年來，

妳一直放不下的，不是仙女庵和星華派，更不是文掌門和慧琳。妳一直執著的，只是妳的不甘，妳當年接受挑戰後的悔意。」

眼神空洞的慧嫻師太茫然地問道：「我的悔意？」

衛建和尚道：「對，十五年來，妳一直後悔當年為何要接受梅掌門的挑戰，妳每天都在想，如果當年沒有被梅掌門打敗，自己可以達到甚麼成就。只是，人生沒有如果，再多的悔恨，也不如好好的活在當下。師太，是時候放下，是時候放過自己了。」

目光散渙的慧嫻師太被兩位師妹扶到台下坐好，文秀秀也在楊子嬅和車婉攏扶下到台上的太師椅坐下調息。

郭城不待其他人發言，就朗聲叫道：「看來星華派氣數已盡了，先是失去了本門的鎮門之寶，新掌門剛剛登位，就被個小女尼打得落花流水。如今，還要應付獅子門傳人的挑戰！」

蔡智皺眉道：「郭城！別胡說，獅子門跟本門向來友好，怎會這個時候乘人之危？」

郭城向坐在他身邊的伊健打個眼色，伊健隨即瀟灑飄逸的一躍台上，重愈百斤的動地槍拿在他手裡，輕如無物，他垂頭的道：「得罪了。」

一臉滿意的郭城續道：「伊健是代表獅子門來挑戰星華派的，以重振獅子門的聲威，不過貴門都是女流之輩，怎配動地槍王出手呢！哈！」他說完後冷笑一聲，極盡侮辱之能。

當年曾和李曼勤被譽為第五大天王的人，實力之強，誰也不敢小觀。

雖然不知道為何伊健會挑戰星華派，但這種指名道姓的挑戰，根本是推辭不了。但派誰去應戰，倒是讓人費然思量，星華派武功最高的衛建和尚和文秀秀都受了傷，單打獨鬥的話似乎誰也不是伊健的敵手。

新任掌門剛剛才被打傷了，如今的星華派，似乎已經輸不起這一仗了，至少，也不能輸得太難看。

靜默了半晌，文秀秀坐在太師椅上，虛弱的道：「志安，你去應戰吧！」

平素很少說話的志安道人排眾而出，向文秀秀道：「文掌門，領命！」

志安道人站到伊健的面前對峙，靜立了一會，一臉憤恨的向他問道：「伊健，我派和貴門素有來往，關係密切。羅掌門也一向是我們尊敬之人，為何你定要於此時乘人之危，向本門挑戰，甘願當郭城的手下？」

伊健無奈嘆道：「唉！人在江湖，身不由己！」言辭隱晦，顯然是不欲多談。

聽得伊健這樣說，志安道人知道再問也不會有結果，反而會讓天下人以為自己怯戰，於是擺開架勢，以迎接生命中最艱苦的一戰。

志安道人回頭一看文秀秀，露出一個難解的笑容後，才把注意力放在伊健身上。

伊健不發一言，一槍就攻向志安道人，在他心中，其實只希望這一刻盡快過去。因為他於心有愧，他本來就不是這種會趁火打劫的人。特別是志安道人剛剛提到羅伯先掌門，他知道自己這個首徒在天下人面前，丟光了獅子門的面子了，只是他別無他法。

面對伊健的動地槍，志安道人一無所懼，直到槍頭及身前，他才由上而下一掌劈向槍身。

動地槍雖然失去了準頭，但去勢不止，仍直刺志安道人的左腿。

志安道人卻借剛才一掌之力，騰空而起，飛臨伊健的頭上，居高臨下的雙掌合十，手刀直劈而下，甚有開天辟地之勢。正是他的成名絕技，能把厚磚也劈成爛泥的「爛泥劈」。

伊健因為提著的厚重長槍已經直轟地面，變招遠遠不及志安道人靈活，唯有舉起左臂，以圖擋住其全力一劈。

「呼！」一劈一擋之下，伊健感到雄厚內勁湧至，唯有退後兩步。這一下交手，他明顯輸了半招。

志安道人在星華派，以至江湖上，從來都是很低調的，一向不愛出風頭，更罕有出手，所以武林上，對他的武功所知不多，評價也不是很高。這一劈之威，竟然連「動地槍王」伊健也能一招打退，台下的人不禁對他刮目相看。

被人欺負到頭上的星華派弟子更是大聲叫好，為志安道人打氣。

不過伊健心底卻知道，自己因為自知理虧，所以失去了一向一往無前的氣勢，以致功力大打折扣，才會一招就被打退。當然，志安道人的實力之強，也大大出乎自己意料之外。

伊健馬上收攝心神，排除雜念，再一槍刺向志安道人。這一槍的威勢大是不同，華麗而霸道，彷彿天和地的力量都集中到「動地槍」的槍頭，身在局中的志安道人更是感到這動地震天之名絕不虛傳。

不過，志安道人雖然其貌不揚，也非常低調，但武功卻是很紮實的。

他腳踏奇步，不退反進，恰恰側身避過槍頭，險到毫巔。伊健卻沒有再給他機會，槍身一掃，正中志安道人的腰間。

澎湃的內力自槍身傳來，志安道人卻不運功抗衡，反而在被槍身打飛之前，一掌擊向伊健的左肩，以傷換傷。

伊健不料他會用此以命換命的打法，果然著了他道兒，吐出一口鮮血。

當然，他知道志安道人遠遠比自己傷得更重，見志安道人被動地槍打得直飛台邊，相信已經失去戰鬥力了。

原來志安道人一早已經知道自己打不過伊健，所以早就存有以身殉道之心，不惜犧牲自己的性命，換取重創伊健，以保存星華派的威名。幸好因為伊健其實只是迫不得已才出手，所以招招留有餘地。最後，志安道人只傷不死，伊健也只受了輕傷。

永康道人和梁文漢馬上跑到志安道人身邊，把他扶起。

安坐台下的郭城搖搖頭道：「星華派先敗給仙女庵，後不敵獅子門，我看也沒有人再會來拜師了。讓我郭城把貴門關門大吉吧，免得丟人現眼！」

星華派的人卻無言以對，衛建和尚、文秀秀和志安道人先

後受傷，武功還不如三人的三護法和楊子嬋更非郭城和黑袍客的對手。梅芳死後，星華派缺了最頂級高手的缺點，被郭城成功利用了。

郭城當然不是殺人狂魔，他奪得劍神令牌和《夢伴訣》後，仍然要把星華派趕盡殺絕的原因，就是知道他們定會不惜一切搶回梅芳的遺物。最一了百了的方法，就是趁他們最惡劣的時候，將他們一網打盡，以絕後患。

見到聲勢浩大的星華派如此任人魚肉，王烈坐不住了，向郭城叫道：「老夫不會讓你得逞的。」

先不論實力難測的黑袍客，在大殿之內，如果有人能夠和當世四天王之一的郭城分庭抗禮，這人肯定是秀聖門第一高手「浪子」王烈。

場內的星華派弟子，和其他武林同道都看不過眼郭城的所為，只是誰都不是他對手，敢怒不敢言。見王烈仗義出言，都心中叫好。

可惜，星華派和秀聖門之間，始終隔著一個謝鋒。

剛烈的文秀秀客氣的道：「不好意思了，殺師之仇，文秀秀不敢或忘，請恕我星華派在謝鋒授首之前，不會接受貴門幫助了。」

然後轉頭向郭城道：「放馬過來吧，我星華派寧為玉碎，不作瓦存，派內的三百弟子更絕無貪生怕死之輩。」

郭城唯一的顧慮也一掃而空，開懷的笑道：「哈哈哈，死到臨頭，還要逞強？讓我成全妳吧！」

「等等！」坐在台下的方刀甲忽然站起身來叫道。

郭城別頭一看，見到是個不認識的年輕人，冷冷的問道：「來者何人？報上名來，看看我郭城是否惹得起。」

方刀甲義正詞嚴的道：「在下『揚州飛魚』方刀甲，只因看不過眼，要來管一管閒事！」

「江東四少俠」另外三人也一同站起來，以示共同進退。蕭正道：「我們『江東四少俠』今日也想向郭天王討教幾招！」

他們年少氣盛、血氣方剛，見到不平事，自然想在天下人前表現一下自己。

郭城總算聽過「江東四少俠」的名號，不過比起他這種成名多年的天王級高手，自然不被放在眼內。看著他們倒有點像看到年輕時的自己，口中卻輕蔑的道：「連秀聖門也看不上眼的小小『江東四少俠』也敢向我討教幾招，看來我們幾個天王太久沒有在江湖露面了。」

「江東四少俠」和秀聖門的關係千絲萬縷，常跟其門人混在一齊，先不說麥俊、方刀甲和余文曾經追求過楊嬌，蕭正也和秀聖門小師弟關智的姐姐關妍相戀過一段不短的時間，所以郭城才有此一說。

台上的伊健聽得出他要重手立威，於心不忍，出言提醒道：「年輕人，珍惜生命，別要胡亂強出頭。」

方刀甲卻不領情，冷哼道：「義之所在，在懸崖還是我無退路。」

郭城笑道：「揚州飛魚，好膽識，我記住你了。在水裡，或許沒有人及得上你，但這裡是星華山。」轉頭向伊健道：「雖然你有點傷，不過都夠了。好好教訓一下這群不知天高地厚的小伙子吧！」

伊健無奈答道：「好！」

動地槍忽然自台上直撲「江東四少俠」，他們想也沒有想過這厚重的長槍可以使得這麼靈動，一時間槍影重重，竟把四人也全捲進去了。

他們當然不是「動地槍王」伊健的對手，片刻之後，四人就已經東歪西倒的從槍影裡飛倒地上，更撞毀了不少座椅，狼狽非常。

伊健也收槍回背，站於四人原本坐的位置，不過四個座位也已經破爛不堪了。

郭城滿意的道：「不自量力！」

「寶麗門代表到！」恰好於此時，星華派的把門弟子高聲叫道。

当世

四大天王

鷹王叛徒

眾所周知，寶麗門和星華派一向關係密切，如果星華派有難，寶麗門的人絕不會袖手旁觀。只是不知為何今次掌門大會，其代表竟會這麼晚才到。

殿內所有人都望向門口的方向，一名中年男人不徐不疾的信步而至，直截了當的走到台前。

這人相貌堂堂、身形雄偉，露出一臉爽朗豁達的笑容，似是天下間無事值得費心的模樣。年紀雖然不小，但充滿男性的剛陽魅力。

他向台上星華派的人笑嘻嘻道：「嘻！不好意思，我來晚了點。本來嘛，代表本門來的，是師侄曼勤。不過他路上遇到點事，來不了，我才臨時拉夫的來了。失敬失敬！」

台下的謝鋒才知道李曼勤下山辦的三件事，其中一件就是代表寶麗門出席星華派的掌門大會。

老一輩的人都認識這人，他正是寶麗門掌門「腿聖」譚伯麟的師弟鍾鎮，以一身氣硬功聞名於世，據聞武功只是稍弱於譚伯麟。他為人厚道爽朗，很得江湖中人敬重，可說得上是德高望重。

他見台下一片狼藉，氣氛也不太對頭，忙向衛建和尚問道：「衛建和尚，怎麼啦，掌門還未選出來嗎？」

衛建和尚答道：「新任掌門已經選出，就是文秀秀師妹。」

鍾鎮一臉親切的笑容望向坐在台上太師椅上的文秀秀道：「嘻嘻！恭喜恭喜！」同一時間，這位友善的長者終於在文秀秀嘴角的血跡，發現到不尋常。

他隨即收起笑容，關切的問道：「秀秀，發生甚麼事？」

文秀秀昂然答道：「鍾鎮前輩，郭城帶人來鬧事，衛建師兄和志安師兄都被他們打傷了。」

鍾鎮聞言露出凝重的神色，因為即使是星華派同門間，或者是其他門派的人來切磋一下武功，其實都是很平常。是以他剛進門看到殿內的部分座椅被打得破爛不堪，也不以為意，只道是有人比武失手吧。

但如果連文秀秀、衛建和尚和志安道人這幾名武功較高的星華派弟子也被打傷，則事態嚴重了。他望向郭城的方向，正要出言斥責，卻讓他發現了一個不應該出現的人，感到無比震撼。

這人就是失蹤已久，兩年來音訊全無的獅子門首徒伊健。

　　鍾鎮立即跑到他面前，激動的叫道：「伊健！原來你沒有死，太好了，這兩年你到了哪裡，怎麼會憑空消失了呢？我們在獅子山找不到你的屍體，到處找你呀。」

　　面對鍾鎮熱情的問候，伊健其實是感到心內溫暖的，表面上卻只能冷冰冰的回應道：「鍾前輩，晚輩死不了，多謝關心。不過如今各為其主，昔日的舊情已經忘記得一乾二淨了。」

　　鍾鎮皺起眉頭，有點明白發生了甚麼事。向郭城厲聲喝道：「郭城，兩年前，是你把獅子門滿門殺個片甲不留嗎？」

　　場內的人一片嘩然，又覺得鍾鎮的推測合情合理，獅子門一役唯一的倖存者伊健突然出現，但卻不情不願的當上郭城的手下。唯一的解釋，就是郭城消滅了獅子門，再把伊健收為己用。大家都很想知道這宗在「張榮之死」前，江湖上最大懸案的真相。

　　面對鍾鎮的質問，郭城冷冷的道：「是又怎樣，不是又怎樣？寶麗門也不放在我郭城的眼內，譚伯麟老了，只敢躲起來指點江湖，事實上大時代亦應退位。」

　　他沒有承認，也沒有否認。

「丐幫幫主到！」星華派把門弟子再朗聲叫道。

萬眾矚目下，氣呼呼的伊臣現身大殿門內，一臉嚴肅。

伊臣急步走到台前，朗聲叫道：「在下丐幫伊臣，拜見各位武林前輩，有十萬火急的事情，要向星華派各人通報。」

今天發生的事已經太多，殿內的人也見怪不怪，反應沒有伊臣預期那麼恐慌。

文秀秀站起身來，客氣的向伊臣道：「小女子承蒙各師兄妹厚愛，剛剛當上星華派掌門。伊幫主匆忙而至，有何要事？但說無妨。」

伊臣和文秀秀本來也是認識的，見她的話說得客氣但卻有點保持距離的意味，就知道自己和謝鋒的關係，已經讓他和星華派之間出現了裂痕，心中一痛。他有點無奈的道：「三天之前，我收到消息說，有近千名配備精良的人馬藏在星華山附近，我覺得事有蹊蹺，懷疑對貴派不利，所以帶同了幾十名丐幫弟子，馬上趕來通報。」

文秀秀聽得面如死灰，自己接任掌門後，壞消息一個接一個。

伊臣續道：「更壞的情況是，我上山的時候，該隊人馬已經把星華派的總壇重重圍困，似要把這裡的人一併消滅。」

這一消息說出來，殿內的人真的感到害怕了，大家都聯想到郭城要重演獅子門一夜覆滅之役。

包括伊臣在內，所有人都盯著郭城，他卻依然一副漠不關心的態度。伊臣徐徐的續道：「我潛進來的時候，見到這批人馬的衣飾上，刻有聽風山莊的標誌。」

原來是郭城的人馬，所有人也想不到他暗藏如此強大的實力。

郭城哈哈一笑道：「哈！已經叫了他們等所有人都到來才包圍這裡，哪知卻算漏了你這個兒女情長的丐幫幫主。不過呢，早點知道，晚點知道，還不是一樣嗎？」

眾人驚惶失措，一想到這隊人馬衝殺入殿，加上強弓利箭，除了有限幾人外，其他武功較次的肯定決無生理。

當然吧，迫虎跳牆的話，郭城一方也肯定會傷亡慘重，所以他才要親自入殿，先削弱星華派的實力。不過，各人都知道，混戰起來，輕功最高的郭城肯定是最有優勢，特別是謝鋒等人在洛陽見識過郭城的通天手段。

如果伊健陳春他們不幸陣亡，生性自私的郭城當然不會太難過，只是對之後的計劃有點不方便罷。

際此水深火熱的危機當前，文秀秀卻無比冷靜的朗聲道：「各位武林同道，多謝大家賞面蒞臨本門的掌門大會，大會如今已經圓滿結束。請恕星華派招待不周了，現在要請各位先行離開。」

殿內的人大都是跑慣江湖的人，不至於太過驚慌失措。只有少部分人如獲皇恩大赦，馬上奪門而出，以逃過大難。

見慣風浪的鍾鎮放開了伊健，怒道：「郭城，你實在欺人太甚，老夫也看不過眼了。」

然後一躍台上爽朗的笑道：「區區幾百人就想消滅星華派？未免太少看星華派了，派內的三百弟子，加上來參加掌門大會的二百多名武林人士，至少在人數上，不比你少太多吧。」

郭城冷笑一聲道：「哈！除了你這個寶麗門的老頭，還有多少人會和星華派留在這兒送死呢？」轉頭向秀聖門的王烈說道：「反正星華派不歡迎你們，和我們合作，剷平星華山吧！」

王烈斷然道：「哼！我秀聖門名門大派，豈能和你這種邪魔外道合作，老夫決定要和星華派共存亡。」

台上的文秀秀卻道：「王烈前輩，不好意思，還是那一句，本門不需要貴門的幫助，請立即離開，以免殃及池魚。」

文秀秀向台下的人朗聲叫道：「今日星華派要和郭城一決生死，各位要離開，本門絕不會責怪你們。但如果有人看不過眼郭城的所作所為，肯留下來共抗外侮的話，小女子不勝感激。」

然後正容向伊臣道：「我星華派很感謝伊幫主親自前來報訊，但閣下和謝鋒關係密切，也請帶同貴幫幫眾立即離開。」

郭城雖對文秀秀的倔強有點意外，但想到可以省卻了不少功夫，不禁面露微笑。

少了秀聖門和丐幫的協助，實力當然大減，但星華派的入室弟子們都露出視死如歸的眼神，顯示他們完全支持文秀秀的決定。

王烈和伊臣都不想在這個時候捨棄星華派的人不顧，但文秀秀的話說得決絕，不到他們不走。但他們卻知道這麼一去，肯定會有很多武林人士跟著離去，畢竟愛惜生命，都是人之常情。

兩人心知這一走，就會把星華派最後的希望也一同帶走，正猶豫不決。

「且慢！」台下一人忽然大聲叫道。

除下大鬍鬚的謝鋒跳到台上，面向群眾，朗聲叫道：「在下秀聖門謝鋒。」

在場所有人，包括秀聖門和丐幫的人在內，都沒有想過謝鋒膽敢來到星華山，更會膽大包天的跳到台上露面。

在所有人錯愕的表情下，謝鋒續道：「請在座各位見證，本人今日在此立誓，永遠退出秀聖門，今後再不會使用秀聖門的武功。」

王烈急道：「鋒兒！別胡說，快下來。」

謝鋒搖搖頭道：「師叔，事到如今，沒有辦法了。」

然後堅決的向星華派的人叫道：「我一早就被郭城收買了，在他指示下，毒害了梅掌門。何思思的鑄劍帖也是我盜去的，跟伊臣全無關係，他只是被我騙到房中。所以，從今以後，我謝鋒跟秀聖門恩斷義絕，和丐幫再無瓜葛。」

為了拯救星華派，謝鋒決定犧牲自己，背上天大的黑鍋。

謝鋒在台上，把隨身的蝴蝶玉劍取出，拔劍離鞘，然後一劍劈在台上的大理石地板上。

「噹！」蝴蝶玉劍應聲折斷。

謝鋒斷劍明志後，大堂之內靜了半晌，眾人也不敢相信。鍾鎮想弄清楚原委，出言問道：「謝世侄！好端端一個名門正派的弟子，怎會和郭城勾結？勾結了又怎會當眾說出來？把話說得清楚點。」

謝鋒最近跟鄭中飛混得多，也多少學了點胡謅的技倆，隨口道：「因為世侄的妹妹被郭城捉了，所以要同流合污、助紂為虐。今日實在接受不了他的所作所為，而妹妹又已經被貴門的李曼勤仗義出手救走了，所以決定把郭城的惡行公諸於世。」

鍾鎮嘆一口氣道：「唉！令妹被救走一事，老夫早在曼勤口中得知了。」

謝鋒問道：「鍾前輩見過李曼勤？」

鍾鎮道：「本來，掌門師兄著我別要張揚，不過如今事態危急，我還是說出來吧。曼勤師侄早前被郭城的人捉走了，的而且確，他是為了救一個叫謝婷的女子。」

謝鋒關切的問道：「他竟然被郭城捉了？」

鍾鎮續道：「放心，已經平安贖回來，如今在寶麗山靜養。」

謝鋒聽得李曼勤平安無恙，鬆了一口氣，又奇怪的問道：

「贖？」

郭城卻哈哈大笑的插口道：「哈！一片令牌換到一個人，還要是首席傳人，我倒是覺得很划算。不信的話，你問問星華派的人就知道。他們的令牌，只換來三百兩黃金。」

原來李曼勤被郭城和伊健生擒後，被拿去當成人質的換取了寶麗門的劍神令牌。不過正如郭城所說，以劍神令牌，去換取自己的首徒，怎都比換幾百兩黃金更值得。

即是說，刻有「星」、「寶」和「獅」字的令牌都落入了郭城之手，加上他原本就擁有的「西」字令牌，他至少已經收集了一半劍神令牌。「北」字令牌則在巴蜀成都被變臉戲子搶去，其他三面令牌則應該仍在「東魅島主」黎日月、「南海之王」劉華和秀聖門掌門楊秀手上。

其他人不明箇中原委，聽得一頭霧水，只知道連「腿聖」譚伯麟的傳人，也曾被郭城生擒活捉，更感到他實力的強大。

不過，文秀秀著眼的重點不在這兒，反而惡狠狠的向謝鋒道：「謝鋒，你雖是迫不得已，但你承認先師是你親手毒害。這個血仇，星華派上上下下定不會忘記。」

謝鋒道：「對，不過郭城大軍壓境，今天之後，還有沒有星華派，誰也說不準。但我已經叛出秀聖門，又跟丐幫幫主伊

臣絕交了，妳總不能再阻礙秀聖門和丐幫一同對付郭城了吧。」

　　他說得合情合理，文秀秀無言以對，加上她的確不甘心星華派就這樣毀於郭城之手，得到秀聖門和丐幫的幫助，成功突圍的機會自然大大增加，無奈下點一點頭。

　　郭城仍是一臉不在乎的道：「謝鋒！你以為這麼說個謊，把事情攬到身上就可以救得了星華派嗎？我早就決定了，今天正要把星華派、寶麗門的鍾鎮、秀聖門的王烈和丐幫的伊臣全都一併消滅，以絕後患。王烈死後，秀聖門的劍神令牌還不是我郭城的囊中之物嗎？」

　　謝鋒反而哈哈笑道：「哈，你這人壞事做盡，還想裝模作樣，不過待會兵荒馬亂，恕我謝鋒不奉陪了。」

　　說完，他就真的跳到台下，邁步向門外走去。

　　在郭城的眼前，星華派的人只能眼睜睜看著這個「殺師仇人」揚長而去。始終，他們已經和郭城勢不兩立，如果他才是幕後主使的人，則比出手的謝鋒更是該死。

　　謝鋒的離去，郭城也沒有出手阻攔，因為他還想進一步分薄星華派的實力，以減少傷亡。

　　郭城向殿內的人叫道：「今日的事，是我聽風山莊和星華

派之間的私人恩怨，現在從正門離開的話，會馬上放行。如果不識好歹，要插手的話，待會總動員攻山時，格殺勿論，一個不留！」

面對郭城的恐嚇，沒有出現他預期內的大逃亡。

反而在伊臣和王烈等幾人站到台上，以示支持星華派後，連之前被伊健打傷了的「江東四少俠」也站到台上，一副視死如歸的氣勢。

眾怒難犯，很多本來猶豫不決的武林人士也不顧安危的站到台邊，決心留下和郭城的大隊人馬死戰。當然，少不免有部分人還是愛惜性命，拒絕蹚這渾水，默默的垂著頭離去。

留下來的人，或多或少都算是星華派的盟友，就只除了三個人。

她們就是仙女庵的三個女尼，慧嫻師太也站到台上，兩位師妹也一直相伴在旁。前者神色木然，她冷冷的向文秀秀道：「文掌門，我這人是非分明，之前慧琳她打傷了妳，現在，我們三個也留下來，助妳對抗郭城，算是打平吧！」

不知道慧嫻師太想通了甚麼，只見她眼中的仇恨，在慧琳擊敗了文秀秀的一刻，忽然消失的無影無蹤，取而代之的卻是無限的惆悵。

一看台上，星華派十二名入室弟子、寶麗門的鍾鎮、秀聖門的王烈和楊家三姊妹、丐幫的伊尹鄭中飛、江東四少俠和仙女庵的三位師太，陣容之鼎盛，簡直幾乎囊括了武林上的精英，再加上台下的三百星華弟子和百多名武林人士，實力之強絕對不容輕悔。

郭城卻夷然不懼，反而哈哈大笑道：「哈哈哈哈！這麼多人不識抬舉，就讓你們見識一下我聽風山莊精銳戰士的威力吧！」

「南海之王劉華到！」依然盡忠職守的星華派把門弟子叫道，聲音響徹大殿，眾皆愕然。

南海之王劉華，為人俠義，而且有勇有謀，雄才大略，更因為國為民的情操而深得民心，聲望極高，被捧為民間皇帝。後來娶得馬來國公主，也助岳父管理國事，勤政愛民，把馬來國治理得井然有序。

眾所周知，前星華派掌門梅芳和南海之王劉華交情非淺，情若兄妹。作風豪爽的梅芳更不諱言，自己對劉華的愛慕之情，奈何劉華早就心有所屬，神女有心襄王無夢。

不過雖然兩人未能成為愛侶，但劉華依然對梅芳愛護有

加。去年梅芳突然身故，劉華也立即趕到星華山奔喪，傷痛萬分。

所有人都知道，星華派是梅芳的心血，如果有人要毀了她，劉華絕對不會坐視不理。

終於，這個常年忙於國事的男人在星華派最水深火熱的時候趕到了。他面容嚴肅的步入星華派大殿，第一次見到他的人，都被他不凡的氣度所震懾。

他衣飾華麗，舉手投足無可挑剔，雖然兩鬢已白，但一臉英氣，凌厲的眼神和深長的勾鼻令人印象深刻。

劉華緩緩走到台前，一言不發的就跳到台上，以示自己和星華派共同進退的決心。

連天不怕地不怕、一上來就一直控制大局的郭城，在聽到劉華的名字後，臉上也首次露出凝重的神色。

劉華背向台下的郭城，向台上的各人逐一點頭問好，一點架子也沒有，非常親切。而星華派眾人一見到劉華現身，登時放心下來，似乎天下間沒有事情可以難倒這個人。

一向跟劉華稔熟的文秀秀喜道：「劉大哥，你總算來了！」

劉華從容的笑道：「哈哈！星華派的掌門大會，我當然要來，只是希望各位別要嫌我來得太晚吧！」

談笑間似是對現時一觸即發的凶險形勢置若罔聞，更像是不把郭城放在眼內的神色，令人心折。

文秀秀道：「多謝劉天王光臨敝門，但如今卻正值多事之秋，郭城他……」

劉華伸手截住她，溫柔的道：「不用說了，這裡的事，我大概知曉，我也是因此才遲了上山。」

見到劉華成竹在胸，文秀秀擔憂之情一掃而空。

劉華仍背向台下，向台上的人朗聲道：「本王微服北上，出席故人的掌門大會，打算憑弔一下，卻在山下發現有人帶著大批人馬，圖謀不軌。幸好本王此行還肩負到建業和孫權建交的任務，所以帶同了二千兵馬，剛剛在山下佈置完成，可應付任何情況。」

那稱呼由原來的「我」，改成「本王」，顯然是說給郭城聽的，語氣更隱含威嚇。

各人聽得精神大振，星華派盟軍的人雖然武藝高強，但從未合作，打起來，只能各自為戰，難聽點說就是烏合之眾。戰

門力定遠比不上郭城麾下，配備精良、訓練有素、又人數佔優的聽風山莊戰士，即使加上一個劉華，勝算仍是不大。

但現在聽得劉華有大軍隨行，情勢當然截然不同。

郭城卻冷笑一聲，不屑的道：「不用出言恫嚇了。有這麼巧嗎？我竟然會碰上你帶著兵馬來出席星華派的掌門大會嗎？」

劉華轉身面向郭城，爽朗的大笑道：「哈哈哈，你敢賭這一鋪嗎？」話說出來信心十足，豪情蓋天，不愧為翻手為雲，覆手為雨的英雄人物。

面對劉華的挑戰，郭城不禁躊躇起來。

劉華厲聲道：「郭城，是戰是和，一言可決。」

退隱江湖

郭城的臉色陰暗不定，正在盤算在劉華出現後，是否還要堅持攻山。殿內各人屏息靜氣，等待著他的決定。他凌厲的雙目環視眾人，最後盯著劉華冷冷的道：「劉華！算你狠，這一鋪，恕本莊主不奉陪了。」

說罷就轉身離去，黑袍客、伊健、梁詠姿、陳春、陳歡希、陳媛媛和十多名箭手垂著頭跟在他身後，直出大殿之外。

說來便來，說去便去，轉眼間走個一乾二淨。

殿內的人如釋重負，畢竟刀劍無眼，誰都不想白白賠上性命。其中，星華派弟子更是對拯救了他們的大英雄心存感激，紛紛向台上的劉華報以熱烈的掌聲，有的人更叫道：「劉華！劉華！劉華……」

劉華舉起雙手，接受眾人歡呼，笑逐顏開的道：「哈哈哈！各位都累了，好好休息一下吧。」

文秀秀接口道：「多謝各位肯留守星華山，以抗郭城，請大家到待客室稍事休息，本門弟子會準備晚飯，歡迎先用過餐再行下山。如果需要留宿，也可以通知本門弟子，再作安排。」

經歷了這場觸目驚心的危機後，各人也陸續離開大殿。

忽然，台下引發了一場小騷動，喝斥聲四起。原來有幾名江湖人士一直仰慕劉華，但站得離高台較遠，想趁各人散去時擠近高台，一睹「南海之王」的風采。但卻因為有人進入又同時有人離開，引起一點小混亂。

負責維持秩序的星華派弟子警覺地趕到台前，見有幾人要擠向高台，以為是郭城的黨羽，要對台上的人不利，馬上喝止。

因為情況混亂，人多嘈雜，這幾人沒有聽到，繼續擠近高台。星華派弟子們見他們無視警告，執意前行，於是一擁而上，把這幾人制服，他們不明就裡，忽然被人按在地上，馬上出手反抗。結果換來了星華派弟子們的拳打腳踢，慘叫聲不絕於耳。

劉華在台上目睹一切，馬上跳到台下，輕輕推開了幾名星華派弟子，扶起了地上幾人，不厭其煩的向雙方解釋清楚其中誤會。

這幾人見劉華竟肯為了自己以身犯險，對他更是欣賞。

經過了這段小插曲後，文秀秀、衛建和尚和志安道人邀請了「南海之王」劉華、寶麗門的鍾鎮、秀聖門的王烈和丐幫的伊臣到後堂的房間一聚，以訴別情。其他星華派入室弟子則到派內其他地方打點一切，招呼仍未離去的武林人士。

各人坐好後，劉華向文秀秀道：「恭喜秀秀當上星華派掌門之位。」

夾雜著感激、仰慕和大難不死的喜悅，文秀秀答道：「多謝，我只怕自己力有不逮，有負各師兄弟妹的厚望吧。」

劉華溫柔的鼓勵她道：「放心，看到妳，就好像看到以前的小芳，我相信妳定能好好統領星華派，重現昔日的光輝。」

文秀秀低聲的問道：「劉大哥，真是有二千兵馬隨你而來嗎？」

劉華爽朗的笑道：「哈哈，不過騙他吧，本王今日只帶了殿內四名護衛隨行，出席掌門大會，誰會帶著軍隊同行呢？」

在場人士更是佩服，見他只寥寥數語就把不可一世的郭城嚇跑，果然不負智勇雙全之名。

衛建和尚道：「哈哈哈，想不到郭城一見到劉天王，就怕得如此厲害。」

劉華低聲道：「其實，這幾年來，本王一直寄居南方交州軍閥士燮的王府之中。郭城有派人長期監視本王的一舉一動。他一直未有本王離府的消息，才敢到星華山耀武揚威，如今卻突然出現，才讓他疑神疑鬼吧。」

眾人都想不到郭城竟會派人日夜監視劉華的行蹤，皆慶幸劉華的機智，避開了郭城的耳目，無聲無息的來到星華山，否則後果不堪設想。

　　劉華續道：「郭城今日雖然退去，但難保他會捲土重來，再對星華派不利。」

　　文秀秀狠狠的道：「他再敢來，我們定會教他後悔！」

　　其實這次如果不是星華派因為掌門之爭而鬧得舉派上下都無心派務，絕對不會連郭城的兵馬到了附近也懵然不知，到對方集結完成後，才由丐幫伊臣通報方曉得。

　　如果早一步收到消息，至少可以派出使者到其他門派搬救兵，只要守得一時，就可以裡應外合，把郭城擊退。當然，事前誰都想不到郭城竟然擁有如此雄厚的實力。

　　寶麗門的鍾鎮道：「郭城之所以敢如此放肆，就是因為我們正道武林為了謝鋒此人而四分五裂。如今謝鋒已經脫離秀聖門，也和丐幫恩斷義絕，相信只要我們再團結一致，郭城將再無可乘之機了。」

　　秀聖門的王烈和丐幫的伊臣都沒有答話，前者仍是一副木無表情的模樣，沒有人知道他心中轉的是何種念頭；後者則在劉華出現後一直盯著他，似在想著甚麼似的。

劉華則默默念了一句：「謝鋒！」

　　謝鋒在台上斷劍明志後，隻身離開大殿，卻未有遠去。只是走到殿外的窗邊偷看大堂內的情況，如果郭城堅持要攻山，他也決定了會和殿內的人共存亡。

　　後來見到「南海之王」劉華的出現，也被其風采氣度所打動。連郭城也被他三言兩語就耍走了，更是佩服得五體投地。

　　郭城退走時，他才施施然從星華派總壇的後門離去。

　　謝鋒知道，自己當眾承認背叛秀聖門，和星華派的仇恨幾乎已經解不開了。雖然剛才因為郭城的威脅，派內弟子都集中在大殿之內。但危機解除之後，肯定會漫山遍野的追捕自己。他當然可以逃之夭夭，只是卻已經不知何去何從了，天下間，似乎已經再無容身之所。

　　他打算先到附近躲起來，待風聲稍斂，才定去向。不過這裡一帶都是星華派的勢力範圍之內，無論村落和城鎮，多少都和星華派有點聯繫，勢難避開其耳目。

　　本來，已經荒廢的徐家村會是一個挺好的選擇，但因為郭城的人已經把守住下山的要道。雖說他們正在陸續撤退，但若

然給撞上了，被郭城的人擒住，則寧願乾脆死在星華派的人手上好了。

始終，不算隨行的黑袍客、伊健等人，單是郭城的武功，特別是輕功身法，可不是鬧著玩的。

所以，膽大包天的他決定兵行險著，藏到一個沒有人會想得到的地方。

謝鋒駕輕就熟的從星華派總壇的後院翻牆而出，剛剛，最後一道陽光沒入山後，黑夜正式降臨。走了不遠，就到了梅芳生前隱居的竹林之中。

他知道這裡是星華派的禁地，梅芳死後，應該沒有人會來，他們更不會想到自己不遠遠逃離星華山，反而跑到星華派的禁地去。

看著那藏在竹林後、孤清清的幾幢房舍，不期然想到已故的星華派掌門梅芳，無限感觸。

這兩年來兵凶戰危的拯救妹妹之旅，已經讓他疲憊不堪，更是意興闌珊。他有點明白梅芳、詹老頭、張勇和許冠森等人要退隱江湖的心情了，連原本打算在江湖上闖一番大事業的謝鋒，如今只覺得這裡的剎那平靜，很令自己油然嚮往。

　　他走到自己之前睡過一晚的客房，看到房內簡陋的陳設和平實的睡床，只感到非常滿足。雖然黑夜才剛剛降臨，身心俱疲憊不堪的他就已經在床上倒頭大睡。

　　這一睡，就睡到第二天早上。

　　果然，文秀秀等人在確認了聽風山莊的戰士已經離去後，就派人四出搜捕謝鋒，卻一無所獲，茫然不知他就近在咫尺。

　　謝鋒也不急著離去，在竹林裡懶洋洋的躲了幾天，乘著星華派的各入室弟子都四出尋找自己。他更大膽的走到星華派總壇裡的廚房大吃大喝，無比寫意，連修習武功的興趣也失去了。反正他打算再躲幾天，就施施然離去，找個無人認識自己的平凡村落了此殘生。

　　當然，安頓下來後，他還是會給謝婷送個訊，讓大家知道自己仍安然無恙。

　　只是，他卻低估了文秀秀和衛建和尚的才智。

　　掌門大會後的第五晚，所有江湖人士都已經離開了星華山，謝鋒也如常的在總壇內偷吃偷喝後，睡到星華派後山竹林的小房子之中。

午夜時分，謝鋒正睡得香甜。

忽然，房内的門、窗户和瓦頂同時被重手法破開，驟然被驚醒的謝鋒猝不及防下正本能的去摸自己的隨身兵器，卻忘記了「蝴蝶玉劍」早就在掌門大門當日被自己在台上折斷，連劍柄和劍鞘也一同拋低。他一手摸空，三股凌厲無匹的氣勁已經及身而至，頓時魂飛魄散。

謝鋒只見破門而入的是永康道人；破窗而至的，是梁文漢；從屋頂踏瓦礫而來的則是楊子嬋。

他知道這幾人準備充足，務求要自己插翅難飛。

果然，他右臂被永康道人的「傷心六抓」抓住了；左肩也被梁文漢的「七友七絕掌」結結實實的打中；最要命的，是從天而降的楊子嬋快捷無倫的以「小城八式」封住了全身幾大穴道，動彈不得。

除了梁文漢仍蹲在窗框上，一擊得手的永康道人和楊子嬋都站到門邊。

楊子嬋道：「我們奉有掌門師姐之令，捉拿秀聖門叛徒謝鋒到總壇受審！」

之後，三大護法、何思思和劉龍也徐徐從門外步入，十二

名入室弟子，就只欠受了傷的三人和車婉，可見星華派今次行動是志在必得，讓謝鋒知道勢難倖免。

可恨的劉龍看到謝鋒平躺在滿佈瓦礫灰塵的床上，嘴角還滲出鮮血，任人魚肉的模樣，還落井下石的笑道：「哈！早就說過，謝鋒小賊詭計多端，竟敢躲到先掌門生前隱居的地方，差點給他騙了，幸好大師兄識破了他的奸計。」

原來自郭城退走後，文秀秀命人搜捕謝鋒，希望知多一點關於聽風山莊的消息，卻遍尋不獲，忽如人間蒸發。

她找來養傷中的衞建和尚商量，後者隨即想到星華山唯一的未被搜尋的地方，只有後山的禁地，加上他又知道謝鋒曾到過那兒。

文秀秀隨即派出三護法和何思思前去查看，果然發現謝鋒匿藏於此，四人不動聲色的回去報訊。眾人謀定後動，在深夜時分，以雷霆萬鈞之勢將之拿下。

謝鋒則恨錯難返，終於落在星華派的人手上。

看到劉龍一副幸災樂禍的神情，謝鋒恨不得把他痛打一頓，無奈穴道被封、身受重傷，連個手指頭也動不了，只能忍受劉龍的羞辱。而事實上，他就算靈活自如、處在最巔峰狀態下，也絕難闖出這八名星華派入室弟子的重圍。

此時此刻，謝鋒卻反而靈台一片清明。心中想到車婉為他占的那一句：「只是常會遇到貴人相助，每每逢凶化吉。」

今次，又有誰能拯救自己呢？

突然之間，異變突起，本來安穩地蹲在窗框上的梁文漢毫無先兆的感到來自後方的強大氣勁。想要轉身迎擊，已經來不及了，來人快如閃電的一掌打在他背上。

看著梁文漢忽然如紙片般向屋內拋飛，房內的星華派中人都來不及驚呼。

站得較近的永康道人伸手去接應梁文漢，以免他撞到牆上受傷，哪知一接之下，觸手之處傳來霸道得驚人的內勁，連自己也無法抵擋，反而被梁文漢撞得一同向後飛跌。

窗外的神秘高手伸手入屋，一手抓住床板，隔窗把整張床連同床上的謝鋒單手提起至窗沿，指力之強，駭人聽聞。

房內的其他星華派人士一擁而上，試圖攔下此人。

那神秘高手卻不慌不忙，神乎奇技的單手把整張床向自己傾側，變成床上的謝鋒「倒」向窗外。睡床垂直的被窗外伸來的一隻手提著，床底則向著星華派的人，場面詭異。神秘高手一手接住謝鋒，另一手放開睡床，睡床向下跌了寸許。他突然

一掌推向睡床，內勁一吐，把整張床飛襲向眾星華派高手。

星華派的人想不到對方有此奇招，而且舉重若輕，把笨重的睡床使用得有如紙片，紛紛運功擋住來勢洶洶的睡床。

「呼啪！」睡床被星華派的眾人打得支離破碎，木屑散落一地。蘇一威隨即穿窗而出，那神秘高手和謝鋒卻都已經失去蹤影。

不一會，蘇一威走回破爛的房中，頹然道：「走了！」

其他人扶起倒在地上的梁文漢和永康道人，幸好兩人傷勢不重。前者虛弱的道：「來人武功之高，直追先掌門，他發動之前，我完全一無所覺。幸好對方手下留情，否則我已經性命不保了。」

永康道人道：「對！而且霸道的內勁聚而不散，隔著個四師弟傳來，仍有如實質，非常可怕。」

聽到這裡，眾人倒抽一口涼氣。

此人一直沒有入屋，卻在黑暗的窗外救走了重圍之中的謝鋒，弄得各人有力難施，還傷了兩人，視星華派如無物。

蔡傑問道：「武功能直追先掌門，天下間有又幾人？到底是誰會救走謝鋒呢？」

幾人一再推敲，仍是想不到還有誰會救走叛出秀聖門的謝鋒。

最後，蔡智臉色一沉道：「可惡！在這個情況下，還是留不住謝鋒小賊！」

楊子嬋道：「唉！時也命也，可能真的如三師妹所卦，這一年，本門應該休養生息，不宜再主動挑起爭端。」

何思思道：「先掌門的血仇不能不報，十年好，一百年也好，本門上上下下都不會忘記。」

作賊心虛的劉龍沉默不語，心中懊悔。

☉ ○ ○ ○

謝鋒被神秘高手提到肩上，後者默不作聲在黑暗的山林間疾走，迅速下山，遠離了星華派總壇。

走了半盞茶時間，這人把謝鋒放到樹旁，為他解開穴道。借點月色，謝鋒總算看到是誰救了自己。

「師叔！」謝鋒喜道。原來救走他的，正是秀聖門「浪子」王烈，怪不得身手武功如此厲害。

王烈道：「鋒兒，你也算膽大包天了，竟敢躲到星華派的禁地去。」

已經可以行動自如的謝鋒坐起身來，發現受傷不重，可見星華派中人也不是要取自己性命。向王烈吐一吐舌頭道：「當時鋒兒無處可逃，唯有行險一搏吧。今次差點釀成大禍，幸好師叔你及時出現。對了！師叔又會這麼巧，剛好出現在這裡，我還以為你們已經回去鷹王山了。」

王烈道：「秀聖門的人還未齊，師叔怎會回去呢？你不過為了解星華派之難才在眾目睽睽下叛出秀聖門，這個絕不得作準，師叔和秀聖門上上下下也不會承認的。」

謝鋒聽得心中一陣感動，至少知道王烈到現時為止，還是信任自己的。

王烈粗獷沙啞的聲音又再道：「師叔在掌門大會之後一天，就和你三位師妹離開了星華山。但卻掛心鋒兒，所以著他們三個跟丐幫的人先行到會稽城，師叔則在這一帶找你，以免你有危險。誰知道找了幾天也見不到你，於是潛到星華派的總壇等候消息，總算在他們出手時把你救回。」

知道了事情的始末後，謝鋒對王烈這個師叔的品德手段更是佩服。

之後，兩人改頭換面，又晝伏夜出的前往會稽城。

幾天後，兩人無驚無險在會稽城的徐家大宅會合了伊臣、鄭中飛和楊家三姊妹。逗留了一晚，王烈、謝鋒和楊家三姊妹就乘船回鷹王山。

謝鋒幾乎全程都躲在木箱之內，以避星華派耳目。

終於，在十多天的船程後，五人總算平安無事的回到鷹王山，脫離險境。

☗ ☉ ○ ○ ○

回到秀聖門後，王烈馬上領著謝鋒去楊秀的書房。楊秀得知他們回來，連三個寶貝女兒也不見，就先要王烈領著謝鋒到書房找他，可見他對謝鋒的重視。事實上，謝鋒回到鷹王山的消息，連派內也只有少數人得知。

謝鋒跟在王烈身後，到了楊秀的書房中，因為他除了是秀聖門的掌門，同時還是個生意人，所以經常在秀聖門的書房中處理遍佈全國各地的業務。

楊秀為人進取，做生意也以爽直狠辣見稱，到了書房門外，站在王烈身後的謝鋒不禁有點緊張。

說到底，楊秀和王烈不同，前者是生意人，最重利害關係。如果他知道謝鋒如今在江湖的名聲，仍會像以前一樣，對自己百般支持嗎？還是放棄自己，以保存秀聖門的聲望地位呢？

「門沒有鎖，進來吧！」王烈叩門後，聽到裡面傳來楊秀的聲音。

王烈推門而進，謝鋒懷著等候被宣判的心情緊隨其後。楊秀的書房很大，但卻有很多雜物，有形形色色的帳簿、書籍、兵器、裝飾品，加上他醉心五行術數，也有各式各樣趨吉避凶的吉祥物，讓房間看起來十分凌亂。

楊秀正坐在一張巨大書桌後，見到兩人進來，立刻放下本來把弄著的半截長劍站了起來。謝鋒一看之下，發覺正是自己之前在掌門大會弄斷的蝴蝶玉劍，想不到原來給取回來了。

王烈和謝鋒道：「拜見掌門！」

楊秀豪爽的笑道：「不用多禮了。鋒兒，快過來讓為師看看，太久沒有見過你了！」

見楊秀仍是一片關懷之情，謝鋒感到濃濃的暖意，走到他身前。

楊秀拍一拍謝鋒的肩膀道：「鋒兒，做得好。不管外邊的

人怎樣說，你永遠都是我秀聖門的大好男兒，就算他日去當廚子，為師也不會不認你。」

謝鋒深受感動的道：「多謝掌門！」

然後，楊秀在混亂的一處雜物堆中，把一個長方形大木盒拿出來，遞到謝鋒手上。

楊秀欣然向疑惑的謝鋒道：「打開它吧！」

謝鋒毫不猶豫的一手打開木盒，發現內裡藏的，原來是一柄寶劍，一看就知絕非凡品。

楊秀又笑道：「武功上，為師已經沒有甚麼可以教你，這寶劍就當是為師的一點心意吧。」

謝鋒跪倒地上，激動的道：「多謝掌門，鋒兒深受掌門大恩，餘生定會拼死守護秀聖門，永不改變！」

楊秀笑道：「呵呵！不用說得那麼嚴重，快站起來！」

王烈道：「鋒兒，師叔早就說了，我們上上下下永遠也會視你作自己人，不要再杞人憂天了。」

謝鋒愧疚的道：「但是鋒兒這次下山，闖下了彌天大禍，

恐怕會連累了秀聖門。」

楊秀嘆一口氣道：「唉！我跟師叔商量過了，張榮和梅芳的事，我有派人去查。但在真相水落石出之前，就要委屈鋒兒你秘密留在鷹王山，不能到處走動。暫時就當你真的叛出師門，讓所有人都找不到你吧。」

謝鋒毫不考慮就答道：「鋒兒遵從掌門和師叔的差遣。」

這個安排，如果是在兩年前提出，殺了謝鋒也不會接受。但如今的他，卻心如止水，反而很樂於留在秀聖門內。

婚嫁之年

謝鋒等人回到秀聖門後不到十天，就有客人到訪。

這人不是別人，正是丐幫的「無賴俠盜」鄭中飛，他帶著幾個人，推著幾車聘禮，趾高氣揚的說要上門提親。

他指名道姓的要求見秀聖門掌門楊秀，楊秀卻讓他足足等了兩個時辰，才讓他到書房。

終於，鄭中飛一個人挺起胸膛的步入了楊秀書房，卻見到楊秀安坐於書桌之後，兩邊站了王烈、謝鋒、楊榕、楊嬌、關智和張恒等人，陣容鼎盛，看得他眼花撩亂。

鄭中飛見楊秀擺明早知自己要來提親，卻不見楊妍，似乎有心留難，卻硬著頭皮朗聲道：「在下丐幫長老『無賴俠盜』鄭中飛，今日特來拜見楊掌門。」

楊秀一副奇怪的神情問道：「鄭長老大駕光臨，所為何事，難道看中了本門的甚麼寶物，要來個順手牽羊？」

鄭中飛笑道：「哈哈哈哈！楊掌門真愛開玩笑，晚輩的確是看中了秀聖門的，但卻不是甚麼寶物，而是看中楊掌門的三千金楊妍，今日專誠來提親的。我和小妍兩情相悅，望楊掌

門成全。」

楊秀哈哈大笑道：「區區丐幫長老，憑甚麼覺得本掌門會把女兒許配給你呢？」

鄭中飛自豪的道：「哈哈哈！岳丈大人，你只要看看外面的幾車聘禮，件件都是價值連城的寶物，是我多年來的成果。你就會知道小婿要迎娶小妍的誠意和決心。」

楊秀笑得更大聲的道：「哈哈哈哈，金銀財寶，我楊秀還會少嗎？」

鄭中飛一想也是，富可敵國的楊秀，又怎會在乎這區區財寶呢？心念急轉，見楊秀一副早有準備的模樣，忙道：「晚輩對小妍的心可昭日月，有何要求，請楊掌門明示。」

楊秀點頭道：「哈，你這小子果然不笨，告訴你吧，本掌門篤信天命。所以只是要證實你是個福大命大的人，本掌門就把女兒許配給你。」

鄭中飛傻了眼道：「福大命大？如何證明呢？」

楊秀拍了兩下掌，有名小僕從外捧住一個小盤走到鄭中飛面前，小盤上有兩杯酒。然後向鄭中飛道：「這裡有兩杯酒，其中一杯混有劇毒，你要喝下其中一杯才可以娶小妍為妻。為

了小妍，你敢拿命去搏嗎？」

　　鄭中飛心道，這麼古老的點子還有人用呢？他肯定兩杯酒也沒有毒的，楊秀只為了試一試自己有否這樣的膽識。他暗笑了幾聲後，表面卻裝出壯烈的模樣道：「如果不能娶小妍為妻，苟且偷生又何苦呢？就看看老天爺的旨意吧！」

　　言罷，隨便拿起其中一杯酒，一飲而盡。

　　眾人也想不到一向怕死的鄭中飛如此乾脆，也來不及勸阻。

「無賴！你怎樣呢？」門外傳來楊妍的聲音。

　　鄭中飛馬上回頭去看，果然見到楊妍緊張的跑過來，他張開雙手，把她一抱入懷。

　　楊妍焦急的道：「無賴，你怎麼啦？怎會這麼傻，明知其中一杯是毒酒也喝下去。」

　　鄭中飛在她耳邊輕聲道：「這些技倆為夫早就識破了，根本兩杯酒也沒有毒，只是想試一試本長老的膽量吧。」說完，正要把另一杯酒也喝下，卻被楊妍一手打掉。

　　見楊妍的模樣又不像在演戲，鄭中飛疑惑的問道：「不是

來真的吧？」

　　見鄭中飛沒有毒發的跡象，楊妍才放心的答道：「怎會是假呢？誰都知阿爹一諾千金，從不說假話。」

　　安坐書桌後的楊秀大笑三聲道：「哈哈哈，原來你這小子以為我只是試探你，真是多幾條命也不夠你用了。老夫做生意多年，一向敢說敢做。不過總算給你胡裡胡塗選中了，沒有賠了性命，也符合了我的要求。你，可以當我的女婿了。」

　　嚇得出了一身冷汗的鄭中飛連忙拜謝道：「多謝岳丈大人成全。」

　　楊秀道：「哈哈哈，我們秀聖門辦喜事，定要辦得風光體面。你們的婚禮，就在一年後舉行吧。」

　　　　　　θ ｅ ○ ○ ○

　　春去秋來，秋來也秋去，就這樣過去了一年。

　　這一年，謝鋒不聲不響的躲在鷹王山的後山靜修，心境平靜，武功和個人修養皆頗有得著。

　　星華派的人也沒有放棄找尋他，只是沒有想到原來他一直都在秀聖門。其實就算想到，沒有十足把握，也不敢胡亂到鷹

王山找人，以免正道武林失和，讓郭城再有可乘之機。

經過星華派掌門大會一役，門派間的關係轉趨和諧。

江湖上沒有發生甚麼大事，星華派的人曾經聯同寶麗門帶著大隊人馬到成都的聽風山莊找郭城晦氣。只是聽風山莊內一個人也沒有，郭城和他的一眾手下也似是憑空的消失了。

至於仙女庵的三位師太，在鍾鎮的斡旋下，重新投入寶麗門的門下。

伊臣則在徐家大宅內專心照顧徐瀅和女兒康堤，少有在江湖露面。

當然，這一年，謝鋒其實有偷偷的瞞著楊秀和王烈離開鷹王山，易容改裝的去參與了不少江湖盛會，幸好也沒有釀成大禍。

二零零六年一月三十一日，鄭中飛和楊妍結成夫妻。

兩人大婚當日，楊秀在鷹王山筵開百席，廣邀各方好友、武林同道，非常熱鬧。謝鋒也黏著一臉鬍鬚，混雜於其中，湊湊熱鬧。

禮成後，站得遠遠的謝鋒，看著鄭中飛和楊妍笑得燦爛的

模樣，自然而然想到已經不見一年的張栢詩。

想起那晚兩人夜遊會稽後的一吻，一顆心不自覺的躍動起來，更想立刻到會稽一會玉人，以解相思之苦。自言自語的道：「唉！真嚮往以前可以自由自在快意江湖的日子。」

伊臣剛好站在他身旁，向他問道：「哈，大鬍子，如果下山，你想要到哪裡去呢？」

謝鋒不加思索的答道：「當然是會稽城吧！」

伊臣奇道：「竟然是會稽城？」

謝鋒隨口答道：「對呀，想到臣哥的家，看看嫂子和小康堤嘛。」

伊臣笑道：「你這小子，剛才的模樣明顯是想著那美人兒，卻拿我的妻女當藉口。」

謝鋒裝傻的道：「甚麼美人兒？嫂子和小康堤不就是美人兒啦。」

伊臣道：「算了，不揭破你了。臣哥還要給你個藉口，讓你可以名正言順的到會稽城。」

聽見可能可以離開鷹王山，謝鋒喜形於色的道：「甚麼藉口？」

伊臣從懷中取出一個鮮紅色的信封，遞到謝鋒的手上。

謝鋒隨即打開信封，一看之下，果然是伊臣和徐瀅的成親請帖，忙道：「哈，原來臣哥也要成親了，恭喜恭喜！」

伊臣笑道：「見中飛辦喜事辦得這麼高興，我也要和徐瀅完婚了，我始終欠她一個名分。婚禮會於兩個多月後在會稽城舉行，你會來嗎？」

謝鋒道：「臣哥和徐姑娘大婚，我當然要到吧！」

誰知道，就是這麼一個決定，卻讓謝鋒幾乎命喪會稽。

❦ ○ ○ ○

兩個月後，由於有先例可援，謝鋒又打算秘密下山。

上次，大約是半年前，他瞞著了楊秀和王烈，偷偷下山是要到一個人的婚禮。今次，也是因為一個婚禮，成親的人，則是丐幫幫主伊臣和徐瀅，會出席的人還包括王烈、鄭中飛和楊家三姊妹，所以這次他問准了掌門楊秀才下山。

因為有王烈同行，加上謝鋒的事情已經在江湖上逐漸被淡忘，所以楊秀准許了他下山的要求，只是著他事事小心，以免被人認出。

　　一行人浩浩蕩蕩的從鷹王山出發，滿臉鬍鬚的謝鋒裝扮成同行幫忙拿行李的奴僕。

　　途經山腳，見到秀聖門正在興建的武術擂台。原來楊秀覺得星華派當年以比武方式招募人材卓有成效，就此停辦，甚為可惜，所以興建擂台，打算效法星華派，舉行比武大會。

　　經過十多天的船程，一行人又到了會稽城，眾人入住到之前住過的客棧之中。

　　因為身處星華派的勢力範圍，大家都格外小心，幾乎都不會和裝成下人的大鬍子謝鋒說話。謝鋒混在真正的奴僕身邊，倒也樂得清靜。

　　二零六年三月二十三日，伊臣和徐澄結成夫妻，女兒伊康堤一歲半。

　　他們的婚禮，在會稽城最大的閩南樓舉辦，筵開數十席。除了丐幫的幫眾，星華派、秀聖門、寶麗門等等，都有派人出席，盛況空前。

因為應邀而來的人數眾多，所以要分開兩層設宴。有頭有面的江湖名宿、一方霸主也都獲邀坐到上層，主家席的所在，這些人之中甚至包括前丐幫幫主張友友、星華四秀、五散人、寶麗門掌門譚伯麟、秀聖門的王烈等等。

身份地位比較次一級的人士則坐到下層，因為謝鋒現屬奴僕的身份，所以被分派坐到下層。雖然不能和秀聖門的人同席，又難以見到伊臣夫婦，但這樣的安排，讓他遠離上層認識他的江湖人士，被人認出的機會大大減低。

謝鋒出生以來，一向都是眾人焦點中的天之驕子，如今忽然被所有人冷落忽視的感覺，對他來說是非常新鮮。而且下層的人地位較低，大部分人都是市井之徒，大杯酒大塊肉的大吃大喝，毫無顧忌，倒是比上層正正經經的，更為痛快，氣氛更是熾熱。

吃了幾道菜，上層的伊臣夫婦跑到下層來敬酒，讓所有來賓都能夠盡歡。下層的客人見到一對新人到來，立即起哄，各人都站了起來，現場氣氛更是熱鬧。

謝鋒看到簇擁中的伊臣和徐澄對望一眼，相視而笑，幸福甜蜜，這次想到的，卻是已為人婦的王靖菲。

想到去年偷偷離開鷹王山，就是為了出席她的婚禮，最後卻不敢露面，不禁魂斷神傷。

冒險出席她的婚禮，只是想親眼看到這個曾經深愛的女人得到幸福，其實就已經足夠。之後他還遇上了另一件武林大事，正是譽滿江湖的長城三子宣布退出江湖，暫且按下不表。

　　正想得入神，忽然有人拍一拍自己的肩膀，謝鋒回頭一看，原來是「星華四秀」中的車婉，登時魂飛魄散。

　　謝鋒正要運勁逃走，卻見車婉神態友善，不像要動手似的，決定靜觀其變。

　　車婉親切的道：「無歡兄，相請不如偶遇，原來你也認識伊臣夫婦。」

　　聽到無歡這個名字，謝鋒才想到之前曾經以大鬍子的容貌，到了車婉在會稽夜市的占星攤位算命，這是當時被張栢詩胡亂取的名字。

　　知道沒有被識穿而鬆了一口氣的謝鋒含糊答道：「哈，對呀。」

　　車婉問道：「你的小情人呢？」

　　謝鋒答道：「我也不知道，可以替我算一算嗎？」

　　車婉笑道：「這怎有得算呢？」頓了一頓再道：「當晚，

多謝你！」

謝鋒摸不著頭腦的反問道：「甚麼？」

車婉正容道：「我說多謝你，當晚你的一句話，讓我下了一個最合適的決定。」

謝鋒回想起來，當日車婉正煩惱著掌門大會時，應該把票投給心儀的何思思，還是為免星華派分裂而投給文秀秀。自己當晚叫她應該求諸其熱愛的占星術，結果車婉算出來，最好的選擇是要把票投給何思思。

星華派最後也在何思思的大方成全下，避免了四分五裂的困局。所以，車婉覺得自己投了正確一票，今日就向謝鋒道謝。

謝鋒道：「不用謝了，我不過旁觀者清，多口說了一句吧。」

更加篤信占星術的車婉道：「好，居功不驕，你這朋友我車婉交定了。不阻無歡兄喝酒了，我回去上層了，人生上如果再有遇到疑難，隨時到會稽夜市找我吧。」

說完，車婉就獨自走回上層了，還不忘回頭向他笑一笑。

謝鋒看著她走上去的樓梯，正在感受著幫助到別人而得到的快樂，就見到已經醉得滿臉通紅的鄭中飛也跑到下層來。

伊臣夫婦向每枱賓客逐一敬酒，已經走到謝鋒的附近。坐下層的，大半都是較年輕的丐幫弟子，對伊臣一向非常佩服，見他親自下來敬酒，無不熱烈回應，真的做到上上下下打成一片。

鄭中飛跑到伊臣身邊，搖搖晃晃地搭著他的肩膀道：「恭喜幫主，賀喜幫主，總算娶得美人歸了。」

見鄭中飛已經喝得酩酊大醉，也有點醉意的伊臣笑道：「哈！你這無賴不也是好好的成了家。怎麼呢？婚後的生活愉快嗎？」

鄭中飛猥褻的笑道：「當然愉快得不得了，哈哈哈哈，簡直是人生最快樂的時候，當然要和幫主好好分享。」

見徐瀅粉臉泛紅，也不知道是因為聽到鄭中飛語帶相關的話，還是因為喝了一點酒。伊臣笑道：「哈哈，你這小子總是說這些。」

鄭中飛笑得更暢快的道：「哈哈哈哈！不說這些，說甚麼呢？吖！對了。幫主大婚，我這個當長老的當然有賀禮，保證讓幫主和夫人晚晚樂不可支。這賀禮剛才不方便在上層給你，這裡的都是自己人，就不用顧忌了。」

雖然仍然和伊臣他們隔著幾張枱子，但他們的說話，謝鋒

倒也聽得清清楚楚。只見鄭中飛從懷中把一個藥瓶取出，並交到伊臣手中。

伊臣一臉疑惑，鄭中飛則湊近他耳邊低聲說著甚麼甚麼的，說得眉飛色舞。伊臣也聽得入神，更認真的反問了幾句，兩人小聲說大聲笑。謝鋒聽不真切，只是隱隱聽到伊臣說甚麼「我還正為此事而心煩」。

在大批丐幫弟子中間，兩人說了幾句就說完。之後伊臣一看徐澄，笑得甚是開懷。

在場其他丐幫弟子和謝鋒只道是甚麼壯陽補藥，也不過問，而且這確是不太適合在正經八百的上層拿出來，只是想不到原來統領天下群雄、威震八方的丐幫幫主原來有這方面的煩惱。

當晚的宴會，在熾熱的氣氛中結束，真正做到賓主盡歡，各人也在散席後陸續散去。

為避人耳目，謝鋒沒有和王烈等人一同離開，反而跟在那幾個下人身後回客棧。才步出閩南樓的大門，就見到對面有一個人在向自己招手。

這人雖然蒙住了口面，但謝鋒也輕易從其精靈傳神的雙目，認出她是自己不時思念著的張栢詩。

忽然得見玉人，謝鋒隨便找個藉口，就撇下了同行的幾人，自行走到張栢詩的身旁。

　　張栢詩領著他轉到一無人的後巷，兩人並肩而行，無聲仿有聲。

　　走了一會，謝鋒無奈的先開口道：「唉！為甚麼妳每次都可以如此容易就找到我呢？我卻總是不知到哪兒找妳！」

　　張栢詩笑道：「你的好兄弟伊臣大婚之喜，弄得天下皆知，你又怎會不出現呢？加上你這大鬍子這麼易認，有多難找呢？」

　　謝鋒抓頭的道：「我不是在星華派的掌門大會上，已經宣布了跟伊臣和秀聖門恩斷義絕嗎？」

　　張栢詩道：「這種話，只有傻子才相信吧。怎能騙得到我？」

　　謝鋒一想也是，不過更想到如果有其他武林同道跟張栢詩有相同的想法，則大事不妙了。當下暗暗決定，再回到鷹王山後，就不再下山，以免為秀聖門製造麻煩。

　　張栢詩見他沒有說話，俏皮的問道：「大鬍子，你剛才說不知該到哪裡找我，你常常在想我嗎？」

謝鋒口上答道：「當然不會吧，只不過我覺得不公平，我似乎總是不知道妳在哪裡。而無論我裝成甚麼模樣，妳卻總可以輕易找到我。」

張栢詩道：「這是你第一次想知道怎樣可以找到我，我就告訴你吧。本姑娘住在城東的八文樓，你想見我，隨時都可以來找我。」

謝鋒突然覺得自己和張栢詩的距離拉近了很多，至少，她肯把自己的住處告知。

忽然，一人現身兩人身前，攔住了去路。

一看之下，兩人心叫糟糕，來人竟然是久未露面的寶麗門傳人李曼勤。

李曼勤仍是一副有禮得體的態度，友善的道：「謝少俠，很久不見了。這位定是楓揚門的張姑娘吧！」

張栢詩搖頭的道：「本姑娘早已叛出聖門，別要亂說。」

李曼勤點頭道：「原來如此，此事在下並未有所聞。」

謝鋒見他連張栢詩出自魔門的背景也一清二楚，讓他見到自己和這魔門妖女在長街上有說有笑，自己背下的鍋，似乎更

難卸下了。不過，見到有大恩於自己兄妹的李曼勤，還是關切的道：「見到李兄安然無恙，在下非常欣慰，在此感激李兄對舍妹的相救之恩。」

李曼勤抱拳道：「此正為我輩中人應有的作為，不用謝了。在下此來，阻礙了謝兄和張姑娘談心，實在非常抱歉，只是師尊想請閣下到城南的海逸客棧一聚。」

謝鋒知道李曼勤既然已經現身於此攔截自己，定是惡戰難免，憤然的道：「說得好聽，但如果我不從，要硬架我去嗎？」

李曼勤卻絲毫沒有動手的意思，耐著性子答道：「謝兄弟誤會了，去不去見師尊，當然是閣下的自由吧。如果你不想去，在下就此告辭。」

謝鋒想不到李曼勤這麼好相與，正暗自慶幸。卻見他續道：「不過師尊已明言，此事他決定親自處理，不用勞煩其他人。如果明天中午仍不見少俠現身，就會親自出手，少俠好自為知了。」說罷就轉身離去，消失在黑暗的長街之中。

剩下的謝鋒和張栢詩面面相覷，自張榮和梅芳死後，被譽為武林第一人的「腿聖」譚伯麟竟要親自出手！？

腿聖之威

　　寶麗門雖曾為武林第一大派，但是隨著當世四天王的崛起，星華派又在梅芳領導下人材輩出，而新建的秀聖門又來勢洶洶，寶麗門近年的聲勢已經大不如前了。不過，自張榮和梅芳死後，其掌門譚伯麟便儼然成為中原第一人。

　　譚伯麟，外號「腿聖」，一七零年代，大約三十多年前，只有二十歲的他已經在武林上初露鋒芒，和鍾鎮等人組成「勝利五傑」，縱橫江湖，頗受重視。到一八零年代，「劍神」許冠森、「飛刀聖手」羅伯先和「怪傑」林祥等人開始淡出江湖，「勝利五傑」則分道揚鑣，譚伯麟自創「十六路譚腿」，幾乎打遍天下無敵手，威震武林。

　　當時能夠和他相提並論的，就只有「拳聖」張榮和星華派掌門梅芳，三足鼎立。在紅山之巔上，與張榮的一戰，以「暴風腿」鬥「追風拳」，更是精彩萬分，引為一時佳話。

　　他武功高強，很受江湖中人尊崇，連當世四天王之一東魅島主黎日月見到譚伯麟，也會尊稱一聲掌門。話說黎日月本來出自寶麗門門下，剛入門就展現出極良好的武學天分，但寶麗門當時貴為武林第一大派，卻始終受不了其桀驁不馴的個性，最終把他逐出師門，但黎日月始終沒有忘記自己出自寶麗門的事實。

在接到李曼勤的警告後，謝鋒馬上別過張栢詩，趕回客棧時已經夜深，見各人卻仍未就寢，立即把自己身份敗露一事向師叔王烈報告。

秀聖門的幾人和聞訊而至的鄭中飛和伊臣都在房中，王烈聽得眉頭大皺，沉聲道：「鋒兒，譚伯麟這人武功極高，卻有點不近人情，而且脾氣暴躁。如果他認定你是害死張榮和梅芳的兇手，你去見他定是九死一生。我們明天一早就走，先回鷹王山再說。」

謝鋒道：「師叔，事到如今，還是別要再包庇我了。如果寶麗門或者星華派的人知道我根本沒有脫離秀聖門，正道武林恐怕會再次四分五裂，白便宜了郭城。」

王烈微怒道：「別要再說了，我和掌門師兄早就說過，你永遠都是我們秀聖門的首徒。快點想法子，看看如何可以神不知鬼不覺的逃離會稽城吧。」

謝鋒感激的道：「知道了，師叔，鋒兒不會再提了。」

近年長駐會稽城的伊臣提議道：「從會稽城回去鷹王山，最快捷的方法當然是在城中的碼頭乘船到柴桑城，但此舉卻很容易惹起寶麗門和星華派的人警覺。他們只要派人十二個時辰守在碼頭區，你們就無所遁形了。」

王烈果斷的道：「別要在城中坐船了，走陸路吧。」

伊臣點頭道：「讓我送你們一程吧。」

謝鋒道：「臣哥，真的很過意不去，婚後第一天就要你離開嫂子。」

伊臣道：「沒關係，你是因為出席我的婚宴而露出形跡的，我才不好意思吧。」

有王烈和伊臣在，再加上楊榕和鄭中飛，相信就算真的要和寶麗門正面衝突，要全身而退也是不太難的。

不過現在最關鍵的，應該是到底寶麗門的人知不知道謝鋒是隨秀聖門一起來的。如果不知道，只要謝鋒成功逃走，問題就不大了。但倘若對方知道秀聖門一直包庇著謝鋒，事情則會複雜得多了，變成秀聖門聯合謝鋒一同欺騙了整個正道武林，後果不堪設想。所以謝鋒才提議，讓秀聖門置身事外，卻被王烈直接拒絕了。

第二天一早，王烈、楊家三姊妹、伊臣和鄭中飛收拾好行裝，帶著幾車行李從會稽城的西門出城。謝鋒則藏在木箱之中，混在行李之間。

出城時，因為楊秀的生意遍及全國，和各地官府都有來往，

所以城守們都沒有認真檢查就放行。

順利出城後，各人也放下心頭大石，知道至少不用在城中應付寶麗門和星華派的圍攻。大部分人也親眼目睹過張勇在洛陽城被殺的慘況，皆猶有餘悸。如果寶麗門空群而出，他們則要面對譚伯麟、鍾鎮、李曼勤和仙女庵的三個師太，所以即使以王烈和伊臣的強悍，仍要選擇避重就輕，低調離城。

出城不遠，謝鋒、王烈、楊家三姊妹、伊臣和鄭中飛躲進道旁的林中，讓幾名下人領著馬匹和行李繼續往西回鷹王山，他們則察看是否有人跟在後面。

眾人藏在林內直到中午，仍不見有人跟在後方，王烈訥悶的道：「竟然沒有派人追來？」

鄭中飛笑道：「哈！師叔，說不定他們昨晚喝多了，還未起床，錯過了我們出城的時間。」

伊臣奇道：「不會吧，鋒弟的事鬧得這麼大，又消聲匿跡了一年有多，李曼勤難得發現了他，怎會錯過這樣的機會呢？」

樂天的楊妍道：「說不定他們以為鋒師兄今天上午定會到海逸客棧找譚掌門，所以我們走了也不知道呢。」

謝鋒搖搖頭道：「昨晚，聽李曼勤的口吻，他根本就不信

我會去找譚掌門，不過可能他們過了中午才會動手吧。」

楊榕道：「如果他們真的空群而出，怎麼我們等了這麼久也沒有發現呢？」

楊嬌道：「我們還是小心為上，可能他們只是伺機而動，一旦發動，肯定是雷霆萬鈞之勢。」

王烈道：「對，其實他們不用驚動我們，單是譚伯麟一人，就可以不著痕跡的跟在我們身後而不被發覺。」

楊妍看一看後方的樹林，雖正值中午，仍有點毛骨悚然的感覺。向王烈問道：「師叔，譚掌門真的有如此厲害嗎？」

王烈答道：「唉！師叔也不想長他人志氣，滅大家的威風，但譚伯麟的武功，只可以用一句深不可測來形容。他近年已經少有動手，但見識過他的武功的人，連怎樣被他打敗了也未必弄得清楚。」

連一向自負的王烈也這麼說，各人也可以想像到這「腿聖」有多可怕。

伊臣也道：「幾年前，我曾經不知天高地厚的和他過招，才攻了一拳，就被他以爐火純青的腿功破了，再攻不下去。他出招無聲無息，又快如閃電，內功更是霸道的聾人聽聞。我到

第二天仍然行氣不順，才知道自己受了點內傷。」

大家也知道伊臣的武功，實戰經驗又是無比豐富，卻只是一招就被打傷，更是不敢小觀這寶麗門掌門。

王烈仍是一臉沉重的道：「我有點不祥的感覺，還是離開這裡，先跟上其他人吧。」

眾人膽顫心驚的魚貫步出密林，只望盡快遠離會稽城，不用面對這可怕的對手。

哪知道，幾人一走出密林，就見到一名年過五十，雙目炯炯有神的中年男人直勾勾的站在他們面前，更露出一副已經等得不耐煩的模樣。

不問也可從其一代宗師的氣度而知，此人正是成名數十年而不倒的寶麗門掌門「腿聖」譚伯麟。

譚伯麟身穿一件白色長衫，頭戴黑帽，隨隨便便的一站，就有聲如山嶽的氣勢，難動其分毫的感覺。烈日下，他一臉怒容，冷冷的看著謝鋒，視其他人如無物。

其他人也如臨大敵的以扇形圍住了譚伯麟，以防他突然出手。畢竟他在江湖上的名氣太大，沒有人敢掉以輕心。

譚伯麟冷冷的道：「謝鋒！我不是著曼勤叫你到客棧找我嗎？」

謝鋒無奈的道：「謝鋒拜見譚掌門。晚輩是無辜的，張梅兩位前輩的死，真的和我無關。我只是因為要拯救妹妹，才捲入事件之中，不信的話，你可以問問李曼勤……」

脾氣暴躁的譚伯麟舉手截住了他道：「太遲了！我不是沒有給你解釋的機會，但是你為甚麼不到客棧找我，反而作賊心虛的偷偷逃走！」

謝鋒無言以對，知道再說也是徒然。

王烈插口道：「譚掌門，鋒兒當日實在迫不得已，為救星華派之難，才胡言亂語，所以他其實仍是本門中人。此乃敝門私事，如果鋒兒真的做過有辱門楣之事，掌門師兄自會親自清理門戶，不教天下人話柄。」

王烈始終混跡江湖多年，一番話說出來不亢不卑，也給足譚伯麟面子，十分得體。

譚伯麟卻不賣帳，瞪目怒視王烈道：「廢話！涉及到張聖和梅掌門的兩條人命，絕對是天下武林的大事，怎會是貴門私事？我和星華派等了楊秀足足一年多了，卻始終沒有等來一個說法。」

這次，連王烈也無言以對，畢竟是自己理虧在先。

密林之外的眾人，沉默了半晌，大家都知道此事，現在只能以武力解決，所有人都嚴陣以待。譚伯麟轉向謝鋒道：「無話可說了吧！謝鋒，納命來！」

說完，他就原地的自轉起來，速度快得驚人，正是「十六路譚腿」的起手式。

「十六路譚腿」一出，引發出強大的吸力，把附近的所有人捲入譚伯麟的攻擊範圍。強如王烈和伊臣，也感到眼前忽然出現了一個巨型旋渦，似要把自己吸進去，紛紛運功抗衡才不致向前倒下。誰也想不到譚伯麟說出手就出手，而來得那麼激烈，果然盛名之下無虛士。

面對強大的引力，謝鋒、伊臣、鄭中飛、楊家三姊妹和王烈慌忙退後，哪知，卻正中譚伯麟的下懷。眾人後退的一刻，原本合圍之勢迅即瓦解。

譚伯麟以閃電般的速度直飛向正在後退的謝鋒，後發而先至，氣勢如虹，其他人已經救之不及。謝鋒的劍還沒有出鞘，譚伯麟的腿已經以不合常理的速度飛及身前。

「呼！」謝鋒在毫無機會閃避的情況下，下腹中腿，霸道的氣勁直擊丹田氣海，再入侵奇經百脈五臟六腑，鮮血狂噴，飛倒

地上。

謝鋒中腿一刻，其他人仍在後退當中，可見其速度快得多麼可怕。

重創了謝鋒的譚伯麟收腳退回原位，好像沒有事發生過一樣。

其他人馬上跑到謝鋒身旁，王烈把他扶起，見他面色蒼白，眼耳口鼻都滲出血水，觸目驚心。

「念你是故人之後，今天只廢你武功，且留你一命給星華派。王烈，我譚伯麟他日自會親到鷹王山拜會楊老師，看看他是怎樣教徒弟的，後會有期了。」譚伯麟說罷就揚長而去，不再看他們一眼。

✥ ○ ○ ○

謝鋒重新清醒過來，已經是三天之後的上午，他還未張開雙目，就聞到濃烈的藥材氣味。睜眼一望，見自己躺在一間臥室之中，他認得這是徐家大宅的陳設，稍感安心。

他費盡力氣才爬起身來，坐到床邊，全身虛虛蕩蕩的，非常難受。

坐了一會，房門被推開，來人原來是伊臣，他見到謝鋒轉醒過來，喜形於色的道：「鋒弟，睡了幾天，你總算醒過來了。」

謝鋒仍有點意識迷糊的問道：「臣哥，我為甚麼會在這裡呢？」

伊臣道：「當日，譚伯麟在密林外打傷了你，我們見你傷得嚴重，所以立即把你送回來會稽城，讓你好好休息。你師叔、三位師妹和中飛先行回去鷹王山，讓貴派掌門有所準備，因為譚伯麟揚言會到秀聖門找他。」

謝鋒總算回憶起當日的情況，自己和王烈他們被譚伯麟撞個正著，正道武林的分裂在所難免，所以王烈他們才要馬上趕回去，讓秀聖門早作準備。他馬上下床，向伊臣道：「我也要馬上趕回去，為我門出一分力。」

伊臣卻神色一黯的截住他道：「鋒弟，你別要到處走動了。」

謝鋒激動的道：「不成，此事因我而起，我怎能留在這裡苟且偷生呢？」

伊臣吞吐的道：「鋒弟，譚掌門的一腿，恐怕……」

謝鋒察覺到伊臣異樣的神情，冷靜了點的問道：「臣哥，怎麼啦？這譚伯麟雖然厲害，卻還要不了我的命。」

伊臣深吸一口氣道：「你雖無性命之憂，但我和王烈前輩都曾察看過你的狀況，發現⋯⋯」

謝鋒追問道：「到底怎樣？我只覺體內虛蕩蕩的，難以凝聚功力。」

伊臣難以啟齒的道：「我們發現你累積多年的內家真氣，已經被譚伯麟的一腳踢散了。」

謝鋒一聽之下，面色大變，這麼說，即是他已經變成了一個內力全無的廢人。儘管劍招眼力仍在，但沒有內力支持之下，出劍根本沒有殺傷力。而即使看破對方的招式，擋住了，仍會為其內力所傷。

就算只是遇上一個普通的習武之人，也能輕易把謝鋒打得四腳朝天。

本來，以謝鋒現在的心態，就算武功全失也不會太傷心。他得罪了整個正道武林，郭城等人也會視他為眼中釘。仇家遍地，他仍可以選擇躲起來。但現在最大的問題，是他還把秀聖門都捲入事件之中，自己卻無法為本門出一分力。

寶麗門和星華派的人，肯定會到鷹王山要楊秀交代一切，有理說不清的情況下，恐怕難以善罷。

所以王烈他們在知道謝鋒的情況後，馬上趕回鷹王山，其中一個原因，就是怕武功全失的謝鋒醒來後要以身殉道。

謝鋒急道：「不成，我要馬上趕回秀聖門！死，我也要跟大家死在一起。」

伊臣道：「唉！鋒弟，你回去又有何用，至多只是多賠上一條性命吧。你現在應該專心養傷，說不定有方法讓你功力盡復，我正在為你到處打聽。」

謝鋒當然知道伊臣說的是事實，但又做不到對秀聖門的事不聞不問，頹然道：「臣哥，不用騙我了，我已經武功盡廢，怎還有機會功力盡復呢？」

伊臣見謝鋒似乎重燃了一點鬥志，向他鼓勵道：「天下無難事，只怕有心人。」

話雖如此，但謝鋒在之後的幾日不斷努力，仍是毫無進展，體內的真氣始終無法凝聚。伊臣那邊也沒有甚麼消息，讓心繫秀聖門安危的謝鋒無比急躁。

這天，謝鋒如常在徐家大宅內練氣，卻愈練愈是心浮氣躁，難以集中。

他情緒低落，既可惜自己多年修練，卻被蠻不講理的譚伯

麟毀於一旦，又擔心消息傳出後，秀聖門會被正道武林的鄙棄，甚至上山迫宮。

於是，明知會有危險，謝鋒仍黏著一臉大鬍子的跑到徐家大宅之外。始終，這裡和自小就長居的鷹王山不同，他整天留在大宅之中，總是會感到非常氣悶。

他漫不經心的在市內閒逛，不知不覺的就到城東，走了一個上午，才在整個城東區最繁華的一條街上，看到八文樓的牌匾，原來八文樓是一間專賣包點的食肆，店面寫著「馳名鮮魚包」。會稽城臨海，盛產海鮮，這店鋪想到把鮮魚釀到包子之中，倒是大受歡迎、客似雲來。

謝鋒一眼看去，就見到包裹著頭巾、灰頭垢面的張栢詩站在櫃檯收取銀兩，忙個不停，茫然不知自己的到來。這才知道，原來她之前一直在這裡賣包子。他走進店內，安分的排隊到了櫃檯前，以古怪的聲線向她叫道：「兩個鮮魚包子！」

張栢詩沒有看他的臉就答道：「鮮魚包子早就賣光了，明天早點來吧。要不試試牛肉包、豬肉包甚麼的？」她似乎已經習慣了每天應付慕名而來卻又買不到招牌包點的客人，話說起來非常熟練。

見對方沒有回答，又想到聲音如此奇怪，張栢詩才抬頭一看。一看之下，就見到滿臉鬍子的謝鋒正在做著鬼臉。

她喜出望外的道：「大鬍子？你真的來了！」

謝鋒笑道：「對呀！有在想我嗎？」

張栢詩俏皮的答道：「鬼才想你！」話雖如此，但卻是笑得甜絲絲的，誰都知道她說的是假話。她見排在後面買包子的人開始等得不耐煩，就向謝鋒道：「你這大鬍子先到店內找個位子坐下，我待會再招呼你。」

謝鋒依她所說，走進店子內，見裡面也很寬敞，很多食客也在用餐，他也找個位子坐下。

坐了一會，張栢詩就放下了工作，來到謝鋒身邊坐下。她才坐定，就急不及待的問道：「你這人不是馬上要趕回鷹王山嗎？怎麼忽然會到了這兒找本姑娘？」

謝鋒頹然道：「唉！別說了，出城不久，就給譚伯麟截個正著。」

張栢詩色變道：「甚麼？你遇上了譚伯麟，他居然沒有立即殺了你？據說他罕有出手，但卻很少留活口的。」

謝鋒苦笑道：「哈！他好像說要把我的命留給星華派的弟子。」

之後，謝鋒就把自己的情況告訴張栢詩，她聽到謝鋒的真氣被譚伯麟踢散了，很可能從此不能習武，也為他傷心不已，反倒要謝鋒安慰她起來。

　　張栢詩認真端視了謝鋒一會，見他也是鬱鬱寡歡、強顏歡笑的模樣，向他笑道：「哈！本姑娘有辦法，定可以讓你這大鬍子快樂起來。」

　　看著她不懷好意的笑容，謝鋒警覺的道：「不是又要去賭坊吧？」

当世

四大天王

當世
四大天王
黎◦郭◦劉◦張

東魅島主

　　謝鋒跟在張栢詩身後，在城裡左穿右插，她對會稽城的一帶似乎非常熟悉，前者問道：「栢詩，妳對這裡的路倒是很清楚。」

　　張栢詩理所當然的答道：「本姑娘從小就在八文樓長大，只是後來阿爹和娘親分開了。我十多歲開始，就跟著師尊東奔西走，浪跡天涯。只是決定了退出聖門後，才回到這店幫忙。」

　　謝鋒總算知道多一點關於她的過去，再問道：「其實妳的師尊是甚麼人？」

　　張栢詩露出尊敬的神色道：「我師父大有來頭，年青時叱吒風雲，武功直追拳腿二聖，但你不要再問了。我雖然脫離了魔門，但也不能洩露聖門的秘密，始終師尊一直對我很好的。」

　　謝鋒一時之間也想不到當年有誰武功能直追拳腿二聖，但見她不願多談，也就不再追問。顧左右而言他的問道：「妳剛才不是說有辦法嗎？」

　　張栢詩牽著謝鋒的手站了起來道：「大鬍子，走吧，我先帶你好好看看我度過童年的地方吧。」

走在城東舊城區的橫街窄巷，聽著張栢詩說著自己童年趣事，謝鋒倒暫忘了失去武功的不安和對秀聖門的擔憂。不經不覺，就到了黃昏時分，為免伊臣擔心，謝鋒打算天黑前回去。

兩人手牽著手，儼然就是一對小情侶。

謝鋒向另一手拿著冰糖葫蘆的張栢詩道：「栢詩，快天黑了，我要先回去了。」

張栢詩卻急道：「不成！我還要帶你到一個地方。」她看一看天色，自言自語的道：「應該差不多了，快跟我來。」

看到張栢詩如今的模樣，謝鋒就自自然然想到兩年多前，在武陵城初次見到她的情境。不忍心拒絕下，就跟她到了剛剛開張的夜市。

果然，張栢詩一手就把謝鋒拉到門口寫住「占星」二字的紅色小帳篷內坐下。

車婉見到他們，微感錯愕，頓了一頓才開口道：「原來是無歡兄和傾城姑娘，我剛剛開張，你們就來了。」

張栢詩道：「對呀，我們逛了整個下午，就是為了等大師妳。」

謝鋒這才知道，原來張栢詩早就決定了要到這兒找車婉，只是因為剛才夜市還未開張，才帶自己在城內遊覽。

　　車婉欣然道：「兩位這次想問甚麼呢？」

　　張栢詩道：「還是姻緣。」

　　謝鋒沒好氣的看了看她，她才道：「不，這次問前程，這大鬍子的前程。」

　　謝鋒寫下自己的生辰八字後，車婉立即熟練的左算算右算算，半晌後才道：「無歡兄，卦象指示，你這次仍是有驚無險、否極泰來，甚至很快會迎來新的轉機。」

　　張栢詩向謝鋒笑道：「哈，大鬍子，都說你命不該絕吧。」

　　見到她愉快的模樣，連一向不迷信占星之術的謝鋒也好像覺得事情會有轉機，陪她笑了起來。

　　張栢詩馬上向車婉道：「大師，好了，可以問姻緣了。」

　　車婉搖搖頭道：「同一件事，不能算兩次的，我一年前已經為你們算過，所以不能再算了。無歡兄命格忌金，偏偏傾城姑娘命帶五個金。如果你們走在一起，女的會剋制住男的一切，輕則有血光之災，重則有性命之憂。」

聽車婉這麼一說，張栢詩大感沒趣，拉著謝鋒就要離開。

臨行前，車婉語重心長的向謝鋒道：「無歡兄，星相之學只是占得個大概，一切好自為知。」

略感奇怪的謝鋒向她點一點頭，表示明白，就和張栢詩穿帳而出。

在帳篷外，天色接近全黑，謝鋒向張栢詩道別。

張栢詩大有情意的問道：「再見了，大鬍子，我們甚麼時候再見呢？」

看著這嬌艷欲滴的美人兒，謝鋒反問道：「妳想何時再見到我呢？」

張栢詩大膽開懷的道：「明天就想見你了。」

一時兒女情長的謝鋒道：「好吧！我明天再找妳，可以嗎？」

張栢詩點頭道：「太好了，明天早上，在八文樓等吧，讓你好好一嚐著名的鮮魚包，保證你會喜歡。」

謝鋒笑道：「好，一言為定。」

❻ ❍ ❍ ❍

　　回到徐家大宅，天色已經全黑。伊臣在門外探頭張望，一臉憂心，見到謝鋒才面露笑容，顯然在等著他。

　　謝鋒帶歉意的道：「不好意思，我自己跑到外頭，要臣哥你為我擔心。」

　　伊臣爽朗的笑道：「哈，沒關係，終日躲在屋內，難免會氣悶，出去走走也不錯。來來來，先入屋再說。」

　　兩人邊走邊說，伊臣道：「我之前把你的情況告訴了一個高人，他回覆了信函，說可能有辦法把你的功力恢復過來。」

　　謝鋒聽得精神一振，忙問道：「甚麼人這麼厲害？」

　　伊臣道：「他就是詹老頭的徒弟，人稱『雷公』的雷頌。」

　　謝鋒道：「哦！原來臣哥也認識這人，他怎麼說？」

　　伊臣道：「我不認識他的，不過最近他有事要向我查問，所以託人拉上了點關係。」

　　謝鋒好奇的問道：「哈，據說無所不知的雷頌，竟然也有事找你。」

伊臣低聲的道：「對呀，他向我查問令牌的事。」

謝鋒問道：「劍神令牌？」

伊臣道：「是的，他問我，在成都搶我令牌的人是誰。」

謝鋒奇道：「你知道他是誰嗎？」

伊臣道：「其實我也不知道，不過一年多前，在星華派掌門大會見過劉華後，我有點懷疑是他，但不太肯定。」

謝鋒道：「他怎麼會是這種人呢？」

伊臣道：「所以我也不敢肯定，只是不知怎的，總覺得那人就算不是劉華，也會和他有點關係。」

謝鋒想到劉華那大義凜然的正氣模樣，殺了他也不信他會幹出這等偷雞摸狗的事。

兩人沉默了半晌，伊臣續道：「言歸正傳，雷頌說你的情況基本上不可能再恢復過來，但他卻有把不可能變成可能的通天本領。不過，他要親自見到你，才能決定用何種方法讓你復元。」

謝鋒道：「太好了！」旋即又頹然道：「他知道要救的人，

是我謝鋒嗎？」

伊臣道：「放心吧！他知道你的事，不過他好像不太在意，還說會叫人來找你。」

謝鋒點頭道：「這就好了。」忽然又想到，如此一來，不就是即將又要和張栢詩分別嗎？不禁神色一黯。

伊臣察覺到他神色有異，問道：「怎麼啦？」

謝鋒尷尬的問道：「臣哥，想和一個人共同生活，會有甚麼感覺呢？」

伊臣啞然失笑道：「哈，原來是去會佳人，怪不得神不守舍的，你這小子一出去就被情所困。」

謝鋒道：「別笑我了，快回答我的問題吧，你是甚麼時候決定要娶嫂子的呢？」

伊臣道：「其實這種事，說也說不清，我第一眼看到她，就知道她就是我命中注定的人。或者簡單點說，閉起雙眼，你最掛念誰？這人就是對的人。」

謝鋒點頭道：「原來如此，我今晚試試看。」

❸ ○ ○ ○ ○

第二天一早，仍是一臉鬍子的謝鋒就跑到張栢詩所在的八文樓，發覺已經其門如市。

避開了在門外排隊買外賣的人龍，謝鋒走進店內就見到張栢詩悠悠閒閒的獨據一桌，輕鬆寫意的品茗著熱茶。

謝鋒坐到張栢詩的身旁道：「張姑娘，早晨。」

張栢詩笑道：「大鬍子，快坐下，我去拿包子過來，差不多要賣光了。」言罷，就走到廚房，把熱騰騰的蒸包子拿出來。

包子才放到枱上，謝鋒馬上拿起一個，大快朵頤，果然美味可口。

謝鋒連吃了幾個，才滿足的向張栢詩道：「栢詩，有個好消息要告訴妳。」

張栢詩平靜的道：「甚麼好消息？」

謝鋒低聲道：「臣哥找上了雷頌，說有可能讓我武功盡復。」

張栢詩喜道：「這就好了！」

當世四大天王

謝鋒道：「不過有可能要離開這裡一段時間了。」

有點失望的張栢詩道：「沒關係，身子要緊。」

謝鋒道：「我很快會回來找妳，等我！」

張栢詩笑道：「好吧，謝鋒，萬事小心。」

謝鋒道：「放心吧，車婉說我這人總會有貴人相助，死不了的。妳也要好好照顧自己，別要累壞身子。」

張栢詩笑了一笑，想起甚麼的道：「對了，我要提醒一下你。郭城這人聰明絕頂，做事更絕不馬虎，他當日既然敢闖入星華派的掌門大會，不會只帶著黑袍客。我敢肯定灰袍客當時也在現場，更可能以其他身份作掩飾，只是表面上跟郭城作對，到最關鍵的時候才現身。」

謝鋒想起當日的情境，仍是膽顫心驚的道：「幸好後來劉華來了。」

張栢詩卻有點不以為然的道：「你覺得劉華真是那麼熱心救星華派嗎？」

謝鋒理所當然的道：「當然吧，無論去到哪兒，任何人要是說起劉華，都是讚不絕口的。」

張栢詩道：「對，他的確很得民心，受萬民愛戴，但好好的一個武林中人，卻如此著力收買人心，意欲何為呢？」

「阿彌陀佛！連大仁大勇的劉天王也被妳這妖女懷疑，可悲可悲！」鄰桌的人忽然高聲叫出了一句。

兩人一看，就知道形勢不妙，坐在身後一桌說話的人，竟然是星華五散人之首，衛建和尚！

回頭一看，身邊幾張桌子，也坐著了星華三護法、志安道人、永康道人、梁文漢和劉龍，已經完成合圍之勢，附近的食客也都早就悄然離開。謝鋒和張栢詩兩人只顧和對方說話，竟然對此一無所覺。

車婉徐徐的從門外而至，憤然的道：「謝鋒，曼勤兄在伊幫主大婚當晚識穿了你的偽裝後，已經著人通知本門，你化身成大鬍子的模樣。我一聽之下，已經想到是你，只是想不到你仍敢以這個形象找我占卜，視我星華派如無物。」

衛建和尚接口道：「於是，車師妹將計就計，替你們占卜後，就悄然跟在你身後。卻想不到，原來你一直寄居在伊幫主夫人的家，車師妹還看到伊幫主親身到門外接應你。」

謝鋒暗呼失策，早就應該想到有此破綻，但現在已經恨錯難返，還連累了伊臣。

事已至此，一切只能以武力解決了。可惜謝鋒武功盡失，而就算武功猶在，恐怕也絕非三大護法和五散人的對手。何況還有可能早就窺視一旁的文秀秀、楊子嬋和何思思。即使搭上個張栢詩，也決難倖免。

　　衛建道人續道：「掌門師妹帶著子嬋和思思去了找德高望重的林祥前輩來主持公道，要罷免伊臣的幫主之位。」

　　另一桌的蔡智叫道：「謝鋒，今日就要你為自己做過的事負責，你要自己來，還是要我們動手？」

　　劍拔弩張，一觸即發之際，牆角一枱未有離開的食客吸引了所有人的注意力。

　　一名身穿白色長袍、溫文儒雅的中年男人獨佔一桌，桌上已經放了幾碟小食，向店小二叫道：「小二，請先給我一杯白開水，我不習慣空肚吃早點的。還有，給我來兩個鮮魚包。」

　　小二面有難色的答道：「不好意思，鮮魚包子賣光了，因為鮮魚有限。」

　　那中年男子皺眉道：「甚麼？沒有了鮮魚包子？」

　　小二道：「客倌，你可以試試我們的牛肉包或者是豬肉包，製法和鮮魚包一樣的，只是餡子換成了牛肉和豬肉。」

那中年男子揮手道：「不用了，我是來吃鮮魚包的，鮮魚包子沒有了鮮魚，就不是鮮魚包了。」

眾人都停下來，看著這奇怪的一幕。

他們停下來的原因，都是因為這個男子。謝鋒看人也有點心得，有種人，一看就知道不是普通人，這個人，正正就屬於這一種。

而星華派的人停下來，也是因為這個執著得有點古怪的男人，不過，他們卻知道他是何方神聖。

此人正是近年甚少在江湖露面，「當世四大天王」中的「東魅島主」黎日月，沒有人知道他為何會碰巧出現在這裡。

他看著謝鋒和星華派等人，詭異的笑了一笑，然後站了起來，慢慢走到謝鋒和張栢詩的一桌坐下。黎日月站了起來，眾人才驚覺他完美無暇的高大身形，每走一步，都散發著從容不迫的風采，讓人難以把視線移開。

星華派的人嚴陣以待，但都不敢輕舉妄動。

黎日月溫柔的問道：「兩位剛才說起關於劉華的事，可以繼續說嗎？」

江湖一直有傳聞說，他跟劉華不和，而事實上，和他友好的武林人士，也沒有幾個。只是不知為何，他會對劉華的傳聞有興趣。

見謝鋒如臨大敵的看著週遭的人，黎日月安撫他道：「不用管他們了，只是星華派的人吧，梅芳之後，似乎想不到有甚麼厲害角色了。」

志安道人坐不住了，大聲呼喝：「哼！黎日月，當年的比武大會，你只是我的手下敗將，如今竟敢大言不慚！」

全場靜默了半晌，黎日月虎目環顧眾人，看到最近他的蔡智，輕聲說了句：「垃圾……」

蔡智大怒道：「為甚麼看著我？你說我是垃圾嗎？」

見蔡智大發雷霆，黎日月滿帶歉意的道：「不是不是……不要誤會，我不是針對你一個人。我是說在座各位……都是垃圾。」

那張狂的口氣配上平和的態度非常突兀，但卻是黎天王一貫的作風。在座的人公然受辱，沉不住氣的站起身來。蔡智首先出手，他閃電離坐，一劍直刺向黎日月，蔡傑和蘇一威也隨之而起。

黎日月不慌不忙，還微笑道：「師兄，劍不是這樣耍的。」
他也把腰間的窄身長劍拿出，似是隨手一揮，卻正中蔡智的劍
鋒，一下就把其劍遠遠蕩開，直插橫樑之上。

　　身旁的蔡傑和蘇一威也不知何時，手臂被割破了一道淺淺
的血痕，難作寸進。

　　最令人感到毛骨悚然的，是黎日月似是沒有動過手一樣，
仍然安坐椅中，神態自若。蔡智掉到地上，也沒有摔破半件店
內的椅子桌子。

　　黎日月用勁之巧，簡直到了匪夷所思的地步。一時間，在
場的人都被他震懾了。

　　衛建和尚蕭然而立，向黎日月道：「謝鋒已經親口承認毒
害了先掌門梅芳，本門的人要把他帶到星華派受審。黎天王，
你要橫加阻攔嗎？」

　　黎日月仍是一副不溫不火的態度答道：「話是說得合情合
理，但是，你有說道理的實力嗎？」

　　永康道人出言恫嚇道：「這麼說，黎天王決定以天下武林
為敵吧！」

　　黎日月露出嘲弄的神色道：「我從不管別人怎麼看我，反

正無論我是好人還是壞人，都有人會認為我是壞人。」

志安道人道：「滿口歪理！看招！」

說到尾，他是同意黎日月的話。道理，其實是在你有絕對實力的時候說的。他一下手刀，劈向安坐椅子的黎日月。永康道人也配合著他的攻勢，抓向黎日月的腰間要穴。

黎日月一聲不響的揮舞著長劍，面露微笑，舉手投足都無可挑剔。長劍彷彿轉活過來，靈巧地先後擊向志安和永康道人。兩人無論如何變招，總是被他的劍早一步封死了進攻的路線。表面上，看似破綻處處、虛不設防的黎日月，但他手中的劍一動起來，卻總早著先機，讓人攻無可攻。

劍法使到如斯境界，可說是空前絕後了。

兩人無奈攻下去，卻被黎日月的劍輕鬆掃開，退到兩旁。衛建和尚和梁文漢也接力加入戰團，前者一躍而起，居高臨下的以「真假快腿」攻向黎日月。梁文漢則以「七友七絕掌」貼著地攻向黎日月下盤，務求要他難以兼顧。

黎日月瀟灑的一手把長劍射向騰空而來的衛建和尚，然後專心地以雙腳點向滾地而至的梁文漢。

要知道，一般用兵器的人，等閒不會輕易讓慣用的兵器脫

手，以免手無寸鐵下任由宰割。黎日月卻不拘泥於此，反而主動把長劍拋出，教人意料不及。

上方的衛建和尚見長劍突然如箭矢般直射向自己的胸口，大吃一驚，馬上把直攻向黎日月的右腿改為向上方踢去。「噹！」的一聲，剛好踢中劍身，長劍向上拋飛，長劍附帶的氣勁，也把衛建和尚迫得向後跳開，無功而還。

下方的梁文漢無暇觀看衛建和尚的情況，全力以雙掌攻向黎日月，但他的掌心，不偏不倚被黎日月的腳尖點個正著，欲避無從，中腿後如遭電殛，氣血翻騰。

梁文漢被打退之後，長劍剛好飛臨黎日月的上方，他保持著笑容，一手高舉本來掛在腰間的劍鞘迎向長劍。長劍恰如其分的直飛入鞘口，時間、角度和力量計算之準確，教人嘆為觀止。

「鏘！」的一聲，黎日月還劍回鞘，把劍連鞘的放到枱上，動作渾然天成。

只消半盞茶時間，他就輕輕鬆鬆的分別打退了三大護法和四散人，只有劉龍和車婉還未出手，但他們更不可能勝過遊刃有餘的黎日月。

最令人畏懼的，是他那份從容淡定的態度，似是沒怎麼出

過力，敵人就全部自行倒下了。

衛建和尚見黎日月插手到星華派和謝鋒之間，雖然怒不可遏，但知道即使是掌門文秀秀親來，也勢難討好。於是雙手合十，向黎日月道：「黎天王，是非曲直，天下自有公論，今天我們不奉陪了。不過，閣下給星華派留下的記憶，本門定會銘記於心，他日必有回報。」

黎日月仍是一副視天下人如無物的態度，漫不經心的答道：「衛建和尚，言重了。」

衛建和尚轉身向其他星華派的同門道：「我們走！」不一會，他們就真的走個一乾二淨。

面對謝鋒和張栢詩滿臉的疑問，黎日月只冷冷的盯著二人。

當世
四大天王

外島成婚

對著這個舉手間就打退了星華派眾人，名震天下的「當世四大天王」，連膽大包天的謝鋒和張栢詩也有點不知所措。

黎日月平和的向謝鋒問道：「你就是把江湖鬧得天翻地覆的謝鋒嗎？」

謝鋒汗顏的答道：「正是在下，謝黎天王相救。」

黎日月道：「不要誤會，我趕走他們，不是為了要救你，只是我自己不太喜歡星華派的人罷了，所以不用謝我。」

之後他卻道：「不過此地不宜你們久留了，跟我來。」

黎日月的話說出來，總有種讓人無法拒絕的魅力。光天化日之下，兩人乖乖的跟在他身後，不一會就到了城裡的碼頭區。

謝鋒和張栢詩對望一眼，前者心道，難道要把我們帶到神秘莫測的東魅島？張栢芝則在掛心八文樓會否被星華派的盯上，和店裡的伙計的安危。

果然，黎日月不發一言的把兩人領到一艘佈置典雅的小船上。

三人上船，剛步入船艙，小船就揚帆起航了。

船艙內，是一個美輪美奐的小偏廳。兩人見黎日月坐下，似是有話要對他們說，也跟著坐在他兩旁。

哪知坐了下來，黎日月卻不發一言，只是悠閒地品茗著杺上預先有人準備好的熱茶。

謝鋒耐著性子的等了一會，就開口問道：「黎天王，星華派的人定會追來，這船抵擋得住戰船的箭矢嗎？海戰的性能又如何呢？」

黎日月只懶洋洋的答道：「東魅島的船，沒有人敢動的。」說得自信滿滿的，事實上，黎天王的船，天下間又有誰敢招惹呢？

謝鋒還待追問，就被黎日月截停了，並說道：「不用問了，我是受人所託，要把你帶到東魅島，其實我也不太清楚詳情。到達目的地後，自會有人向你們好好解釋。現在，好好享受一下杺上的上等茶、清涼的海風和優美的海浪聲吧。再不然，好好聊聊天也是好的。」最後兩句，倒是說得相當友善。

話雖如此，謝鋒和張栢詩向不知道可以和他聊甚麼，特別是連自己正在去見誰也不知道的當兒。

見謝鋒眉頭大皺，黎日月道：「別是愁眉苦臉的，趁著年輕，應該好好享受青春才對。」

憂心忡忡的謝鋒如實答道：「唉！黎天王，實不相瞞，在下如今前路茫茫，實在是乏善足陳。星華派的追殺事小，大不了一死。但他們找不到我，定會遷怒於秀聖門，還有丐幫的伊臣，甚至剛才吃鮮魚包的八文樓，都可能會被牽連。」

黎日月喃喃自語的道：「吃不到八文樓的鮮魚包倒是可惜。」又向謝鋒不屑的道：「所謂天大的難題，原來是星華派，怕他甚麼。你道想殺郭矮子的人多，還是想殺你這小子的人多呢？」

謝鋒一想也是，郭城一手覆滅了獅子門，又奪了「星」字和「寶」字的劍神令牌，更在掌門大會上得罪了所有正道人士，卻沒有人能奈何他。無奈答道：「當然是想殺郭天王的人多。」

黎日月滿意的道：「對了，那郭矮子還不是活得好好的。」

謝鋒仍是頹然的道：「唉！但是我如今武功盡失，又怎能和輕功高絕天下的郭城相提並論呢？」

黎日月微微一笑道：「你不用為此而煩惱，正所謂坎坷過後有艇搭。告訴你吧！委託我去找你的人，就是『雷公』，他說不定能為你帶來好消息。」

「雷公」就是有「江湖妙手」之稱，能化腐朽為神奇的武林奇人雷頌。

聽到黎日月說，要去見的人原來就是雷頌，謝鋒沉重的心情舒緩了不少。至少，自己回復功力也有個希望。

船艙內，黎日月竟真的親切地跟謝鋒和張栢詩聊天起來，跟他性情古怪、難以相處的傳聞大相逕庭。

三人說著說著，自自然然的就談到劉華，黎日月面色一沉的道：「劉華既是馬來國的乘龍快婿，位高權重，更有傳是大漢的皇室成員，是為當今聖上的族叔。」

謝鋒吐舌道：「原來劉天王的出身這麼厲害，當今聖上也要叫他劉皇叔！」

黎日月不厭其煩的解釋道：「對，如今的皇帝叫劉協，登位時才九歲。十七年前董卓入京，廢掉當時的皇帝劉辯，讓他登上皇位以提高自己的威望。」

接著又悲天憫人的歎了一口氣道：「唉！可憐當年只有十四歲的劉辯，退位後不久就死了。」

張栢詩問道：「他是被人害死嗎？」

黎日月道：「還不是董賊做的好事，當時十八路諸侯起兵討伐他，要為劉辯復辟皇位。董卓一怒之下，直接派人毒死了他。死後，還只能安葬在一名宦官的墓穴之中，千古帝皇，未有過如此不堪的待遇。唉！」

幾句話說來，盡顯黎日月的見識才學，以至對董卓為禍的憤慨。

謝鋒卻萬分景仰道：「劉華原來出身自帝皇之家，掌門大會當日仍肯以身犯險解星華派之圍，實在難得！」

黎日月卻嗤之以鼻的道：「我很了解他，他這人一向小心謹慎，絕不會冒這種險的。當日定有大軍隨行，否則他絕不會現身。」

張栢詩也點頭道：「劉華肯定不像表面看來這麼簡單。」

謝鋒卻不以為然，他始終認為，天下間肯定有不顧私利、為國為民的英雄，而劉華正正就是這種人。

❦❦❦❦

幾天之後的一個晚上，船終於泊岸，果然如黎日月所說，他們沒有受到任何滋擾。這幾天，謝鋒和張栢詩都在船上度過，卻沒有機會再和黎日月說話，總是見到他獨個兒站在船首，不

發一言的看著大海，眼中不時閃著智慧的光芒。

　　船停泊在一個孤島的小碼頭，兩人跟在黎日月身後，走到一間房舍的門外。黎日月向兩人道：「雷公就在裡面，我不進去了，明天再見吧。」

　　兩人還未答話，黎日月已經自行離去。顯然，這裡就是武林上神秘莫測的東魅島，黑夜裡更顯陰森。

　　謝鋒大著膽子到門前叩門，裡面傳來一把中年男子的聲音答道：「進來！」他推門而進，見到屋內有一人，他一副憂心忡忡的模樣站在一幅放在桌上的地圖上比劃著甚麼來著，神情凝重。

　　這人見到兩人進來，喜形於色的迎上他們道：「哈，謝鋒，總算盼到你來了。」又望向張栢詩道：「這位定是張姑娘了。」

　　面對對方熱情的態度，謝鋒尷尬的問道：「前輩，我們認識的嗎？」

　　那人笑道：「哈，你謝鋒把天下鬧得天翻地覆，怎會不認識你呢？放心吧，那些謠言，我一句也不信。對了，我還未自我介紹，我叫雷頌，江湖朋友給面子，都叫我做『雷公』，說得我好像很年老的。」

當世四大天王

這個似是學究天人的中年男人，果然就是雷頌，他友善的請兩人在桌前坐下。

　　三人都坐好，謝鋒馬上問道：「前輩，你可以助我回復功力嗎？我要趕回鷹王山，助他們對抗敵人。」

　　雷頌胸有成竹的答道：「我有九成把握可以治好你，不過有一個條件。」

　　天下間果然沒有不勞而獲的事，謝鋒問道：「雷公，有甚麼條件？」

　　雷頌答道：「我要你替我做一件事。」

　　謝鋒馬上提高警覺的道：「只要不是傷天害理、為禍武林的事，在下都可以答應。」

　　雷頌道：「放心，這事反而是造福萬民的。」

　　謝鋒道：「好吧，請說出來，只要在下力所能及，定會替前輩辦妥。」

　　雷頌道：「好！我要你到劉華的書房中，偷一件東西。」

　　謝鋒奇道：「你要我去偷劉華的東西？甚麼東西？」

雷頌一字一句的道：「傳國玉璽！」

　　謝鋒和張栢詩更是奇怪，要知傳國玉璽一直都是皇權的象徵，由秦到漢都是帝王的綬印。十六年前，董卓為避討董十八路諸侯而強行遷都到長安，更在百年古都洛陽放了一把火。洛陽大火之後，玉璽就從此消聲匿跡，一直有傳落在討董聯軍先鋒孫堅手中，他死後又傳予其長子孫策。雖然此事始終未得到證實，但玉璽怎麼會出現在劉華的書房之中呢？

　　雷頌見兩人疑惑的神情，解釋道：「雖然我不太清楚為何此物會落在劉華手中，但此事確有點真憑實據，所以想你去證實一下。」

　　謝鋒猶豫的問道：「為甚麼會選我？」

　　雷頌不答反問道：「你怎麼看劉華這人呢？」

　　謝鋒堅持自己的看法，正容道：「當然是大英雄、大豪傑，當日星華派掌門大會，明知郭城人強馬壯，仍以身犯險，只帶四名護衛就上山救星華派，讓他們不用覆滅於郭城之手。」

　　雷頌道：「實不相瞞，郭城所用的內功『純真傳氣』為在下所創，我和他的關係也曾經非常密切。他的確是一名不世出的武學奇才，短短時間就把如此複雜的內勁融會貫通，還巧妙地應用在輕功上。」

謝鋒想想郭城在洛陽展現出來的身手，點頭道：「他確是非常屬害。」

雷頌續道：「玉璽在劉華手上的消息，正是從郭城口中得知的。」

張栢詩對郭城認識比較深，插口道：「前輩，郭城為人狡詐，說不定他是騙你吧。」

雷頌卻搖頭道：「當時的他是不會騙我的，因為我們仍然合作無間，只是後來我發現他野心太大，才分道揚鑣。後來，獅子門一夜之間覆滅，惹起了我的警覺。於是我一直調查下去，發現矛頭直指向郭城。」

張栢詩還是不太明白，問道：「的確，郭城就是一手消滅獅子門的人，但跟劉華有甚麼關係呢？」

雷頌道：「我順藤摸瓜的追查聽風山莊，發現他們竟派人日夜監察劉華在南方交州的王府。我好奇心驅使下，也派人守在該王府門外，竟有驚人發現。」

謝鋒和張栢詩對望一眼，在這陌生的孤島、日月無光的晚上，聽著武林奇人說著江湖的秘聞，都感到詭異莫名。

雷頌續道：「幾個月下來，我們的人發現劉華暗中招兵買

馬，更和不少軍伐過從甚密。所聯繫的人，主要是一眾大漢宗室，例如荊州牧劉表、巴蜀的益州牧劉璋，甚至和涼州軍閥馬騰也有書信來往。」然後低聲的道：「更關鍵的是我有手下在他的書房中見到傳國玉璽，所以我懷疑他有吞天之心。」

劉華竟要當皇帝！？兩人忽然聞得如此重大的消息，都嚇得喘不過氣來。

見到兩人震驚的模樣，雷頌續道：「這只是一個推測，還未有實質的証據。只是交州軍閥士燮本身野心不大，對劉華更是言聽計從。試想，如果他突然舉事，以他的聲望，定有大批支持者加入，加上他本人的武功才智，成事機會確是不低，實為大漢政權的心腹大患。」

雷頌再低聲道：「我甚至懷疑他就是灰袍客，只是不太明白他當日為何要阻止郭城對付星華派，其中定有我們搞不清的地方。」

雖然謝鋒仍然不太認同雷頌的判斷，不過如果劉華真是個偽君子，那麼他的破壞力肯定比郭城這種真小人來得大。但想到劉華一臉俠義的模樣，頹然道：「我怎也不相信劉華會跟郭城同流合污的。」

雷頌嘆一口氣道：「其實我很是矛盾，他確有謀反之勢，只是我精擅於觀人，劉華怎麼看也是一個古道熱腸的俠客，更

不像想當皇帝那種人，所以想你去試一試他。」

謝鋒問道：「怎樣試他呢？」

雷頌道：「你直接到王府求見他，要通報有關於郭城的消息，因為你曾當眾承認過郭城迫你毒害梅芳，他定會立即見你。我會教你一番說辭，讓他一時間難分真偽，定會把你留在府中。而因為譚掌門已經把你武功盡廢的消息公告天下，劉華不會防你。到時你見機行事，找個機會潛到書房，一拿到玉璽就逃出王府，我們會接應你。」

謝鋒懷疑的道：「我可以嗎？」

雷頌道：「唉！事到如今，選擇已經不多了，只能行險一搏。本來想找古基去的，但他東南西北也分不清楚，又說甚麼出家人不打誑語，弄得我頭也大了。」

謝鋒道：「既然如此，我即管一試吧。」

雷頌喜道：「太好了，在這個島上，應該很安全的。明天早上，到碼頭邊的淺灘等，我馬上著手把你的武功找回來吧。」

當晚，謝鋒和張栢詩懷著忐忑不安的心情在東魅島過了一晚。

第二天早上，兩人就在淺灘找到雷頌，但聽完他的講解後，謝鋒就叫道：「這樣的話，不就要把多年所學的秀聖門武功拋諸腦後？」

雷頌道：「正是如此。」

原來雷頌讓謝鋒回復武功的方法，就是把以前所學全數忘卻。然後重新學習一門全新的功法，而該功法是雷頌專為謝鋒而創出的，讓他能把自身的優點完全激發出來，也讓他練起來事半功倍。

但謝鋒卻非常抗拒，因為他不想自己最後連半點秀聖門的武功也無法施展，愧對本門，心情惡劣的站到海邊。

黎日月此時出現在淺灘，知道事情始末後，走到謝鋒身邊，向他說道：「這個島本來不叫東魅島的，原名是叫東龍島。後來中原的皇帝不知怎的，認為自己是龍的化身，於是要把這個島易名。但島上的人覺得此島的名字是先祖傳下來。如果改了，則太不尊重先人了，所以誓死不從。」

謝鋒不知黎日月為何忽然跟自己說及這個島的往事，只是沉默的聽著他把東魅島的由來娓娓道出。

黎日月道：「結果，當朝皇帝為了立威，派出船隊士兵，把島上的村民殺光，再放火燒島。我年輕時知道這個故事之後，

對該島的村民們很是敬佩，於是就根據零碎的資料去尋此島。在大海上航行了幾個月，終於找到這個島，我看著一遍頹垣敗瓦的荒涼景象，心想，如果當年的村民不是那麼固執，接受了改名的要求，這時會有多麼的繁榮興盛呢？」

眉宇之間流露著深刻感情的黎日月續道：「這個故事教訓我們，堅持下去而獲得成功，當然會獲得別人稱道；但靈活變通、破舊立新而達成目的，何嘗不是一種本事呢？性命也不保，還談甚麼其他的呢？」

聽到這裡，謝鋒開始有點明白他為何說出這一番話。

黎日月道：「我拜入過寶麗門，打過星華派的擂台，所學五花八門，見盡各門各派武藝之長短，發現招式是死的，人是活的，要贏人，先要贏自己。內功和外功根本不用分開來練，內功之外圍，就是外功之內圍，無分彼此的。當年，我也試過練功練至走火入魔，正是因為不明白這個道理。後來僥倖保住性命，但武功全失，終於得雷公出手相助才將平生所學融會貫通。」

謝鋒似明非的點一下頭，思考著黎日月的話，正想得出神，黎日月卻不知何時已經離開了。

❀ ○ ○ ○

之後幾個月，謝鋒以雷頌所授之法重新修習武功，果然進展神速，如有神助。張栢詩則一直形影不離相伴，甚至開始照顧起謝鋒的起居飲食，宛如一對小情人，但卻始終沒有捅破男女間的窗戶紙。

這天，雷頌接到了飛鴿傳書後，一臉凝重的把眾人叫到他的房間，大家都知道事不尋常，定有重要消息。

各人都到齊後，雷頌斬釘截鐵的道：「計劃馬上要進行了。」

黎日月皺眉道：「發生了甚麼事？」

雷頌道：「星華派、寶麗門和丐幫共同發出公告，要在一個月後攻打秀聖門，捉拿謝兄弟和郭城。」

謝鋒急道：「為甚麼會這樣？」

雷頌道：「你們離開會稽當日，星華派的人找上丐幫的林祥，告訴他伊臣勾結郭城、包庇謝兄弟，不配當幫主。」

謝鋒聽得伊臣被自己連累，一顆心直沉下去。

雷頌續道：「於是林祥領著文秀秀等人到徐家大宅伏擊伊臣，在眾高手圍攻之下，伊臣負傷而逃，林祥則暫時接任幫主

之位。而這一年多來，謝兄弟一直匿藏於秀聖門的事也被抖了出來。各正道武林人士大怒，覺得被楊秀騙了，認為他定是包藏禍心，於是組織起各大派圍攻鷹王山。」

黎日月冷哼道：「哼！無知的愚民。」

聽到秀聖門被各大派圍攻的消息，謝鋒六神無主的道：「雷公，怎麼辦？」

雷頌道：「為今之計，就是馬上揭破郭城和劉華的陰謀，讓天下人知道貴門是無辜的。」

謝鋒急如熱鍋上的螞蟻，立即答道：「好吧，我們立即出發！」

雷頌道：「我還要做點準備功夫，明天早上才出發吧。」

事情就這樣敲定了。

收拾好一切，已經是黃昏時分，謝鋒總是心緒不靈，和張栢詩在淺灘上漫步聊天，自然而然的談到明天回到中土的事。後者憂心的道：「謝鋒，明天就要出發，此行凶險，你要萬事小心。」

謝鋒堅決的道：「為了挽救秀聖門的危機，再凶險我都不

怕。」

張栢芝大有情意的道：「這幾個月，是我人生最快樂的日子，多謝你。」

謝鋒很想答她自己也是，但不知怎的，話到口邊，竟然想起了王靖菲，心中一痛。

張栢芝也察覺到他神色大異，忙問道：「怎麼啦？」

謝鋒答道：「沒有事，不過忽然間想起一個人罷。」

張栢芝似是知道他想的是誰，幽幽的道：「她真幸福。其實當初你們為何會分開呢？」

謝鋒苦笑道：「為何？我也不知道，可能是因為她在我心目中都是高高在上的，令我不自覺的產生自卑感。最後，自卑心竟可變得自大，只因愛令我矛盾中糊糊塗塗、時好時壞、不可理解，所以讓她離開了我。她，想我做回原來的自己。」

他頓了一頓再道：「又或者，裝飾的鮮花，一般都不會結果吧。」

見謝鋒心如刀割的模樣，張栢芝鼓起勇氣的問道：「那麼，我們呢？」

謝鋒坦然道：「對，我為妳偷偷心動，但我們是不可能的。」他知道自己是喜歡張栢詩的，但心中卻又忘不了另一個女人，唯有忍痛拒絕。

張栢詩追問道：「為甚麼？我有甚麼不好呢？哪裡比不上王靖菲？難道你只愛年紀比妳大的女人嗎？」

提起王靖菲的名字，謝鋒心中隱隱作痛，一賭氣的道：「對呀。我只愛比我大的女人，可以了嗎？」

張栢詩仍不放棄道：「你怎知我比你小呢？快告訴我，你是甚麼年份出生的？」

謝鋒心不在焉的答道：「我是一八零年出生的。」

張栢詩喜道：「哈，這麼巧，我也是一八零年呢。」

謝鋒沒好氣的道：「我肯定比妳大，因為我比妳成熟太多了。」

張栢詩嗔道：「誰知道呢？如果我比你大，你就要和我一起。」

這時，原本站得遠遠的黎日月和雷頌以為他們吵了起來，走近兩人。

看著她堅決的模樣，謝鋒決定讓她死了這條心，也把兩人的命運交到老天爺手中，說道：「好吧，如果我比妳大，妳就以後不能再找我麻煩；如果妳比我大，我就馬上娶妳為妻。敢答應嗎？」

張栢詩想不到謝鋒那麼絕情，迎上他的眼神道：「好，一言為定，黎天王和雷公作證。」然後爽快的道：「我是五月二十四出生的，你呢？」

謝鋒睜大雙目的看著張栢詩，露出感情複雜的神色，久久沒有答話。

雷頌擅於觀人，一看就知道結果，插口笑道：「哈哈哈，恭喜兩位了。」原來謝鋒是八月二十九日出生，真的比張栢詩小。

黎日月笑道：「哈，想做便做，不管世俗眼光，很合老夫的心水，讓我當証婚人吧。」

謝鋒疑惑的道：「黎島主，婚姻大事，真可以如此兒戲？」

黎日月理所當然的道：「哈，有何不可，你們真心相愛，誰管那狗屁不通的世俗禮教？」

謝鋒問道：「反問黎島主，前輩自己可以做得出這麼灑脫

嗎?」

　　黎日月笑道:「呵呵,年青人,如果想開心,為甚麼需要等?你要明白現實就是現實,明白總有意外,將來的事誰會知道?只要我高興,當然會在任何地方娶我愛的女人。」

　　好一個黎日月,敢作敢為!謝鋒終於明白譚伯麟為何要把他逐出師門了,而兩年後,竟然還真的收到黎日月在異國成親的消息,確是言行一致的俠客。

　　謝鋒先後見過當世四大天王,張友友爽直親切、郭城冷酷逼人、劉華英明大度、黎日月則儒雅脫俗,各有特色。

　　二零六年九月十八日,謝鋒和張栢詩在遠離中土的一個小島上,結為夫婦。

當世
四大天王

南王劉華

當晚，在黎日月和雷頌的見證下，謝鋒和張栢詩在東魅島舉行了簡單的婚禮。

把謝鋒所住的房間略作佈置，就成了兩人的新房。

洞房花燭夜，兩人在房內，氣氛有點尷尬。和張栢詩成親後，謝鋒第一時間想到，鄭中飛、伊臣和自己都是今年結婚，倒是巧得很。再想到，不知鄭中飛知道自己成婚後，又會否以甚麼奇奇怪怪的壯陽補藥作為賀禮。

想到這裡，感到體內的一團火燃點起來。抬頭望向張栢詩，她也似有所覺，嬌喘一聲，倒在謝鋒的懷裡，這個時候，栢詩眼如媚絲，濕潤的雙唇微微張開，還噴出有如蘭花一般的香氣。對住如此尤物，佛也會心動。

第二天早上，兩人過了幾個月神仙眷侶的寫意日子後，終於要重返中土了。

謝鋒在船頭迎風而立，心道，自己這麼倉促成婚，別說父母之命、媒妁之言，父母甚至連自己已經成婚也未知道。父親為人瀟灑，問題是不大的，但母親最痛惜自己，恐怕難以善罷了。

這時，張栢詩走到他身旁，道：「鋒郎，不如我們就這樣算罷，你只是迫不得已才和我這個小妖女成親。」

謝鋒溫柔的道：「栢詩，我是心甘情願的要娶妳為妻，別要胡思亂想了。」

張栢詩甜甜的道：「鋒郎，你為甚麼待我這麼好？」

謝鋒道：「為甚麼？因為我是一個人，只能夠對感情坦白。那些想太多的人，有生之年都不會明白。」

說完，心中卻不期然想起另一個人，一個不愛笑的女人，心中一痛。

❀ ◎ ◎ ◎

十天之後，四人就在南方一個簡陋的碼頭上岸了。岸上，竟然見到伊臣和楊榕，喜出望外。

各人互相問好之後，雷頌就向伊臣問道：「伊幫主，王府的情況怎樣？」

伊臣道：「雷公，這幾天，王府的兵員調動頻繁，似是短期內會有所動作。」

雷頌果斷的道：「好，事不宜遲，我們馬上行動，只有揭破郭城和劉華的陰謀，正道武林才能免於分裂。」

除了黎日月自行進城，其餘五人裝成各式各樣的身份，混進了劉華王府所在的交州首府交趾。

途中，謝鋒向伊臣和楊榕問道：「臣哥、榕兒，你們怎麼會在這裡？」

伊臣道：「這是雷公安排的，我當日被林祥和沙莉伏擊，幸好受過前幫主的訓練，快拳及身前避開了要害，否則已經性命不保了。之後，我隻身逃到鷹王山療傷，也慶幸他們光明磊落，沒有留難我的妻女。」

謝鋒道：「他竟然這麼厲害！」

伊臣答道：「對！我有九成把握，林祥就是黑袍客，他散發出來的氣場，和掌門大會見到的黑袍客幾乎是一樣的。」

謝鋒心中一凜，原來「怪傑」林祥就是黑袍客。如果劉華真是灰袍客，再加上郭城，怪不得連獅子門掌門「飛刀聖手」羅伯先也難逃落敗身亡的結局了。

楊榕也答道：「鋒師兄，爹、師叔和一眾師弟妹都很擔心你，幸好你安然無恙。」

謝鋒關心道：「鷹王山的情況怎樣？」

楊榕憂心的道：「鋒師兄被譚掌門重創後，我們知道星華派和寶麗門定會到鷹王山討個說法，惡戰難免，所以我們立即趕回去早作準備。回到鷹王山不久，古基大師就親自來見爹，並說出了雷公的懷疑和計劃。」

雷頌補充了一句道：「古基本來應該再早點到鷹王山的，不過看來又迷路了。」

楊榕續道：「爹聽完雷公的推測後，也非常同意，所以命我跟著臣哥來協助鋒師兄。」

張栢詩擔心的問道：「鋒郎自己去劉華的王府，會有危險嗎？」

雷頌道：「放心，我們會接應他的。」

事態危急，現在唯一的希望，似乎就在劉華的王府之中了。

✿ ○ ○ ○

士燮，名義上是效忠於漢朝的交趾太守，實際上已成為割據嶺南各郡的軍閥。他學識淵博，又善於從政。多年來，把交州治理得井然有序，讓人民免於戰亂之苦，很受當地人民愛戴。

近年，又和人品武功皆無出其右的劉華結交，讓他把馬來國的王府設在交趾，奉為上賓。

為方便出入，又避免喧賓奪主，劉華的王府設在交趾的城邊。

一個表面上尋常不過的黃昏時分，謝鋒走到王府的門外，叩門起來。

不一會，一名管家模樣的人開門，見到謝鋒就親切的問道：「兄台，敢問高姓大名，所謂何事？」

謝鋒煞有介事的低聲道：「在下秀聖門謝鋒，有關於郭城的消息要稟告劉天王，請代為通傳。」

管家一聽之下，知道事關重大，立即請謝鋒到內堂的待客室。

等了一會，就見到劉華行色匆匆的來到，還未坐下，就向謝鋒問道：「謝兄弟，想不到你會來到本王的府中。」

謝鋒見他和顏悅色的，立即站起來答道：「對！在下有關於郭城的消息要告知前輩。」

劉華親切的請他坐下，自己也坐好後道：「有勞謝兄弟親

自送訊，但說無妨。」他友善得不太合理，要知道謝鋒在正道武林眼中是害死梅芳的兇手。

謝鋒暗中提高警覺，以雷頌教的謊言繪聲繪影地答道：「我收到消息，郭城已經召集大批兵馬，要在三日之內攻打王府，以報星華派掌門大會之仇，所以著劉天王好好防範。」

劉華皺眉道：「竟有此事？」

謝鋒道：「對，此事千真萬確，劉天王只要派人到最近的碼頭一看，就可以見到打著聽風山莊旗號的船，足有百艘之多。」

劉華一臉凝重的問道：「此事你如何得知？」

謝鋒答道：「掌門大會後，在下走投無路，加入了郭城的陣營，表面上助紂為虐，事實上跟秀聖門暗通消息，希望找機會揭穿郭城的陰謀，還我清白。」

劉華道：「原來如此，此事本王要查證一下再作安排。快要天黑了，謝兄弟今晚就留在王府休息吧。」

謝鋒暗喜，心道，雷頌著我黃昏時才來，果然有先見之明，口中答道：「那我就恭敬不如從命了。」他跟著之前開門的管家來到了客房，發現王府之中，守備森嚴，偷入書房的大計，

恐怕不易完成。

深宵時分，看著手中雷頌提供的王府地圖，謝鋒不期然有點緊張，心知只要在劉華的書房找到傳國玉璽，最好找著他和郭城勾結的證據。然後馬上趕回鷹王山，當著天下英雄面前，揭穿劉華要當皇帝的真面目，秀聖門之圍自解。

不過，見過王府的氣派，忽然想到，以劉華的才智能力，如果真的當上皇帝，天下還會這麼亂嗎？老百姓的生活還會那麼苦嗎？

按地圖所示，書房和謝鋒身處的客房相距不遠，只要闖過一條走廊就到。

謝鋒在雷頌的指點下，武功雖然仍未能回復到以前的水平，但氣血運轉起來，完全能夠和動作合而為一，輕功反而大有進境。

王府中的人大都已經入睡，謝鋒憑藉過人的身手，有驚無險的就闖過了走廊，到達書房的門外。

謝鋒用力一推，書房的門應手而開，果然沒有上鎖。入房後，謝鋒立即關上房門，最艱難的部分現在才開始，因為書房頗大，要逐一查看相信也要一段時間。他蹲在門後視察情況，看看該由何處著手找尋。

　　哪知，一看之下，玉璽竟然平平正正的放在房尾正中間書桌之上。謝鋒馬上一掠而過，把名傳千古的傳國玉璽捧在手上，暗呼得來全不費功夫。

　　忽然，房內大明，手持燭台的劉華一臉蕭殺之氣的從書櫃後現身，謝鋒嚇得魂飛魄散，知道今夜插翼難飛了。

　　身穿王侯服飾的劉華臉色忽晴忽暗的道：「笨小孩，人善天不欺，簡單一個道理，謝兄弟何苦作賊呢？有道是萬般帶不走，唯有業隨身。」

　　謝鋒把玉璽放回枱上，轉身面向劉華憤慨的道：「哼！劉華，枉我一直相信你是為國為民的大英雄，原來你真的把傳國玉璽私藏起來，不就證實了外面的傳言嗎？」

　　劉華平靜的問道：「甚麼傳言？」

　　謝鋒豁出去的道：「外面如今盛傳你乃劉氏皇族，行俠仗義只為收買人心，最終只為登上皇位。大家還叫你做……謊話天王！」

　　劉華啞然失笑道：「謊話天王？哈哈哈哈，想我劉華一生光明磊落、忠君愛民，如今只因一個難以明言的苦衷而對大家有所隱瞞，就直呼我為謊話天王。荒謬荒謬！可笑可笑！」

謝鋒再質問道：「在成都偷襲伊臣，搶去令牌的戲子，是你嗎？」

劉華搖搖頭更正謝鋒道：「不是戲子，是變臉大師。」

即是間接承認了自己就是奪去刻有「北」字劍神令牌的人。

謝鋒進一步說道：「你，就是有份圍攻羅伯先掌門的灰袍客！」

「本王的確有謀反之心。」劉華冷酷的俊臉不存在半點情感，頓一頓才道：「不過，身登大寶的人，卻不會是我。」

已經失望頂透的謝鋒冷哼一聲道：「敢問大師，身為佛門中人，竟有竊國之心，如何修成正果？」

劉華笑道：「施主，萬法皆空，因果不空。今天的果，是為昨日的因。」

謝鋒激動的問道：「你一向以來都是我的榜樣，為甚麼你會變成這樣？」

劉華大笑道：「哈哈哈，你還相信我這個謊話天王嗎？」

雖然知道劉華要殺人滅口，謝鋒仍堅決的點頭。

劉華有點安慰的道：「謝鋒，就讓你死得明明白白，告訴你一個故事吧。你也不用拖延時間了，反正府內已經加強守備，等聞的人，不可能進來了。」

謝鋒道：「在下洗耳恭聽！」

劉華道：「十七年前，董卓入京，倒行逆施弄得天怒人怨，本王當時也身在帝都，卻是敢怒不敢言。但他後來竟然大膽得廢了當朝的皇帝劉辯，最後還要把他毒死，則讓人無法忍受。」

此事倒是天下皆知，謝鋒不太明白這跟劉華要造反有何關聯。

劉華道：「當年，血氣方剛的我做了一個決定。」頓了一頓才道：「我隻身闖入弘農宮，把少主從董賊的嚴密封鎖下救了出來。」他口中的少主，就是被董卓廢掉的皇帝劉辯。

忽然聞得十多年前應該已經死了的皇帝原來被膽大包天的劉華救了出來，謝鋒震撼得目瞪口呆。

包括董卓在內，天下間所有人都以為劉辯死了，因為前朝皇帝這麼重要的人物被救走了，下手的人都怕凶殘成性的董卓會降罪，性命不保。於是上報他已經完成任務，暗中則派人追擊劉華和劉辯。

劉華依然平靜的續道：「當年我帶著少主避開重重的追殺，和剛要到荊州上任的劉表一同南下。」

謝鋒道：「劉表？」

劉華道：「景升（劉表的字）當年單騎入荊州，若非在下力保他周全，他又豈能穩坐其位？可惜一波未平，一波又起，景升當上荊州牧不久，就遭到討董聯軍的先鋒孫堅將軍的攻擊。」

聽到這裡，謝鋒想到雷頌的人不會來了，因為他們根本不知道自己正身陷險境。

劉華悔疾的道：「當時我陣前挑戰孫將軍，稍勝一招，只是想不到景升的部將黃祖不顧江湖道義，在孫將軍落敗的一刻揮軍而至，讓孫將軍萬箭穿身而死。」

謝鋒奇道：「其實你也不用出手，只管好好保護你的少主就成。」

劉華明顯對此事耿耿於懷，嘆了一口氣才答道：「我之所以要出手，除了要報效景升的收容之恩，還有一個大恩要報。當年逆賊董卓要害死少主之時，正是得到董賊手下一名將軍相助，本王才能救少主於危難之中。可惜好人不長命，此人不久之後，就正正是死於孫將軍之手。我本來不叫劉華，為了紀念

他的高義隆情，我才以他的姓氏，作為我的名字，他叫華雄。」

謝鋒此時才知道，原來劉華不是他本來的名字。

劉華續道：「當然，那時我當務之急是要保護少主，另覓藏身之所，圖謀東山再起。如果只是個人恩怨，我絕不會輕易節外生枝的，但偏偏，孫將軍身上，還有我不得不出手的理由。」

謝鋒問道：「是甚麼？」

劉華走到柏前，放下燭台，拿起了玉璽道：「正是這玉璽。」

原來是為了傳國玉璽！

劉華解釋道：「孫將軍在洛陽城外斬殺了華雄將軍之後，長驅直進，在十八路諸侯中，第一個攻入帝都洛陽。董賊逃出洛陽前還命人到處縱火，百年古都，毀於一旦。唉！孫將軍救熄洛陽城的大火之後，從一個廢棄了的古井中得到了從先秦開始傳下來的傳國玉璽。孫將軍得到此寶之後，馬上離開洛陽南下。為了少主將來復國，此物必不可少。」

他又嘆了一口氣道：「唉！其實孫將軍也是一名大漢忠臣，如果向他明言，說不定他會交出玉璽，只可惜當時兩軍對壘，

人多耳雜。如果我不出手，區區黃祖又絕對擋不住勇冠三軍的孫將軍，只怪當天的我急於為少主奪回玉璽，鑄成大錯。」

謝鋒道：「為甚麼要把這麼機密的事說給我聽？」

劉華苦笑道：「本王從不輕易殺人，每次殺人前，都要讓對方死得明明白白。加上我要堅定自己殺你的決心，你知道了這麼多不該知道的事，我不得不下手了。而且，一個秘密守得太久，也會讓人透不過氣來。」

謝鋒自忖必死，死前當然想知道得多一點，好奇心驅使下問道：「那麼你把那少主藏到哪裡？隨便找個農村，讓他當個普通的孩童，天下村莊成千上萬，朝廷就算知道他未死，也決找不到他吧。」

劉華搖搖頭道：「你錯了，大隱隱於市，少主將來要復國，自不能躲在農村虛度光陰。而且，戰亂期間，誰敢保證哪條村莊可以逃過戰火洗禮？如果先帝的血脈有何差池，本王豈不愧對列祖列宗？」

想起徐家村的慘況，謝鋒點頭道：「說得也是，那麼隨便改個與劉漢無關的名字，就算到江湖上行走，問題也不大的。反正他年少登基，樣貌已經很是不同，在南方，見過他的人更加少之又少。」

劉華再搖頭道：「你又錯了。尊貴的皇族姓氏，絕對改動不得。」

謝鋒同意道：「的確，姓劉的人成千上萬，也不一定個懷疑到每一個姓劉的身上，只要改個普通點的名字就成。」

劉華再三搖頭道：「謝鋒，你錯了第三次了。少主曾經身登大寶，又豈可隨便改個名字呢？有些名字，不是誰都可以用的，但天子的名字，用在少主身上，就適合不過了。」

天子的名字？謝鋒忽然想起黎日月說過關於東魅島的故事，已經想到這個名字，自己認識的這一個人，竟然曾經當過皇帝，真教人意想不到。

見謝鋒正要開口，劉華把食指放到嘴唇前道：「噓，聖上如今的名諱，絕不能宣之於口。」

知道這人是誰後，謝鋒更想知多一點，再問道：「你打算怎樣為這人復國？」

劉華道：「你太貪心了，不過告訴你也無妨。交趾太守士燮已經答應歸順少主，原本的計劃，就是等待少主成年，在江湖上也闖出名氣。到時，舉起少主劉辯復辟的旗號，南方的劉氏宗室全都會響應，益州牧劉璋、荊州牧劉表和原本據守揚州的揚州刺史劉繇，加上涼州的軍閥馬騰，和一直支持少主的袁

紹，區區曹操，何足掛齒？」

謝鋒奇道：「袁紹竟然也支持他？」

劉華理所當然的道：「當然吧，他是討董聯軍的盟主，數董卓的罪狀，其中一項，就是廢了無過的皇帝，即是少主。他一直不承認董卓所立的新帝，所以新帝落泊之時，他沒有打算相救，反讓曹操撿了個便宜。」

謝鋒道：「這樣的話，成功機會確是很大。」

劉華感慨的道：「只可惜，誰想得到孫將軍的長子孫策，其武功才智，尤在乃父之上。孫堅身亡後，他竟然帶著一眾殘兵敗將，幾個月間，就把雄據揚州的劉繇打跑了。而兵多將廣的袁紹，也被曹操消滅了。於是，在下安頓好少主之後，馬上去揚州找孫策取回玉璽，以及阻止他擴張勢力。」

他旋即又嘆了一口氣：「在下於丹徒山擊敗孫策，奪得真正的傳國玉璽後，他卻被人伏擊而亡。那伏擊之人武功高強，連孫策的拜把兄弟干將劍周郎都攔他不住。」

謝鋒奇道：「此事震驚朝野，在下也略有所聞。官府的公佈，不是說孫策是被許貢的三名食客伏擊而亡嗎？」

劉華冷笑道：「許貢？他自己也名不見經傳，他的三名食

客，殺得了勇比項羽的江東小霸王嗎？官府所言，不必盡信。」

謝鋒還待再問，劉華卻舉手截住他道：「阿彌陀佛，謝施主，貧僧已經說得太多。」

劉華的「偷歡指」束勢而發，高度集中的氣勁把謝鋒完全鎖死，舉步維艱。任他有三頭六臂，也絕擋不下來。而事實上，天下間能擋此指的，又有幾人？

東漢少帝

　　眼看謝鋒就要命喪劉華之手，千鈞一髮之際，這一指，還是被擋下來。一柄長劍毫無先兆的出現在謝鋒身前，堪堪架住了劉華的必殺一指。

　　指劍交擊之後，劉華退後兩步，也不再出手。因為，只看劍勢，他已經知道來人是誰。誰可以不動聲色的潛入守衛深嚴的王府呢？

　　一劍東來，天外飛仙，「情深劍法」，出手的正是一身白袍的東魅島主黎日月，他昂然卓立謝鋒身旁。

　　劉華道：「黎天王，功夫還是這麼俊。」

　　黎日月笑道：「彼此彼此！」

　　劉華搖搖頭道：「猜錯了，我還以為是郭矮子派這小子來的，想不到竟然是表面上與世無爭的黎日月。」

　　黎日月道：「華仔，當一個人覺得自己與世無爭的時候，他就已經不再是與世無爭了。」

　　劉華爽朗的笑道：「哈，黎日月果然是黎日月，來吧，就

看看你有沒有本事管我的事！」

　　黎日月不再答話，只微微一笑。

　　兩大天王，終於來到正面交鋒的時刻了。謝鋒自覺的退後了幾步，以免阻礙了兩人，更怕傷及了自己。

「**偷歡指！**」劉華仍是大巧若拙的一指攻出，但看在謝鋒眼裡，卻是避無可避，因為氣勁高度集中，身處其中，根本連動也難動。

　　黎日月當然不是謝鋒，他神乎其技的退後了半步，然後快捷無倫的一劍刺向劉華的一指，這一劍完美無暇配合著身法，揮灑自如卻又雷霆萬鈞。

　　見過黎日月開天辟地的這一劍，謝鋒才知道，一個最頂級的劍客，原來就是這個樣子。

　　劉華微一錯愕，化指為掌，收放自如的在黎日月的劍身劈了一下。長劍被蕩開，黎日月以左掌攻向劉華。後者也以左掌回擊，兩掌相交，爆出強大內勁，兩人各退三步，平分春色。

　　忽然，書房外傳來打鬥的聲音，似乎是有人夜闖王府。謝鋒和黎日月想到應該是雷頌和伊臣他們等不到消息，要闖進來了。

房內的三人都停下動作，打鬥聲很快就結束。

不一會，書房的大門被粗暴的推開了，黑暗中，一人領頭而來。謝鋒極盡目力，想看看到底是不是伊臣，咦！這麼矮呢？

郭城溫柔的聲音傳來：「哈哈哈，想不到有生之年，還能遇上兩位，只差張友友，我們『當世四大天王』就可以齊聚此間了。」不問可知，聽風山莊的戰士已經制服了大部分王府的侍衛。

劉華處變不驚的笑道：「哈哈！想不到今夜兩大天王一同光臨，真讓敝府蓬蓽生輝。」

郭城笑道：「在下到來，是要為之前星華山上的賭局，和劉兄作個了斷，希望不會阻礙兩位雅興。」

黎日月道：「我跟劉天王不過鬧著玩吧，兩位請便。」

郭城仍是一副控制大局的語調說道：「我聽說劉兄年青時常流連賭坊，幾乎逢賭必勝，最擅長的是骰子，好賭之人都叫你賭坊大俠。」

劉華冷笑道：「你倒查得挺仔細，還要跟我賭嗎？我沒有輸過的。」

郭城道：「我這人偏不信邪，而且這幾年運氣相當不錯，試過一夜之間贏上千兩黃金，所以我想跟劉兄玩兩手骰子。」

劉華問道：「要賭甚麼呢？」

似是盡悉一切的郭城隨意的道：「劍神令牌如何？我剛好有四面在手。」言罷，把刻有「星」、「寶」、「獅」和「西」字的劍神令牌放到書桌上。

劉華笑得豪氣干雲的道：「哈哈哈哈，好一個郭城！」然後朗聲叫道：「桃叔，拿骰子來。」

不一會，開門給謝鋒的管家拿著兩套骰子和骰盅走進書房，他正要開口向劉華報告出面的情況，卻被劉華舉手截住了。而伊臣、楊榕和張栢詩也趁亂闖入王府，穿窗而至，不發一言的就站到謝鋒和黎日月身後。

劉華看了他們一眼，就向郭城道：「可惜本王賭本不多，只有兩面令牌，最少要兩局才能贏去郭兄的四面令牌。」

他在懷中取出刻有「南」字和「北」字的劍神令牌，放到長桌的另一邊。也證實了當日在成都搶去伊臣令牌的變臉戲子，正是劉華本人。這樣的賭局，形勢上對劉華非常不利，因為心理上，郭城就算輸了第一局，仍有機會賭贏回來，但劉華一輸，就無法翻了。

黎日月瀟瀟灑灑的拋出刻有「東」字的令牌，灑脫的道：「華仔，我給你賭本，算是贖回謝兄弟的性命，因為我更不喜歡郭矮子。」

　　被郭城處處壓得透不過氣來的劉華想不到黎日月會有此一著，心中感激，走到他身前和他兩手雙握，兩人對望一眼，一切盡在不言中，幾十年的恩恩怨怨，煙消雲散。

　　郭城卻欣然道：「想不到連你們都有言歸於好的一天。好吧，一局定勝負。在下以四面令牌，和你賭三面令牌和傳國玉璽，公平嗎？」

　　劉華道：「公平得很。」

　　郭城道：「哈哈，事不宜遲，在下手癢了。」

　　他走在長桌的一端，熟練的搖著骰盅，口中問道：「比大小嗎？」

　　劉華也走到長桌的另一端，應付這場突然而來的賭局。事實上，雖然他似乎不能不賭，但他對自己搖骰的技巧非常有信心，答道：「好吧！」他神情專注的搖著骰子，心想，已經很久沒有碰過骰盅了。

　　郭城卻隨手打開了自己的骰盅，隨心得似是賭的只是幾

文錢，而不是劍神令牌和玉璽這些寶物。他還哈哈的大笑道：「哈，我的好運還未用完，十七點，看來是我贏了。」

眾人一看，一顆心沉了下去，他的骰盅上，果然是兩個六點和一個五點，剛好湊成幾乎最大的點數。

劉華唯一的勝算，就是搖出最大的十八點。否則，郭城便會得到七面劍神令牌和傳國玉璽，後果不堪設想。謝鋒他們心底是想劉華贏的，因為他忠於前朝君主，並無不妥，行事也處處留有餘地。反觀郭城為了一己私利，先後害死了羅伯先、張榮和梅芳，實在不能讓他奪得劍神令牌的寶藏。

在眾人的注視下的劉華，以穩定有力的手打開了骰盅，信心十足的說道：「不，我正好是十八點！」三粒骰子都是六點的一面朝天，真的給劉華搖出了最大的十八點。

郭城卻不見得如何失望，還笑道：「哈哈哈哈，不愧是賭坊大俠！在下服了。」

他隨手把面前的四面令牌拋到劉華身前，真的願賭服輸。

劉華卻仍弄不清楚他甚麼葫蘆賣甚麼藥，難道他夜闖王府，只為了把四面劍神令牌輸給自己？

在各人疑惑的眼神下，郭城好整以暇的道：「好吧，差不

多天光了，令牌也輸光了。賭局已完，是時候跟你談一宗生意。」

劉華奇道：「生意？」

郭城輕鬆的道：「對，划算得很。一個人，換七面令牌和傳國玉璽。」

劉華失笑道：「甚麼人這麼有價值呢？」

郭城猖狂的笑道：「劉華，你認為，如果我還未查到那應該已死的人是誰，我會出現在這裡嗎？」

劉華氣定神閒答道：「不用試探我，我不明白你在說甚麼。」

郭城道：「這幾年，我一直有派人監視你，你只去過幾個地方。南下之後，你找過丐幫張友友收留一個人，可惜這人後來被逐出了丐幫；於是你帶這人到星華派，讓梅芳提攜，她甚至為了這人結束了星華武術大會。我有說錯嗎？劉華，不對，應該是當年皇城的第一高手福王劉榮！」

劉華色變道：「郭城，你到底想說甚麼？」

郭城卻似看不到劉華的續道：「在下一直奇怪，你身為當

世四天王之一，武功深不可測，卻不把自己的絕藝傳授予這人。直到最近，我到許昌面聖後才知道，這個人不能學其他武藝，只能用所謂的『天使拳』。天使這個詞，我遍遊西域，才從一個西方宗教的傳教士口中聽過，怎麼中土人的拳法會以此為名呢？」

他然後誇張的一笑道：「哈！哪知原來不是西域的天使，而是指天子使用的拳法。」

劉華失去了往常的冷靜，喝道：「你們是怎麼發現此事的？」

郭城笑道：「曹丞相翻查過史官的記錄，一八九年，只有十四歲的少帝被廢為弘農王，不久之後，更被毒死了。死後，卻草草安葬在宦官趙忠的陵墓之中。帝王駕崩後，隨便安葬在一個閹人的陵墓之中，歷史上根本從未發生，你以為瞞得過出名精明的曹丞相嗎？」

劉華問道：「你竟然是曹操麾下的人？」

郭城道：「我弟乃曹丞相手下首席謀臣，當年曹丞相和四世三公的袁紹在官渡對峙，擔心後防空虛，被江東小霸王孫策偷襲，打算退兵。我弟告訴他，不用擔心，孫策必為刺客所乘。因為，他知道，負責行刺孫策的人是從不失手的我。」

劉華冷哼道：「原來刺殺孫策的人是你，怪不得逃得過周瑜的干將劍。」

郭城再道：「言歸正傳，其實我一早知那小子的真正身份，之前只是利用他毒死梅芳，以奪取劍神令牌，他卻以為我真心想收他為徒。」

劉華歇斯底里的叫道：「郭城！你拿他怎樣？」

「拿他怎樣？這就要看你是否接受我剛才提出的……」郭城頓了一頓才道：「那一宗生意。」

劉華斷然道：「成交！快放人！」

郭城囂張的走到劉華面前，把七面劍神令牌和傳國玉璽通通取去，仍不忘向他道：「本來聖上下令，見到此人，格殺勿論。只是在下和劉兄相識多年，才冒險做這種殺頭的生意。」

劉華冷哼一聲道：「聖上？是聖上的意思，還是你曹丞相的意思呢？」

「有分別嗎？聖上的意思，就是曹丞相的意思。」郭城冷笑一下道：「至少，在這件事上，他們的利益是一致的。」

劉華沉住氣的道：「令牌和玉璽你已經拿到了，人呢？」

郭城裝模作樣一拍額角道：「哈，差點忘記了。」然後向門外叫道：「把人帶來！」

　　一個人被帶到書房之中，他就是當朝皇帝劉協的哥哥，十七年前當過四個多月皇帝的東漢少帝劉辯，如今的名字叫——劉龍。

　　劉龍才步入書房，郭城就道：「各位，失陪了，在下要到鷹王山參與一件武林盛事。哈哈哈……」

　　不問可知，已經得到了七面劍神令牌的郭城，是要到鷹王山奪取最後一面刻有「秀」字的令牌，但各人都拿他沒法，只能看著他得意洋洋的揚長而去。

　　郭城去後，留下了萬念俱灰的劉華，他清楚知道，多年來處心積慮的復國大計，已經去如黃鶴，不再有成功的可能了。

　　劉龍卻旁若無人的向劉華叫道：「劉華，朕差點給郭城害死了，你是怎麼辦事的？」

　　他又環顧其他人，露出厭惡的神色道：「還是給朕先殺死伊臣和謝鋒兩個討厭的傢伙，以免走漏風聲！」

　　伊臣和謝鋒嚴陣以待，看看一向忠於劉龍的劉華會作何決定。

　　劉華卻不為所動，反問劉龍道：「梅芳掌門是少主害死的嗎？」

　　劉龍也感受到這個一向對自己恭恭敬敬的劉華散發出來的怒氣，反而惡人先告狀的道：「哼！你別要惺惺作態了，郭城至少也在事成之後，把《夢伴訣》給我一看，你卻一直不肯把武功傳授予我，是怕我超越了你罷！」

　　劉華苦口婆心的勸道：「少主，微臣說過很多次，你身份特殊，絕不可修習其他武功。」

　　劉龍道：「廢話！朕已經不想再等下去了。朕命令你，立即發動復辟帝位的計劃！」

　　劉華道：「少主，如果事情還有可為，微臣自當肝腦塗地，拼死一博，但如今大勢去矣，至少，現在絕對不是適當的時機。」

　　劉龍走近劉華，暴喝道：「大膽劉華，竟敢逆朕意旨！」

　　劉華苦勸道：「少主何苦冥頑不靈，回頭是岸呀。」

　　劉龍怒道：「劉華，朕知道了，你根本不是一心為朕復國，你只是想利用朕的名聲去圖謀天下。」說完，走到劉華的背後。

劉華連忙解釋道：「少主誤會了，微臣之心日月可鑑，呀……」

奇變驟生，劉龍突然拔出藏在長靴的匕首，插入劉華的背部，冷森森的道：「你死了，朕就可以直接號令城外的一營兵馬，不用再聽你囉唆。」劉華從來沒有想過，自己多年來為劉龍重奪帝位而苦心經營、奔波勞碌，竟然換來他的恩將仇報。

刀鋒及身前，劉華本能地移開了一點，避開了背心要穴。劉龍想不到一擊不中，加上一向對劉華的敬畏，遂拿著匕首往後方的窗戶逃去。

伊臣見狀，馬上走到窗前攔截。

劉龍見到伊臣，分外眼紅，向他喝道：「哼！伊臣，你還以為我是以前的劉龍嗎？我已經今非昔比了，讓你看看我這個千年一遇的武學奇才，把《夢伴訣》、『尚未示意』和『未知三絕掌』融合在一起的威力吧！」

說完，他一掌轟向伊臣，確是威勢十足，武功似乎真的頗有進境。

「**無雙拳**！」伊臣不敢怠慢，運起成名絕技迎上劉龍。

拳掌相交，劉龍應拳而飛，口吐鮮血，所謂的今非昔比，

原來只是信口雌黃。

見到愛郎受傷甚重，楊榕也顧不得會暴露了兩人間的秘密，跑到劉龍身邊扶起了他。

劉龍憤恨的叫道：「伊臣，又是你壞我好事！為甚麼總是你？公平嗎？朕也出自丐幫，也勝出了比武大會，何以伊臣總是得天獨厚，受盡幫眾擁戴，獲幫主傳藝並統領丐幫。朕一直努力苦練，卻被你進讒言而逐出丐幫，被迫另投星華派從頭開始。若非伊臣處處阻撓，幫主之位肯定是朕的囊中之物，到時號令天下，豈用算計梅掌門？我劉龍何會至此，是你們欠我的一個公道呀！」

伊臣道：「我一向頂天立地，何曾說過你半句壞話？」

劉龍怨恨的道：「你不用裝瘋賣傻了，若不是你在背後出言中傷，朕怎會無故被逐呢？」

身受重傷的劉華向劉龍喝道：「少主，別要甚麼都推諉到別人身上了，此事與伊臣何干？記得你勝出了星華派的比武大會後，你在散花樓慶功時，自己說過甚麼話嗎？」

劉龍不明所以的問道：「朕是有到散花樓慶功，但說了甚麼話呢？」

劉華怒道：「你被逐出丐幫後，我立即找到張友友問明原委。他說你當眾嘲笑一名丐幫幫眾雙手污穢不堪，影響了你的食慾，著人把他趕出散花樓。結果丐幫長老一致決定把你逐出丐幫，此時伊臣甚至還未升任長老。你被逐，是因為你自己口沒遮攔。」

劉龍知道事情的真相後，追悔莫及。

伊臣道：「事情總算真相大白，你無話可說了吧！」

劉龍哭叫道：「朕不甘心呀！朕才是父王的嫡長子，小協憑何身登大寶？我卻要在此受盡屈辱？」

伊臣道：「只怪你多行不義必自斃，沒有人迫你毒害梅掌門吧。跟我到鷹王山，向天下人說出你的罪狀吧。」

劉龍向楊榕驚呼道：「榕兒，救我呀，朕不想死，朕還要和妳到襄陽的美食街。」

楊榕喜道：「劉大哥，原來你還記得。」

劉龍急道：「對，朕記得，快求伊臣放過朕吧，朕不可以死的。」

楊榕向伊臣道：「可以放過他嗎？」

伊臣為難的道：「榕兒，他親手害死了梅掌門，加上他的身世……天下間，恐怕難有這人的容身之所了。」

楊榕道：「臣哥，我求求你吧。」

伊臣一看劉華、黎日月和謝鋒，他們都沒有表態，擺明把決定權交到自己的手上。他想了一會才艱難的道：「好吧，妳帶他離開吧。以後不要再在江湖上露面了。」

楊榕道：「感謝臣哥成全。」扶著劉龍慢慢步出書房，差不多到門口，劉華叫道：「少主保重了！」

劉龍卻頭也不回，只冷哼一聲。

據聞，兩人最後到了一條偏僻的村落隱居。劉龍則整天幻想著自己的成功，想的卻不是當回皇帝，反而時常想著自己打敗伊臣，成為丐幫幫主和武林第一人。

平心而論，上天的確對劉龍很不公平，他一直很努力取回屬於自己的東西，卻是徒勞無功，最終誤入歧途，被郭城利用，落得身敗名裂的下場。

時間緊迫，其他人也沒有為此事感慨的空閒了。雷頌到來後，立即就商量怎樣阻止郭城的陰謀。

發生了這麼大的事，劉華卻沒有被打倒，他接受了簡單的包紮後就虛弱的道：「絕不能讓郭矮子得逞的，本王立即修書一封，把我的親筆信函拿給文掌門看，她定會相信，再由他去說服譚掌門，至少可以讓他按兵不動。」

　　黎日月：「郭矮子本人就交給我吧。」

　　伊臣道：「林祥的話，我已經把信送到前幫主的家，不過他老人家何時看到，倒是不好說。」

　　眾志成城，謝鋒好像看到了一線拯救秀聖門的曙光了。

世當
四大天王

黎◎郭◎劉◎張

圍攻鷹山

　　謝鋒、伊臣、黎日月和雷頌馬上騎著劉華提供的快馬趕回鷹王山。

　　四人披星戴月的趕路，十天之後，終於回到鷹王山。途經山腳，已經見到星華派、寶麗門和丐幫的營寨，軍容鼎盛，看得人觸目驚心。另一方面，當然慶幸他們還未發動攻擊，總算趕得及。

　　他們馬不停蹄的直接馳馬上山，也沒有遇到阻撓。

　　三大陣營結寨於鷹王山下，卻沒有進行封鎖，顯然是要向秀聖門的門人作出警告，識趣的就自行離去，以免被楊秀等人牽連，也削弱其戰力和士氣。如此攻心之術，該是出自衛建和尚的頭腦。

　　秀聖門內，王烈想不到雷頌竟然連黎日月也請到，忙把他們迎到內堂。楊秀、鄭中飛、楊妍和楊嬌也聞訊而至，大家寒暄幾句，交代了楊榕和劉龍的事，就說到正題了。

　　雷頌問道：「情況如何？」

　　王烈憂心的道：「唉！據探子回報，星華派和寶麗門各

二百弟子，加上丐幫的六百幫眾，合共上千人三天前到達山腳安營立寨。今天早上，星華派代表到山上提出要求，要掌門師兄交出郭城和鋒師侄，否則明天中午後就會攻山。」

謝鋒等人暗中抹一把汗，如果晚一天才到，後果不堪設想。要知戰事一開，定是互有死傷，仇恨就更難解開，現在至少還可一試。

雷頌道：「好吧！明天一早，我們就拿著劉華的信去說服星華派和寶麗門吧。」

伊臣道：「唉！其實最難纏的，就要數林祥，他這黑袍客武功高強，包藏禍心，又統領著丐幫人馬，人多勢眾。如果丐幫最終毀在我手上，真的愧對幫主了。」

謝鋒奇道：「其實為甚麼他如此輕易就可以把丐幫幫主之位搶過來呢？只是和我交好，也不致於此吧。」

鄭中飛代答道：「當然不只因為鋒師兄吧。那淨衣派的怪人趁幫主上任不久、根基未穩，就已經暗中煽動幫眾反對幫主，說他在伊健的穿針引線下，已被郭城收歸旗下，包庇鋒師兄，害死了張榮和梅芳。他們還說……」

謝鋒問道：「他們還說甚麼？」

伊臣坦然接口道：「他們說我的父親是個大貪官，更繪聲繪影的說他會在公署內，用心傾聽銀兩碰撞的聲音。」

謝鋒道：「連這事也拿來大造文章，真太卑鄙了。」

雷頌問道：「古基大師呢？」

王烈道：「他今早下山視察敵情，卻到現在還未回來。」

雷頌道：「可能又迷路了。」

楊秀苦笑道：「照目前的情況來看，形勢非常不妙，就算真能說服星華派和寶麗門，單是林祥和不知躲在哪裡的郭城，就已經有足夠的力量殲滅秀聖門了。呵呵！這生意穩賠不賺，還不如關門大吉吧。」

大家當然知道他不是說真的，但都佩服他在這個時候還能開玩笑。

聽到秀聖門危在旦夕，一直默不作聲的楊嬌忽然大哭起來，撲到楊秀懷中，哭著道：「爹，女兒對不起你，對不起秀聖門。」

眾人都不明所以，楊秀道：「小嬌，發生了甚麼事？」

楊嬌哭道：「我對不起大家，其實我就是一直把消息洩露出去的內奸。」

各人都不敢相信，但是見她哭得梨花帶雨，不由得不信。

原來楊嬌是內奸，謝鋒終於明白為甚麼郭城總能早著先機，牽著他們鼻子走，問道：「嬌師妹，為甚麼妳要這樣做？」

楊嬌淒然道：「因為我喜歡了陳歡希，當日在長沙城，他挾持了小師妹迫我就範，我為救妍妹，就跟他好了。之後更被他迷惑了身心，但今天終於醒了，他只是利用我。」

楊秀知道事情的始末後，不但沒有怪責楊嬌，反而擁著她道：「沒關係，妳永遠都是我的好女兒，這事委屈妳了。」

楊妍也走上來，和兩人抱在一起，皆哭了起來。

過了一會，楊嬌才道：「我以前太天真太傻了。」然後在懷中取出一幅地圖道：「這地圖標示著郭城營寨的位置，是陳歡希給我的，讓我今晚去找他。」

眾人傳閱後，黎日月上前接過地圖道：「郭城是我的。」其他人都佩服他的自信，畢竟誰都不知郭城在得到《激光真經》和《夢伴訣》後，武功到達了怎樣的程度。而黎日月成名多年，根本也沒有必要蹚這渾水。

當晚，各人養精蓄銳，以應付明天的連場大戰。

天還未亮，鄭中飛就神神秘秘的把謝鋒叫了出來。兩人在後院說話，鄭中飛道：「鋒師兄，真厲害，短短幾個月就收服了妖女，恭喜恭喜。」

謝鋒沒好氣的道：「你一大清早叫我出來，就是要恭喜我而已？」

鄭中飛道：「當然不是吧。」

謝鋒道：「難道有甚麼賀禮要給我？不過也要解去星華派之難才用得著。」

鄭中飛不明白的道：「氣！我剛剛才知道你和張姑娘成親，怎能這麼快準備好賀禮呢？其實是娘子告訴我，有個人剛剛上山，找你的。」

謝鋒奇道：「早點說吧，但為何要弄得神秘兮兮的呢！」

鄭中飛欲言又止的道：「唉！此人在待客室，你見到她就會明白，我去睡覺了，待會還有任務。」

半刻鐘後，謝鋒在待客室見到她，登時清醒起來，向她道：「菲！想不到，妳也來了。」來人原來是謝鋒曾經的情人王靖

菲。

王靖菲仍是一副拒人千里的態度道：「我不過剛好在附近，所以上山看看。」

謝鋒當然知道不會這麼巧，她竟在秀聖門水深火熱的情況下路過鷹王山，明顯是在意自己的安危，嘆一口氣道：「實不相瞞，我……我已為人夫了。」

王靖菲面紅耳赤，不敢看謝鋒：「這個……與我何干？」頓了一頓才道：「不！我意思是恭喜你。」

謝鋒說了句「多謝」就不知說甚麼好了，兩人相對無言，氣氛有點尷尬。

「鋒郎，你跑到哪兒？要出發了！」門外傳來張栢詩的叫聲。

謝鋒站起來道：「菲，我要走了。」

王靖菲道：「鋒，萬事小心。」

謝鋒道：「妳也是。」

＊＊＊＊

天色微亮，謝鋒、張栢詩、伊臣和雷頌就在星華派的營寨，見到三大護法、四散人和星華四秀。

雷頌把劉華的親筆信函交到文秀秀手中，她慎重地看完後，把信交到衛建和尚手中。然後向其他人道：「劉天王的信寫道，先掌門是小師弟親手毒害的，和謝鋒無關，他只是被郭城陷害。郭城更會借今次正道武林的內鬨，要把秀聖門的劍神令牌奪去，因為他已經得到其他七面令牌。」

蔡智道：「哼！說不定又是謝鋒小賊的陰謀詭計，掌門別要輕信他。」

文秀秀搖頭道：「雖然來得有點突然，但劉天王的親筆字跡，怎會是假呢？」劉華多年來累積的聲望，在這一刻發揮了功效。

何思思道：「老實說，我一直不相信伊臣會跟郭城勾結。」

車婉也道：「我算過謝鋒的八字，他應該是個光明磊落、頂天立地的人，只是比較笨。」

衛建和尚看完劉華的信後，傳給其他人。想了一會才道：「劉天王的信，寫得很詳細，如果是假的，肯定破綻處處，但我一點矛盾的地方也找不到，加上劉天王一向信譽超著，所以貧僧認為是可信的。」

文秀秀道：「好吧，我們暫且相信謝鋒是無辜的。有膽子跟我去見譚掌門嗎？我要帶同此信，去讓他定奪。」

謝鋒笑道：「當然奉陪。」

他們跟在文秀秀、衛建和尚和何思思身後，進入了寶麗門的營寨，來到了譚伯麟、鍾鎮、李曼勤和仙女庵的三位師太面前。

譚伯麟閱畢劉華的信、聽過文秀秀和雷頌的解釋後，冷笑道：「劉天王又怎樣呢？老夫橫行天下時，他還不知在哪裡，我們今天就要打上鷹王山，要楊秀好好交代。」

雷頌勸道：「譚掌門請三思，胡亂攻打秀聖門，只會白便宜了郭城。」

譚伯麟道：「郭城？你說他帶著聽風山莊的弟子在附近，有證據嗎？」

雷頌答道：「我們已經查到他們的所在，只要譚掌門派人一看，就知真假。」

譚伯麟仍是滿臉懷疑的道：「好吧，曼勤，你和慧琳跟他們去看看吧。但小心這幾個人，有任何不妥當就馬上回來。」

李曼勤道：「領命！」

　　熟悉地形的謝鋒領著張栢詩、伊臣、雷頌、李曼勤、慧琳師太和何思思出發前往楊嬌所提供的地圖所標示的位置。

　　途中，李曼勤提高戒備，以防這是謝鋒他們設下的死亡陷阱。謝鋒暗想，他實在杞人憂天了，穿過這山後就會看到郭城的人馬，到時定會怪自己枉作小人，馬上向自己道歉，愈想愈得意。

　　可是，當謝鋒走到該是聽風山莊等人藏身的位置時，卻不見半個人影。

　　見到他們面色大變，李曼勤和慧琳師太知道事不尋常，馬上退後幾步，和謝鋒他們保持距離道：「謝兄弟，這是甚麼意思？」

　　氣氛突然緊張起來，連一直相信伊臣的何思思也站到李曼勤身旁，以應付任何突變。

　　謝鋒心道，這次糟了，定是連楊嬌也給陳歡希騙了。現在連半個聽風山莊的人也找不到，原本已經信了幾成的星華派和根本不信自己的寶麗門肯定不會再管劉華的信函，直接攻山。

　　李曼勤見謝鋒他們沒有答話，更起疑心，向他們道：「請

恕在下要失陪了。」

「等一下！」忽然聽到鄭中飛的聲音自樹後傳出。

伊臣喜道：「有救了！」

鄭中飛在樹後鑽出來，向伊臣道：「幫主，幸不辱命。」
然後把一幅地圖交到他手上。

伊臣張開地圖道：「我已經知道郭城真正藏起來的位置了。
鋒弟，你看看吧。」

謝鋒在鷹王山長大，一看之下，就知道標示的位置在哪
兒，道：「果然很是隱蔽，你是怎樣找到的？」

伊臣道：「這地圖是大哥給的，他已經棄暗投明，決定和
我們一同對付郭城。」他的大哥，就是獅子門首徒伊健。

謝鋒道：「他不是中了郭城的絕命符嗎？怎能背叛郭城？」

伊臣道：「大哥他本來已經做好了犧牲自己的準備了，不
過幸好中飛原來在聽風山莊盜走了絕命符的解藥，更在我大婚
之日，以之作為賀禮。」

謝鋒奇道：「甚麼？那小藥瓶原來是絕命符的解藥！」

伊臣理所當然的道：「對呀，這藥解決了我天大的煩惱，中飛實在是立下了大功。」

謝鋒才恍然大悟道：「原來如此，我還道是甚麼壯陽補藥⋯⋯」

鄭中飛露出厭惡的神色道：「鋒師兄，你的思想太髒了。」

見張栢詩也粉臉微紅，謝鋒大感尷尬，馬上轉移話題向不明所以的李曼勤等人道：「曼勤兄，之前發生了一點誤會，請跟我來。」

謝鋒記下位置後，把地圖留在原地，讓黎日月來到時，可以按圖索驥。

半個時辰後，他們終於在鷹王山附近的另一個隱蔽處，找到聽風山莊的隊伍了。見他們人數眾多，軍容鼎盛，顯然有部分是來自曹操軍的精銳部隊。如果在星華派、寶麗門和丐幫攻打秀聖門後，兵疲馬困的一刻揮軍而至，正道武林定會全軍覆沒。

見到如此景象，李曼勤終於相信謝鋒，並馬上跟慧琳師太和何思思回營寨報訊。

謝鋒等人則留在原地，監視著郭城大軍的動向。

不一會，卻聽到遠遠傳來的擂鼓聲音，鼓聲來自擂台的方向，眾皆色變。因為丐幫人多，所以佔了秀聖門正在興建的比武擂台附近。難道林祥要攻山？

伊臣果斷的道：「我和中飛過去。」他們剛離去，聽風山莊的隊伍也動員起來了。

寨門大開，一身甲冑的郭城威風凜凜地走在前頭，騎在名駒「拉利」之上顧盼自豪，顯然是知道星華派和寶麗門已經被說服，所以決定聯合丐幫立即攻山，務求盡快取得最後一面劍神令牌。

顧不得太多了，謝鋒、張栢詩和雷頌三人跑到郭城面前攔住了他。

郭城見到他們，大笑不止的道：「哈哈哈，憑你們三個就想阻撓我大軍前行？」

「城城！當你覺得自己很威風的時候，你就已經不再威風了。」一把聲音由遠而近，顯然說話的人在林中疾馳而至，連郭城也為之色變。

謝鋒他們一聽到這聲音和玄妙得不能讓人明白的道理，就知道來人是「東魅島主」黎日月，他終於來了。

劍聖伯揚

　　黎日月從一棵樹後躍出，瀟灑的一劍攻向馬背上的郭城，動作快捷流暢、渾然天成。

　　郭城不敢怠慢，運起雙掌劈向劍鋒，應變之快，也是一絕。

　　黎日月迅雷不及掩耳的連攻三劍，郭城連人帶馬的退了幾步，總算化解了攻勢。去勢已老的黎日月足尖點地，卓立在郭城身前，視他和其身後的千軍萬馬如無物，睥睨天下。

　　郭城喝道：「黎日月，今天就讓你看看我苦練多年的成果吧！」

　　他策馬向前，直衝往黎日月，兩大天王正面交鋒。

　　一個的優勢是騎在馬背之上，居高臨下；另一個則手持長劍，佔兵器之利。

　　黎日月騰空而起，在空中和郭城交換了十數招，各不相讓。

　　「叮叮噹噹！」電光火石間，黎日月的長劍和郭城袖裡的護臂相交數十下，火花四濺。人馬錯身而過，交換了位置，前者站在寨前，還劍回鞘，後者則安坐馬上，時間有如靜止。

郭城問道：「為甚麼？」

黎日月答道：「只有一個方法，就是不要去想有甚麼方法，繼續做，你做到之後就會知道用了甚麼方法。」

「呼！」郭城左肩的甲冑突然裂開，鮮血徐徐流出。

忽然聽風山莊營寨的後方殺聲震天，箭如雨下。謝鋒極目望去，見到劉華領頭帶著一隊人馬從後殺至，大軍破入郭城的營寨。

劉華身先士卒，直如虎入羊群，所向披靡，一點不像一個受了傷的人。

郭城受傷不重，但見到劉華出現，知道敗勢已成，無力回天，更怕劉華和黎日月兩人要取自己性命。留得青山在，哪怕沒柴燒。他一夾馬腹，就往密林逃去，消失不見。黎日月見狀，也搶了一匹馬追上去。

營寨前方的伊健也大叫道：「郭城已死，劉華的大軍來了，快逃命！」聽風山莊的人馬見主帥郭城敗於黎日月之手後就不見蹤影，後有劉華領兵突襲，都知道大勢已去，紛紛逃命。

終於，郭城的大軍被劉華訓練多年的精兵擊潰，四散逃竄。

伊臣和鄭中飛趕到鷹王山正在興建的擂台時，見到林祥和沙莉正在台上發號施令，準備攻山。

果然，他決定不管星華派和寶麗門，配合郭城發動進攻。基本上，可以確認林祥和郭城是一伙的了。

伊臣和鄭中飛馬上跳到台上，阻止他們。

見到兩人，林祥怒道：「你兩個丐幫的叛徒，勾結郭城。今日竟敢現身老夫面前，活得不耐煩吧！讓我幫出征前，以你們的鮮血祭旗吧。」

鄭中飛道：「不要說郭城了，他已經敗於黎天王手上，還把你出賣，親口說出你就是黑袍客，更說你的武功遠比不上他。」

其實他根本未知道郭城那邊的情況，不過隨口胡扯，旨在拖延時間。

哪知林祥卻冷哼道：「哼！沒種的矮子！既然事敗了，沒有他也沒關係了，宗主已經攜七面令牌上山了。」

台下的丐幫幫眾立時起哄，都知道林祥才是丐幫的叛徒，

群情洶湧。

伊臣道：「哼！一句話就把你試出來了，郭城根本甚麼都沒有說。」

林祥才知道自己說溜了嘴，但很快就回復冷靜道：「不過也沒有關係，老夫已經神功大成，根本不怕任何人。我就是要證明，武功天下第一的人是我，而不是許冠森！莉，這裡讓我來應付，妳先到山上，助宗主一臂之力，成功失敗，就在這一刻！」

沙莉臨行前，還巧笑情兮的吻了林祥的臉頰一下，走得輕盈敏捷，台下的幫眾都來不及攔截。

伊臣道：「中飛，追！」

鄭中飛立即一支箭的追在沙莉身後，上山而去。

台上只剩下「怪傑」林祥和伊臣，決戰在即，後者知道這是出道以來，最大的考驗。之前兩次和對方交手，都佔不了便宜，上次更是負傷而逃。

林祥徐徐的說道：「伊臣，告訴你吧。真正的快，並不在於拳，而在於勁，讓你見識一下連『劍神』許冠森都羨慕的力量吧！」

只見他不徐不疾的步向伊臣，每行前一步，氣勢都增強一分。

伊臣知道當他走到自己身前，氣勢將會到達巔峰，於是決定先發制人。

「餓狼十八掌！」因為深悉林祥的厲害，他一來就使出壓箱底的絕技，以求一擊破敵。

「數字快拳！」林祥卻輕輕鬆鬆的以快拳迎戰，拳拳都比伊臣快上一點，正中其掌心。灼熱得有如實質的內勁洶湧澎湃的入侵奇經八脈，打得伊臣甚是難受。這時才知道，之前兩次，林祥一直隱藏實力，這刻所用的，才是他的真功夫。

數息之間，伊臣已經多次遇險，連退五步。

林祥正要狠下殺手之際，忽然有一人跳到台上，並立即加入戰團，一拳攻向林祥。伊臣一看之下，見到來人是李曼勤，心叫「來得正好」。

一面攻向林祥，李曼勤一面向伊臣道：「我聽到擂鼓的聲音，就著她們先回去，趕來助拳。本來還可以早點過來，不過慧琳師太多問了幾句，所以來晚了。」

林祥卻不怒反笑的道：「哈哈哈，老夫苦心把江湖上最享

負盛名的十二種武功之特長融會貫通而創出『十二分寸勁』，可謂廣古爍今，無懼人多，即管來吧。」他的拳法忽然大變，速度仍然很快，但卻由拳拳有力變成忽剛忽柔的，讓人更是防不勝防，還把伊臣和李曼勤都籠罩其中。

半晌之後，兩人也被林祥打得左支右絀，難以兼顧，實在想不到此人武功已經高強到這種程度。

「貧僧古基，願領教林祥前輩的高明！」古基大師忽然現身台上。

林祥笑道：「都上來吧！」

古基大師道：「貧僧本來走錯方向，迷了路，幸好聽到擂鼓之聲。就讓我們三人看看你是不是不死之身！」

林祥冷笑一聲道：「『十二分寸勁』既是拳法、也是掌法，更是身法，再多人也不怕。」

古基大師加入圍攻林祥的行列，後者卻一改戰略，腳踏奇步讓人捉摸不透，難以發揮以眾欺寡的優勢。

儘管以一敵三，林祥雖然未能還擊，還被迫退後了幾步，但守得密不透風，絲毫不露敗像，而且氣脈悠長，給人永遠無法擊敗的沮喪感覺。他無論速度力量，還是招式應變，皆到了

爐火純青的境界，似乎真的毫無破綻了。

　　情況似是會無休止的持續下去，伊臣卻看到林祥所站位置的後方，有一片磚瓦跟附近的有點不同，好像微微突了起來。

　　他心念急轉下，把林祥一步一步的迫過去，還在那邊刻意賣個破綻給林祥。果然，林祥一邊應付三人的圍攻，不虞有詐的踏上了那片不一樣的地磚。

　　「**熱勝紅日光！**」林祥正要使出殺招重創伊臣，那片地磚卻不堪重負的寸寸破裂，磚下竟然是空心的。他頓失平衡，直掉到深八呎的洞底，右耳與頭部落地，重傷昏迷。

　　如此突變，著實教人意想不到，應該是因為擂台還未建好，所以台上有這麼一個大洞。

　　三人對望一眼，都暗叫好運，如非有此洞，真不知道能否留得住這武學奇才。

Θ ο ο Ο

　　謝鋒、張栢詩和雷頌見到劉華領軍而至，就馬上趕到擂台的一邊，以助伊臣一臂之力。他們剛到，就見到林祥掉到大洞之下，身受重傷。

伊臣在台上向三人叫道：「楓揚門的宗主和沙莉已經上山，你們快趕回去，我們隨後就到。」

三人隨即往山上出發，不過形勢逐漸明朗，星華派、寶麗門，以至丐幫都已經化敵為友，郭城又被打跑了，只要師叔王烈能夠打敗那楓揚門的宗主，就危機盡解了，他對王烈倒是信心十足。

上山途中，謝鋒再向張栢詩問道：「栢詩，楓楊門宗主的武功很厲害的嗎？」

張栢詩露出敬畏的模樣道：「雖然我未見過他出手，但肯定是絕頂高手，他就算站在你面前，你也完全感受不到他的氣勁。」

雷頌插口道：「這定是深不可測，讓內勁完全不外洩的高明內功。」

謝鋒吐舌道：「哇！這麼厲害的人，到底是哪裡鑽出來的？」

張栢詩道：「事到如今，我告訴你吧。其實當年有四聖，他們武功在伯仲之間。江湖上的身份地位武功，和如今的當世四大天王差不多，家師就是其中之一，名為『刀聖』蔡楓。」

　　謝鋒想想「腿聖」譚伯麟一招就重創自己，至今未癒，就可推想蔡楓的武功是如何深不可測。

　　雷頌卻插口道：「我行走江湖多年，一直都只聽說拳腿二聖，卻從未聽說甚麼『刀聖』。」

　　張栢詩理所當然的道：「較年青的人未有聽過是正常的，這就要從劍聖說起。」

　　謝鋒奇道：「『劍聖』又是甚麼來的？」

　　雷頌卻道：「『劍聖』陳伯揚，我倒是聽先師提過，當年確是跟『拳腿二聖』齊名，只是十多年前，正值壯年卻離奇身亡。詹老頭說起他時都覺得很是可惜，認為如果他不是英年早逝，成就未必會比二聖差。」

　　張栢詩道：「對了，『劍聖』陳伯揚就是譚伯麟的師弟。宗主告訴我，當年譚伯麟因為忌才，所以用卑鄙手段讓陳伯揚前輩被逐出師門。」

　　雷頌問道：「先師卻說他是為了挑戰『拳聖』張榮而自行叛出寶麗門，因為寶麗門素來不容許門人私鬥。」

　　張栢詩卻嗤之以鼻的道：「這只不過是他死後的說法吧，劉華都說過，別要隨便相信官方公告。宗主和陳伯揚為拜把兄

弟，很清楚內情。其實當年陳伯揚因為武功天分皆冠絕天下，所以引起了譚伯麟和張榮的擔憂。最後兩人卑鄙地一同偷襲陳伯揚，宗主趕到時，已經返魂乏術了。」

雷頌不敢相信的問道：「竟有此事？」

張栢詩道：「對呀，這些事都是宗主親口告訴我的。後來為免被『二聖』趕盡殺絕，宗主就帶同伯揚前輩的弟弟和兩子一女隱居起來，並撫養成人，盡傳畢生所學。楓揚門的揚字，就是指陳伯揚前輩。」

謝鋒讚賞道：「蔡楓重情重義、風高亮節，很值得敬佩。」

張栢詩道：「當然吧！所以宗主一直討厭自居名門正派的所謂正道人士，後來才有和郭城合作的事。他們帶著伯揚的小兒子陳歡希到了文華客棧，於心有愧的張榮就自殺而死了，不過牆上的遺言，倒是我們後來加上去的。我後來想想好像有點不妥，於是回去看看，才碰到鋒郎這冤家和楊嬌夜闖客棧。」

謝鋒和雷頌總算解開了張榮之死的謎團，卻是意想不到。

雷頌沉思片刻，突然停了下來道：「等等，此事事關重大。張姑娘，妳隨我到譚掌門和眾人面前說出此事吧。灰袍客還未現身，我始終覺得有點不妥當。」

　　謝鋒也同意雷頌的判斷，如果譚伯麟有問題，則不得不防，點頭道：「好的，你們去吧，秀聖門會合。」

　　張栢詩道：「鋒郎，萬事小心。」

　　謝鋒答道：「知道了。」

當世

四大天王

誰明浪子

謝鋒自己一人繼續上山，想到山上除了掌門楊秀，就只剩下王烈和王靖菲。兩人也姓王，武功都高明得讓人心寒，又是不愛說話、不愛笑，他們肯定相對無言，想想也覺得可笑。

他步入秀聖門的大門，因為大部分的弟子都跑到山下據守，還留在門內的人不多。

聽到楊秀書房的方向有點聲音，謝鋒就馬上趕過去。不過想到有兩大高手坐鎮，相信蔡楓再厲害，也不能輕易得逞。

去到書房門前的空地，果然見到王烈和王靖菲守在房門外，他們和一個長髮披面、戴著鬼面具的中年男子對峙著。

這人應該就是蔡楓，謝鋒仔細打量他，發覺他和一般習武之士很是不同。他的胸腹、手腳，以至面形也微微漲起，連面具也不能完全遮蓋。驟眼看來，以為他只是個普通的胖子，但謝鋒聽說過，內功練至登峰造極的境界時，皮膚會輕微發漲，似乎就是這個樣子。

更可怕的，是正如張栢詩所說，他的人在這裡，謝鋒卻完全感受不到其氣勁，詭異莫名。要知道，這一境界，連之前見過的許冠森、張友友等人都未能達到。

王烈以沙啞的聲線向王靖菲道：「靖菲，請先進入書房，這人讓我對付吧。」

王靖菲欣然點一下頭，就轉身打算推門而進。

忽然，突變徒生，王烈眼中閃著奇異光芒，一掌劈向背著自己、毫無防備的王靖菲，剛到的謝鋒大聲驚呼。王靖菲警覺下仍被王烈的手刀劈中背部，撲倒門前，口吐鮮血，身受重傷。她轉身見到偷襲自己的人竟然是王烈，不明白的問道：「為何突然襲擊我？」

謝鋒馬上跑到門前扶起了王靖菲，同一時間，似是明白了一切。他憤恨的向這個尊敬的師叔叫道：「原來灰袍客就是你，王烈！」

王烈看著這一向痛惜的師侄，愧疚的道：「鋒兒，你怎麼會在這裡？」

謝鋒問道：「為甚麼？」

王烈嘆一口氣道：「鋒兒，你入世未深，江湖事比你想像中複雜得多。師叔當年也出席紅山論劍比武，但到了紅磡山下，卻離奇中毒，出席不了比武大會，還險些送命。我的聲線也是中毒後才變得這麼沙啞，一直懷疑下毒的人是張友友，因為我在山下只見過他一人。」

謝鋒道：「別要含血噴人，張友友前輩頂天立地，光明磊落，怎會做出這種事！」

王烈哈哈大笑道：「哈哈哈！可笑可笑！鋒兒，你也想得太簡單了。無非常手段，如何當得上天下第一幫的幫主？一副沉迷武學的幌子只是用來掩飾自己的野心。不過成王敗寇，誰是誰非都不重要了。我和宗主就要去把八面令牌合一，你阻不了我的。」

的確，先不論實力深不可測的蔡楓，單是王烈一人，就非謝鋒和受了重傷的王靖菲所能應付。

王烈和蔡楓正要在謝鋒和王靖菲身旁推門入內，卻忽然聽到不遠處傳來一陣笑聲。

「哈哈哈！打架！我要打架！」聲音雄渾爽朗，各人一聽就知道來人是誰了。

只見一身衣衫襤褸的前丐幫幫主張友友笑嘻嘻翻牆而至，謝鋒立時面露喜色，知道秀聖門命不該絕。

王烈卻仍是一臉平靜，一點也不因張友友突然出現而不安。他選擇了跟蔡楓和郭城合作，早就想過會對上張友友。又或者，王烈之所以走這條路，其實就是為了這一戰。

張友友道：「我呀，本來呀，在山下聽說呀，蔡楓神功大成回來了，我馬上呀，撇下他們趕來，哪知道呀，卻聽到原來王烈你以為我下毒害你呀。」

王烈厲聲道：「不用說了，我和你，今天只有一人可以活下來。」說完，他馬上抽出腰間的灰銀色窄身長劍，一劍刺向張友友。

「**傷痴八劍**！」這一劍，凌厲無匹，似是天下間只剩這一柄長劍，絲毫不比黎日月遜色。

張友友面露微笑，運掌相抗，連擋王烈狂風暴雨般攻來的八劍。兩人毫無花巧的硬拼了八招，皆是寸步不退。

把王靖菲抱在懷內的謝鋒倚靠在門邊，看得喘不過氣來，知道高手過招，稍一不慎就會落敗身亡。

兩人接連交手了十多招，互有攻守，拳來劍往，鬥得旗鼓相當，卻也始終奈何不了對方。

不過兩人的神情各異，張友友難得遇到對手，愈打愈是興奮。相反，王烈眼見成功在望，卻忽然遇上平生最大的宿敵，愈打愈見沉重。畢竟，張友友並不著急，而王烈時間有限。各大門派的人上山後，就是他的末日。

　　終於，因為這焦急的心態，讓王烈的劍使快了半線。本來渾然天成的劍網露出了一絲破綻，武功蓋世的張友友當然不會錯過，一掌擊中其肩膀，讓他飛倒牆邊。

　　強橫的內勁入侵王烈的奇經八脈、五臟六腑，鮮血在嘴角徐徐流下。

　　這個總不肯向命運低頭的男人，最終還是敗在了張友友手上，他不甘的道：「我敗給你，不是因為我的人及不上你，只是際遇不好。如果我不是在練武的黃金時期身中劇毒，當世四大天王之位，以至天下第一之名，肯定是屬於我的。今天我敗在你手上，一切是非曲直，就由你們去定義吧！」

　　張友友爽朗的道：「沒關係呀，這次敗了，下一次呀，再打過呀，很平常呀。」

　　王烈倒在地上閉目不語，張友友則仍興致勃勃的勸他繼續努力。

　　謝鋒卻在此時發現，之前站在一旁的蔡楓不知何時不見了，想來應該從窗戶進入了書房。他大驚之下，馬上推門進入書房，卻已經遲了。他見到陳歡希持劍脅迫著掌門楊秀，枱上已經有齊八面劍神令牌，但並未拼好。

　　而更可怕的，是站在謝鋒面前的蔡楓，他向前者道：「本

尊當年以『絕空狂刀』闖蕩江湖，所向無敵。謝鋒，你這首徒接我一刀，我就放了你的掌門。」

謝鋒毫不猶豫的答道：「好！」

蔡楓終於出手了，謝鋒嚴陣以待。畢竟以他當年直追二聖的實力，加上潛修二十年的苦功，誰也不敢說他的武功已經提升到甚麼境界。

「狂刀三絕虛！」他一出手就是成名絕技。

只見蔡楓慢慢提起手上的「絕空狂刀」，面前的謝鋒卻非常難受，因為完全感覺不到蔡楓的氣勁。刀鋒提到最高點，但還是感受不到任何氣勁，若有若無的刀法，讓謝鋒根本不知道蔡楓要劈在何處，還是只是虛招？

刀法去到這種程度，簡直駭人聽聞。要知，就算面對當世四天王，甚至譚伯麟的譚腿，也沒有試過這種感覺。終於，狂刀緩緩的劈下來。謝鋒只得胡亂提起寶劍格擋，但心知這樣一來，下身便全暴露在蔡楓的攻擊範圍，隨便一腳，也可取其性命，心叫我命休矣。

忽然聽到很多人進入大堂的聲音，伊臣他們都趕到，但已經太遲了。

強烈的死亡陰影籠罩下，謝鋒腦海飛快掠過自己短暫但精彩的一生。最後的影像，是一個女人——謝鋒臨死前想到的一生中最愛。

「靖菲！我們來生再見了。」謝鋒大叫一聲，打算留下遺言。

刀劍相交，一點勁力都沒有，果然只是虛招，謝鋒閉上雙眼，坐倒在地上。

謝鋒躺在冰冷的地面上，良久感覺不到任何痛楚，以為自己已經死了的他卻聽到笑聲不絕。他徐徐張開雙眼，見到伊臣忍著笑，扶起了自己。

山下的眾人原來都已經到了，皆大笑不止，都看著坐倒門邊的王靖菲，讓她臉頰羞得紅紅的，垂下頭來，模樣煞是誘人。

張栢詩卻怒氣沖沖的從人群中跑出來，向謝鋒道：「你這死鬼，死前想的竟然不是我這個妻子，回去慢慢炮製你！」

只見蔡楓不知為何，仰天倒在自己面前，嘴角滲出鮮血。謝鋒還未清楚發生甚麼事，伊臣道：「看來他已經荒廢武功多年，和一個沒有武功的胖子沒有分別了。他剛才劈你一刀，卻被你劍上的反震之力震傷了。」

譚伯麟也排眾而出道：「剛才在山下聽完栢詩的話，未及

解釋，現在讓我告訴你們吧。蔡楓當年的確有點名氣，但遠遠未到頂尖水平，跟我、張榮和陳伯揚無法相比。只是他自視甚高，認為自己懷才不遇，愈想愈極端，行事瘋瘋癲癲的。看來這二十年來，他只是回憶過去的輝煌，疏於練武。」

張栢詩皺眉道：「怎麼可能呢？師尊一直說『刀劍拳腿』四聖呢。」

譚伯麟道：「『劍拳腿』三聖倒是曾經有人提過，但在伯揚敗於張榮之手後，就沒有人再這樣說了。」

張栢詩仍不相信，問道：「師尊不是說你和張榮用卑鄙手段害死陳伯揚嗎？」

譚伯麟道：「假的，只是要騙妳們。」頓了一頓才惋惜的道：「當年，伯揚師弟敗於張榮之手後，練功過度，以至入火入魔而亡。」

信任多年的師尊原來只是一個謊言，張栢詩一時間難以接受，再問道：「如果張榮不是於心有愧，見到陳歡希怎會自殺呢？」

譚伯麟道：「栢詩，這個問題，我在見到妳的容貌之後才終於解開。妳記得張榮死時的情況嗎？」

張栢詩回憶道：「我和歡希跟在宗主他們身後，來到張榮的房間，他看了看我和歡希後，露出了一個奇怪的苦笑。之後我們就離開了，他自殺時，我並不在場。」

譚伯麟一臉凝重的道：「栢詩，如果我沒有猜錯，其實妳的父親就是張榮。他自殺，不是因為內疚見到伯揚的兒子，而是要保住妳這個親生女兒的性命。」

倒在地上的蔡楓瘋癲的叫道：「對呀，當時我就是用張榮女兒的命迫他自殺的，知道了又怎麼？張榮始終比我早死，我還差點把你們這一伙自命不凡的正道人士殺個一乾二淨，我只是差一點點……」

面色大變的張栢詩截著他問道：「蔡楓，快點說清楚，我的父親不是張勇嗎？怎會是張榮？」

蔡楓陰沉沉的笑道：「傻女，都是騙妳的，張勇怎麼可能生得出這麼漂亮的女兒。妳是我在張榮府中偷回來的。哈哈哈……」

知道了自己的父親是張榮，更因為救自己而自殺了，張栢詩傷心欲絕，倒入謝鋒的懷中大哭。

大堂內眾人都想不到蔡楓為了報仇，竟然偷去張榮的女兒，釀成這場悲劇，皆感慨不已。

　　譚伯麟向進退兩難的陳歡希道：「歡希，念在你只是被蔡楓騙了才一直助紂為虐，你可以走了，但他日如果讓我發現你不安分的話，絕不輕饒！」

　　不願接受事實的陳歡希卻狠狠地道：「哼，我不會認輸的，終有一天，我一定會把所謂的正道武林弄得雞犬不寧！」

　　結果，兩年後，他竟然真的做到了，不過這是後話。

　　正道武林的這一次危機，總算順利解決。此事雖然起源自一個瘋子，但因為有很多有實力的人相信，差點釀成一場浩劫。

☉ ○ ○ ○

　　事後，蔡楓、王烈和林祥分別被囚禁在星華派、秀聖門和寶麗門。

　　郭城憑著馬快，逃去無蹤，應該是躲到曹操的勢力範圍下。陳伯揚的弟弟陳春也帶著一眾殘兵敗將北上投靠曹操，後來還弄了個官位來當，風光無限。

　　沙莉被鄭中飛纏住，上到英王山時王烈已經被打敗，她隨即離開，及後千方百計要救回丈夫。

　　總算還了謝鋒和伊臣的清白，各大門派也言歸於好。

說到劍神令牌的分配問題，各執一詞，有人認為應該合併令牌，到藏寶之地把寶物起出來分予眾人，以應付郭城的東山再起。

謝鋒卻道：「這一代武林遇到的問題，就用這一代的方法去解決，不要再依靠過去的遺產了。我們可以開創自己的路向，不用複製過去的成功了。過去的成功，就讓他們永遠留在我們心中，新的時代，就由新一代的人去開創吧。」

譚伯麟點頭道：「說得好，當年許冠森他們初涉武林，還不是只憑自己一雙手成就傳奇。謝鋒，想不到你年紀輕輕卻志氣十足。」

最終，各大門派的令牌物歸原主，伊健領受了「獅」字的劍神令牌後，也重新在獅子山建立獅子門，在梁詠姿的支持下，繼續把羅伯先的絕學傳承下去。

而張友友、劉華和黎日月都不約而同的拒絕取回令牌，於是定了在一年之後，紅山之巔，再決出四大高手以保管令牌。

腥風血雨的江湖鬥爭，總算暫且回復平靜。

當世

四大天王

絕響

　　公元二零三年四月六日深夜，文華客棧屋頂之上，有四條人影如鬼魅的現身。

　　看真點，原來是四名中年男子，各人型相各異，但都流露出一派高手風範。

　　乞丐打扮的男人首先開口道：「三位呀，當年紅山論劍之後呀，多年不見了。」

　　和尚裝束的男人答道：「阿彌陀佛，各位別來無恙嘛？」

　　身穿白袍的高瘦男子道：「華仔，聽說你已登基為帝，何以仍作僧人裝扮？」

　　叫華仔的和尚答道：「貧僧早年已經出家為僧，為岳丈大人厚恩才不得已登位。如今送別故人，行走江湖，自當以僧人身份比較妥當吧。」

　　個子較矮但渾身散發著邪異吸引力的男子也和應著道：「黎島主，難道要學你一樣，永遠都是一襲白色長袍，一成不變嗎？」

被稱為黎島主的白袍男子也不動氣的答道:「改變?城城,你有沒有想過為甚麼要變?為改變而改變?如果改變了,那還是我嗎?如果酒醒裡放的不是酒,就不是酒醒了吧。」

城城繼續揶揄道:「哈哈,黎島主怒了,跟華仔大師學習一下豁達吧。」

黎島主卻道:「哼!我豁達,所以不介意你說我不豁達。」

乞丐見他們又要吵起嘴來,馬上轉移話題:「明天呀,張榮的喪禮呀,你們會到嗎?」

華仔和尚答道:「一定到。」

黎島主道:「我最怕熱鬧,不去了,反正悼念一個人,在靈堂的外圍和內圍也沒有分別。」

叫城城的男子也答道:「我跟很多所謂的正道中人也有過節,也不去了。」

乞丐道:「沒關係呀,明天的喪禮呀,沒有人敢搞事呀。」

城城一想也是,攤一攤手道:「那好吧,我也去。」

一陣沉默之後,華仔和尚問起乞丐道:「友友,張榮真的

是自殺嗎？」

乞丐友友想了一陣子，一改一貫的口吻，傷痛的回答道：「致死的一擊是胸口的重拳，筋骨盡碎，是張榮的追風拳無誤。以他的武功，當今世上絕對沒有人可以一招就擊殺他，而整個房間也沒有任何打鬥過的痕跡。所以張榮一定是自殺，只是牆上的字未必是他寫的。」

其他三人點頭表示明白後，唏噓不已。

輕輕說聲，漫長路快要走過。

想不到一代拳聖，最後以自殺的方式結束自己的人生。

《當世四大天王：黎郭劉張（下卷）》
全書完

世當四大天王

後記

年月把擁有變做失去，疲倦的雙眼帶著期望！

四大天王的故事，總算告一段落了。

對於這部首次寫成的小說，我是非常滿意的，一開始想要寫的，基本上都寫到了，而且大部份都能達到預期的效果，也感激所有曾經在網上給我意見的網友。

要以一個故事去呈現香港樂壇曾經的輝煌，其實談何容易呢？很多在樂壇上佔有重要席位的歌手們，都值得出現，或者著墨更多，但既要顧及故事性和娛樂性、篇幅也有限，唯有忍痛去掉。

希望將來還有機會補漏一下吧！

至於某些大家很喜愛的偶像竟然當了反派，又或討厭的人物卻成了正派，讓大家看得不爽的話，我只能夠說句：不過一部小說，何必太認真呢？我寫這個故事的初心，其實不過想提醒一下大家，香港曾經出現過這麼一個百花齊放的美好年代。

當年的歌手的確是非常出色，難道就代表如今的樂壇新人一文不值嗎？

時代不同了，現今的歌手舉步維艱。網民成為了社會上一個舉足輕重的群體，但他們在網上留言卻不用負甚麼責任。每個人都會有缺點，所以當我見到幾乎每一個歌手都被網民說成「在座各位都是垃圾」，我也很不以為然。

批評別人做得不足的地方，很容易；懂得讚賞他人的優點，才算難能可貴。

而我確信，十年後，二十年後，如今那些被評為一無事處的新人，至少有一部份，都會成為讓人懷念的天王巨星。大前提是，我們要給他們一點犯錯的空間，又或者，他們要有足夠的堅強，去應付網上的閒言閒語。

關於香港樂壇，似乎說得夠多了，說一點我自己的吧。

過去的十個月，幾乎每天都在寫文，不敢偷懶，以免網上的連載中斷。

這段時間很豐富，網上連載小說、開設 Facebook 專頁、和出版社聯繫、接受媒體的訪問、小說實體書上卷的出版、入圍金閱獎，還要一面趕稿，同時兼顧工作和家庭，總覺得一天只有二十四小時並不足夠，寫到中段時已經在憧憬完成了這故事之後的生活。

凌亂的書柏、衣櫃、文件帶來的壓力，其他小說、漫畫、

　　遊戲機和電影的呼喚，加上寫作進度比自己預期慢了許多，一直想快點完成這個故事。

　　矛盾的是，出版書籍機會難得，我不知道這會不會是「尤奇」的最後一部作品，所以寧願寫得慢一點，都不敢隨便亂寫，所以想感激出版社各人的一再包容，謝謝。

　　現在故事終於完成了，感覺就像十月懷胎的母親，鬆一口氣的同時，發現自己已經開始懷念這段戰戰兢兢的動人時光。

　　好了，再寫下去就會變慧琳師太了，希望將來有機會再和大家在另一個故事相逢，再見！

當世
四大天王

當世四大天王

黎◦郭◦劉◦張 [下卷]

作者	尤奇
出版總監	佘禮禧
助理編輯	陳婉婷
美術設計	王子淇
設計助理	郭海敏
製作	點子出版
出版	點子出版
地址	荃灣海盛路 11 號 One MidTown 13 樓 20 室
查詢	info@idea-publication.com
印刷	海洋印務有限公司
地址	黃竹坑道 40 號貴寶工業大廈 7 樓 A 室
查詢	2819 5112
發行	泛華發行代理有限公司
地址	將軍澳工業邨駿昌街 7 號 8 樓
查詢	gccd@singtaonewscorp.com
出版日期	2018 年 3 月 5 日
國際書碼	978 - 988 - 77958 - 9 - 6
定價	$98

Printed in Hong Kong

世當

四大天王

黎 ◎ 郭 ◎ 劉 ◎ 張